赤虫村《あかむしむら》の怪談

大島清昭

愛媛県の山間部にある過疎の村・赤虫村《あかむしむら》には、独自の妖怪伝説が存在する。黄色い雨合羽《あまがっぱ》を着て暴風を呼ぶ「蓮太《はすた》」、火災を招く「九頭火《くとうか》」、廃寺に現われる無貌の「無有《ないある》」、そして古くから伝わる“クトル信仰”。フィールドワークのために村を訪れた怪談作家・呻木叫子《うめききょうこ》は、村の名家・中須磨《なかすま》家で続く不可能状況下での連続殺人に関わることになる。周囲を足跡一つない雪原で囲まれた大木に全裸で吊るされた縊死体。内側から施錠された石蔵で発見された焼死体。妖怪伝説の禍を再現するような事件は、やがて人知を超えた終結を迎える――第17回ミステリーズ！新人賞受賞者による初長編。

登場人物

中須磨権太……赤虫村の素封家・中須磨家の隠居
中須磨真守……権太の息子。中須磨建設社長
中須磨沙羅……真守の妻。中須磨建設副社長
中須磨夢太……真守の長男。赤虫村の郷土資料館学芸員
中須磨太平……真守の次男。中須磨建設専務
中須磨累江……真守の長女。中須磨建設社員
金剛満瑠……赤虫村の旅館「ぎやまん館」の娘。高校生
照戸安奈……赤虫村の郷土資料館館長
上似鳥団市……赤虫村の太夫。小学校教師
村上……村の消防団員。第一の事件の屍体発見者
山本……村の消防団員。第一の事件の屍体発見者
越智篤孝……愛媛県警刑事部捜査一課刑事
渡部……愛媛県警刑事部捜査一課警部
田宮美空……アイドルグループ〈ギャラクシー・ファントム〉メンバー

庵下譲治………『赤虫村民俗誌』を執筆した民俗学者。故人
瀬島囁………大学准教授。庵下の弟子
呻木叫子………怪談作家
鰐口…………呻木の学生時代からの友人。映像制作会社勤務

赤《あか》虫《むし》村《むら》の怪談

大島清昭

創元推理文庫

THE WEIRD TALE OF AKAMUSHI VILLAGE

by

Kiyoaki Oshima

2022

目次

赤虫村《あかむしむら》の怪談

プロローグ

波の音が聞こえる。

ざざぁん、ざざぁん。

ざざぁん、ざざぁんと、寄せては返す波音が、家の外から聞こえてくる。

この村に、海なんかないのに。

山間部に位置する赤虫村《あかむしむら》から最寄りの海岸までは、十数キロは離れている。大きな湖なども
ないから、どうしたって波の音など聞こえるはずがないのだ。

それなのに……。

縁側《えんがわ》でまどろんでいても、自室で読書をしていても、トイレに入っている時も、ふと気付け
ば波の音がする。まるで自宅が海辺にでも建っているかのように。

両親に相談しても、気のせいだといって、真面目に取り合ってはくれない。

二人の兄も、「風の音がたまたま波の音に聞こえるだけだ」とか、「近くを走る車の音が、そ
う聞こえるだけだろう」といって、錯覚だと決めつける。

そんなありきたりの生活音と波の音を間違えるはずはない。そう反論するのだが、兄たちは

困ったように笑うだけだ。

いつからだろうか。

いつから、この波の音は聞こえるようになったのだろう。

幼い頃は、聞いたことはなかったと思う。もちろん、両親に連れられて海辺には行ったことがあったから、実際の波の音そのものは聞いた経験があるにしてもだ。

最初に波の音を意識したのは、確か……そう、中学に入った頃だったように記憶している。一人で留守番をしていた時のことだ。自室で数学の問題集と格闘していた時、不意にざざぁん、ざざぁんと音が聞こえたのだ。最初は空耳かと思った。だが、手を止めて耳を澄ましてみても、確かに聞こえる。

ざざぁん、ざざぁん。

ラジオのたてる雑音かと思い、オーディオを確認してみたが、電源は入っていない。それに、音は室内ではなく、外から聞こえてくるようだった。それで窓から外を覗いて音の発生源を確かめようと、椅子から立ち上がったのである。その途端、音が止んだ。

それから月に一度か二度くらいのペースで、波音が聞こえるようになった。高校を卒業してからは、聞こえてくる頻度が増したようにも思える。

波音がするのは、決まって一人でいる時である。場所は自宅だけではなく、学校や、就職してからは職場でも耳にすることがあった。その場合、一人きりになる機会はかなり限られるから、結果として自宅にいる時に波音を聞く機会が多い。

ざざぁん、ざざぁん。

波の音が聞こえるのは自宅だけではないのだから、やはり原因は自分自身にあるのだろう。それが身体的なものなのか、精神的なものなのかは不明のままだ。

しかし、思い返しても、波だとか、海だとかに、殊更《ことさら》に執着するような記憶はない。単に忘れてしまっているだけなのか、それとも思い出したくない記憶を封印しているのか、いずれにしても、心当たりがないのだ。

唯一関連があるとすれば、先祖代々我が家に伝わる奇妙な話だけである。

この家の先祖は、人魚なのだという。詳しいことはもう誰も知らない。単純に「自分たちは陰陽師《おんみようじ》と人魚の間に生まれた子供の子孫だ」という伝承のみが残っている。

確かに一族で特別な神様を祀《まつ》ってはいるが、それが先祖とどう繋がっているのかはわからないし、これといって禁止されていることもない。魚だって極々《ごくごく》普通に食べる。家業はずっと前から建設関係で、海に関することは一切思いつかない。だから、先祖の伝承とこの波の音がどの程度関係しているのか、持っている知識だけでは判断ができないのである。

社会人になってからは、余り深刻に考えないようにしている。実際、僅《わず》かな間、波の音が聞こえるだけで、他に実害があるわけではない。鬱陶《うっとう》しいとは思うものの、音の出所を探ろうとした時点で聞こえなくなるわけだから、本当に僅かな時間しか聞こえていないのである。

一種の持病のようなものなのだと思う。世の中には偏頭痛や神経痛のような患《わずら》いのある人たちだって少なくない。そうした人たちに比べれば、波の音が聞こえるくらいたいしたことではないだろう。そんな風に思うようにしていた。

祖父が亡くなるまでは。


去年の二月半ばのことである。

その日は夕方から雪が降り出して、夜には辺りが真っ白になった。毎年雪は降るものの、赤虫村にしては珍しく、かなりまとまった積雪量だった。

翌日の職場での雪掻きを思い、憂鬱になりながら布団に入った。それが午後十時半のことだ。

ざっぱぁん、ざっぱぁん。

今まで聞いたことがないくらい激しい波の音に、目を覚ました。

ざっぱぁん、ざっぱぁん。

枕元の目覚まし時計は、午前二時を少し過ぎている。

何事かと起き上がると、もう音は聞こえない。もしかして夢の中で聞いた音を現実に聞いたと錯覚したのだろうか。そう思って、そのまま布団を被り直して、眠ってしまった。

朝になって起きると、家中が大騒ぎしていた。

八十四歳になる祖父が、家の何処《どこ》にも見当たらない。

三年前に祖母が亡くなってから、祖父は母屋《おもや》の東側にある離れで寝起きしていた。離れは母屋と渡り廊下で繋がっている。祖父は食事や風呂などは母屋で済ませているので、その日の朝も家族で食卓を囲むはずだった。

しかし、定刻になっても祖父は現れず、心配した父親が離れの様子を見に行くと、離れはもぬけの殻だった。布団は敷きっ放しで乱れていたが、既に温もりはなかったらしい。そして、離れの縁側から庭に向かって、足跡が延びていた。足跡は数歩続いており、そのまま庭の中程の中途半端な位置で、消えていた。まるで外に出た人間が、そのまま消失してしまったかのように。

祖父の屍体が見つかったのは、赤虫村のほぼ中央に位置する通称天狗銀杏《いちょう》と呼ばれる巨大な銀杏の木の上だった。

天狗銀杏は、玻璃《はり》の森という小さな森の中にある。細い未舗装の道を入って行くと、円形に開けた広場があって、その真ん中に立つのが天狗銀杏だ。玻璃の森は、村では一種の聖域と考えられていて、足を踏み入れると祟《たた》りがあると信じられている。広場の入口には大きな石造りの鳥居があり、天狗銀杏にも太い注連縄《しめなわ》が巻かれていた。

祖父母からは、山の神の使いである天狗が翼を休める場所だと聞いた。かつては天狗銀杏の背後に、小さいながらも社があったそうだが、明治時代に入ってすぐ村の鎮守《ちんじゅ》である和多津美《わたつみ》神社に移されたという歴史がある。

玻璃の森は、自宅からは二キロ近く離れた場所である。祖父の屍体は、天狗銀杏の太い枝に腰を折るような形で、引っ掛かっていたらしい。発見時、祖父は何も身につけていなかった。死因は頸部《けいぶ》圧迫による窒息死で、首に藁《わら》で編んだ縄が残っていたことから、絞殺されたと考えられた。

祖父の死は、謎めいたものだった。

というのも、天狗銀杏の周囲には雪が降り積もっていたにも拘《かか》わらず、広場にも、そこへ至る小道にも、全く足跡がなかったのである。一方で、司法解剖の結果、祖父が死んだのは雪が降り止んだ後であることが明らかになった。つまり、祖父が自分で天狗銀杏を訪れたにしろ、祖父を殺した犯人が屍体を運んだにしろ、足跡がなければおかしいのである。こういうのをミステリ小説では雪密室とか雪の密室と呼ぶらしい。

当初は現場が現場なだけに、天狗に運ばれたというような噂が立った。しかし、赤虫村で最も多く囁かれたのは、祖父の死は位高坊主《いだかぼうず》という冬の間だけ出現する妖怪の仕業だという説だ。

寒い日に外に出ていると、ふと目の前を小さな子供が歩いている。しかし、よくよく見れば子供は地面ではなく、宙を蹴って歩いている。見ている者が不思議がっている内に、その子は徐々に上に向かって歩いていく。それを見上げていると、いつの間にか子供はどんどん大きくなり、最後には空中を歩く巨人の姿になる。そして、位高坊主は人間を連れ去り、氷漬けにして殺してしまうのだ。

先祖の中にも何人か、位高坊主の犠牲になった者がいると聞いたことがある。だから、祖父もまた位高坊主によって生命を奪われたのだと噂されたようだ。

もちろん警察はそんな非現実的なことは信じていないだろう。そもそも祖父の死因は凍死ではない。明らかに絞殺された痕跡が残っているのだ。所轄署ではどうにもならず、県警まで乗り出して、懸命な捜査が続いていた。しかし、一年経った今でも、祖父の死の謎は解き明かされていない。

ちなみに祖父の死亡推定時刻は、あのひと際大きな波音を聞いた午前二時過ぎのことだそうだ。だが、我が家を襲った災難はこれだけではない。


祖父の死から四か月が経過した六月に、再びあの激しい波の音が聞こえた。

そして、今度は密室と化した石蔵の中で、父が死んだ。

ざっぱぁん、ざっぱぁん。

唐突に聞こえた波の音で目を覚ました。時刻は午前三時だ。祖父の事件があったから、今度は眠ることはできなかった。

ざっぱぁん、ざっぱぁん。

何かしなくてはと思うものの、具体的に何をするべきかわからずに、ただ布団の中でそわそわしていた。

すると、しばらくして「火事だ！」という声がした。慌てて飛び起きて、部屋の外に出ると、廊下に上の兄がいて、「蔵が燃えている」という。

蔵というのは、屋敷の裏手にある石造りの建物である。母屋とは存外に離れているものの、延焼しては危険だからと、とにかく外に避難することになった。

二人で庭に出ると、既に母と下の兄の姿があった。

「父さんは？」

母の問いに、上の兄が「家の中にはいなかった」と答える。

下の兄は「こんな時に何処へ?」と訝《いぶか》しげな表情を浮かべて訊き返した。

幸い消防の到着が早かったので、火はすぐに消し止められた。母屋への被害も僅かなもので済んだ。だが、火元となった石蔵は、外側も内側も真っ黒く焼け、中からは父の黒焦げの屍体が発見された。警察と消防の調べでは、火災があった時、石蔵には内側から閂《かんぬき》が掛けられていたことがわかり、当初は父の自殺ではないかと考えられた。

しかし、司法解剖によって遺体の後頭部に強い打撃を受けたような跡が見つかったことから、何者かが父を殴って昏倒させ、蔵に火を放ったという可能性が浮上した。

ただ、そう考えると、蔵の内側から閂が掛けられていたことが不可解だ。もしも父が誰かに殺されたのなら、その犯人はどうやって閂の掛かった石蔵から抜け出したのだろうか?

赤虫村ではまた興味本位の噂が広まった。曰《いわ》く、父を殺したのは九頭火《くとうか》という火の妖怪ではないかというのだ。九頭火は昔から赤虫村で目撃されている怪火で、一つの大きな火の玉に、八つの小さな火の玉が付き従っているらしい。九頭火は行き倒れた遍路《へんろ》のなれの果てといわれ、殊更に裕福な人間に対して嫉妬の念を燃やして、家財の類を焼くのだという。

村民たちは自分たちで広めた噂で、勝手に怖がっているが、祖父と父の死が妖怪の仕業だとは思えない。祖父には明瞭に他殺の痕跡があり、父の遺体からも他殺を疑う証拠が出てきた。

だが、だったら誰が二人を殺害したのかと問われても、生憎《あいにく》その答えもわからない。

祖父は高齢だったものの、亡くなった時もまだ一族の会社の会長だった。地元での繋がりだけではなく、中央の政財界とも伝手《つて》があったと聞く。祖父が会社に顔を出すことは稀《まれ》だったが、水面下で様々な交渉をして、会社の利益に繋げていたのは確かである。父はそんな祖父の下で社長として采配を振っていた。建設業という競争相手の多い業種の中で、祖父にも父にもそれなりに敵はいたと思う。

ただ、仕事上の利害関係が殺人にまで発展するのかは疑問である。同業者を蹴落とすようなことはあったとしても、個人的に怨恨を抱かれるようなことは、ちょっと想像できない。それに、祖父にしても、父にしても、密室状況という不可解な現場で屍体が発見されているが、二人を殺害することだけが目的ならば、そんな手の込んだことをする必要はない。

犯人の意図は何処にあるのだろうか？　単に村で噂されているように、妖怪の仕業に見せ掛けたかったのだろうか？　しかし、村民たちはともかく、警察関係者がそんな非現実的なことを信じるとは思えない。いや、そもそも誰が二人を殺したのだろうか？　疑問ばかりが増えていく中で、事件は一向に解決の兆しを見せない。

しかし、一つだけ確かなことがある。

激しい波の音が聞こえたら、家族の誰かが死ぬ。それだけは間違いない。

相次いで家族を失ったことで、交際相手はかなり心配してくれた。自分だって仕事が忙しいにも拘わらず、まめに連絡をくれる。胸の奥にある不安を吐露できたら、少しは楽になるのではないかと思い、何度か彼に波の音について打ち明けようと考えたこともある。しかし実際には、おかしな女だと思われるのが怖くて、いつも口を噤《つぐ》んでしまう。

祖父と父という大切なものを失った今、彼までも失うわけにはいかない。
不安だけが日に日に増大していく。
もしもまたあの音が聞こえたら、今度はどんな悲劇が我が家を襲うのだろうか。

呻木《うめき》叫子《きようこ》の原稿

怪談の取材をしていると、幽霊に代表されるような死者の霊や、複雑な人間関係から生まれる生霊《いきりよう》など、とかく人間の霊魂に纏《まつ》わる話を聞くことが多い。次に多いのが、呪われた土地や神仏の祟りなど、目には見えない超自然的な力が引き起こした災厄についての談話である。こういった話を聞く頻度が高いのは、恐らく現代人の恐怖感に付随するリアリティの問題なのだと思う。現代人にとって霊の顕現や祟りの発生はよく耳にする現象だが、例えば狐狸に化かされたとか、のっぺら坊を見たとか、そうした体験談は、既にリアリティを失っている（例外は、座敷童子《わらし》と河童《かつぱ》くらいだろうか）。

しかし、実際に様々な立場の話者から恐怖体験を聞いていると、時には怪物だとか妖怪としかいいようのない存在と遭遇したという話を聞く機会も、決して少なくはないのだ。

白い結晶体のような物体が、空を浮遊していた。

夜中の大通りを、四つ足の見たこともない獣が走っていた。

田舎の祖父母の家に、紫色の大きな頭をした怪人が現れる。

これらは聞きようによっては、UFOや未確認動物、或いは妖怪の目撃談に近いものであり、いわゆる実話怪談とは一線を画すように思える。しかし、体験そのものは生々しい恐怖に彩られ、やはり怪談という言葉に相応《ふさわ》しいぬめぬめした手触りで、聞く者を戦慄させる。

愛媛県の山間部に位置するA村では、そのような妖怪譚とも呼ぶべき特異な存在についての怪談が多く語られている。

A村は高知県との境界にあって、多くの家が兼業農家である。比較的若い世代は村内や近隣の市町に働きに行き、高齢者が柑橘《かんきつ》類やキウイなどの果樹栽培を行っている。村内には温泉が湧き出しているものの、観光地化はしていない。一応、一軒だけ旅館はあるのだが、平素は地元住民が利用する日帰り温泉施設として機能していて、観光客が宿泊することは滅多にないそうだ。

さて、これから紹介するのは、A村の住民や村出身の方々から聞いた怪談である。


昭和五十五年生まれのTさんが、小学校五年生だった頃の話である。

夏の日の黄昏時《たそがれ》、Tさんは田圃道を一人で歩いていた。友達の家に遊びに行った帰り道で、時刻は五時を過ぎていたが、まだ太陽は明るく、気温もとても高い。

すると向こうから黄色い雨合羽《あまがっぱ》を着た人物がやってきた。

身長から判断すると大人だが、男女の区別はわからない。フードを深くかぶっているから、顔も窺い知ることはできなかった。

「その時は、雨も降っていないのに、不思議だなぁって単純に思いました」

Tさんは当時を振り返って、そういった。

黄色い雨合羽の人物は、長靴を履いていた。その中に水でも入っているのか、歩く度にぶじゅぶじゅぶじゅと不愉快な音がする。どんどん近付くにつれて、その人物はぼそぼそと何かいっているようだったが、Tさんにはまったく聞き取れなかった。

「たぶん、日本語じゃなかったんだと思います。日本語だったとしても、よく知らない場所の方言だったんじゃないかなぁ。少なくとも村の年寄りが話す言葉じゃありませんでした」

Tさんはだんだん怖くなってきたが、田圃の中の一本道なので、逃げ場はない。来た道を戻っても、相手も同じ方向に来るのだから無意味である。否、むしろ相手に背中を向ける方が恐ろしい気がした。

そこで黄色い雨合羽の人物の近くを走り抜けることにした。擦れ違う瞬間、Tさんは爬虫類《はちゅうるい》のような生臭さを感じ、間近で奇妙な言葉を聞いた。

しばらく走ってから振り返ると、不思議なことにその人物の姿は何処にもなかった。

夕食の時、家族にその話をすると、祖父が「それは蓮太《はすた》だ」といった。蓮太は祖父が子供の頃から時々A村に現れるという。妖怪なのか、幽霊なのか、それは判然としない。しかし、蓮太が現れると、近い内に嵐になるのだそうだ。

Tさんの家族は夕食を中断して、慌てて家の雨戸を閉めた。祖父母も両親も、妙に必死だったから、Tさんは子供ながらにこれは只事ではないというのを感じた。

その日の真夜中頃、A村は酷い嵐に見舞われた。村の一部では竜巻がおこって、ビニールハウスがめちゃくちゃに壊れたり、N家という大きな屋敷の一部が損壊したりしたそうだ。


A村の外れに、荒れ果てた廃寺がある。そこは県内でも有名な心霊スポットで、村の外からも肝試しに訪れる者がいるという。

東京の大学に通うKさんは、夏休みにA村の実家に帰省した。免許を持たないKさんは、実家で暇を持て余していたが、小中学校と仲の良かった同級生のBさんも帰省していることを知った。

久々に連絡を取り合って、近所の店で飲んだり、互いの実家に行き来したりしていたが、ある日、件《くだん》の廃寺に肝試しに行こうという話になった。

「最初に寺に行こうっていったのは、あいつでした」

Bさんは京都の大学に通っているのだが、暇を見つけては近場の心霊スポットや曰くのある場所を巡って撮影し、動画サイトにアップしているという。

二人は午後八時に待ち合わせて、廃寺へ向かった。本当なら深夜がよかったのだが、Kさんの家もBさんの家もそれぞれ門限があったから、そのような中途半端な時間になった。

廃寺は雑木林の中に埋もれるように建っていた。山門を潜《くぐ》って、朽ちた石段を上る。両脇は木々が鬱蒼《うっそう》と茂っていて、虫の音がざわざわと聞こえている。木々が揺れている。Bさんたちは次第に肝試しの雰囲気に盛り上がっていった。

しかし、境内《けいだい》に入った途端、Kさんは違和感を覚えたという。

「最初は何が変なのかわからなかったんですけど、あちこち懐中電灯で照らしている内に気付いたんです」

真夏だというのに、境内には雑草の類が生えていないのだ。まるで誰かが除草剤でも散布したかの如く、短い葉っぱすら見当たらない。暗闇の中には、無数の白い玉砂利と四角い敷石がぼうっと浮かび上がって見える。境内に植えられていた庭木も、悉《ことごと》く枯れてしまっていた。一体いつからこの状態なのか判然としないが、枯れた樹木は土に還るでもなく、骸骨めいた裸の姿で、ただ立っている。

一方で、建物は思ったよりも荒廃していなかった。一番損傷が激しかったのは、境内の右手に位置する小振りな鐘楼で、既に鐘はなく、屋根にも穴が開いていた。しかし、本堂や庫裏《くり》はところどころ屋根瓦が落ちているくらいで、建具もしっかり嵌まっている。さすがに障子はどれも破れていたが、柱も梁《はり》も太くて立派だから、倒壊する可能性は低いことがわかった。

KさんとBさんは、本堂に足を踏み入れた。そこでも不自然さを覚えた。誰も住んでいないはずなのに、内部が妙に片付いているのだ。床に目立った埃はないし、ゴミも全く落ちていない。誰かが定期的に掃除でもしない限り、この状態は維持できないだろう。

「何だ、これ?」

最初にそれに気付いたのは、Bさんだった。彼は懐中電灯を本堂の正面に向けていた。そこには本尊らしき仏像が立っていた。手が何本もある仏像——恐らく千手《せんじゅ》観音だったが、何故《なぜ》か真っ黒に塗られていたのである。

「どろどろの生臭い墨みたいなもので、仏像の全身が塗られていたんです。僕らが向けた懐中電灯の光で、表面がてらてらしているのがわかりました」

しかも、仏像には顔がなかった。黒で塗り潰されているのではない。何かで削ぎ落とされたように、つるりとしているのである。

Kさんはその光景に只ならぬものを感じたという。

「誰の仕業かわからないですけど、仏像にそんなことする奴はまともじゃないですよ。そんな奴が来るような場所だって思ったら、急に怖くなったんです」

Kさんは、まだ撮影を続けたいというBさんを引っ張るようにして、本堂から出た。

すると、境内の真ん中に黒い人影が見えた。

髪の長い女性に見えたのだそうだ。

しかし次の瞬間、それは人のような姿を保ちながらも、膨らんだり、たくさんの触手のようなものが伸びたり、混沌とした動きを繰り返した。

Kさんたちは慌てて本堂の中に戻った。しかし、本堂で二人が見たものは、外の人影のように膨らんだり、蠢《うごめ》いたりする本尊だった。

「それからはもう必死で、一人で建物から飛び出しました」

境内にまだ黒い人影がいたのかどうかは、よく覚えていないという。気が付くと、Kさんは一人で実家の近くに佇んでいた。

その後、Bさんと連絡を取ろうと試みたのだが、メッセージを送っても、電話をかけても、全く反応がなかった。Bさんが入院したと知ったのは、三日後のことだ。

「母親が近所の人から聞いてきた話なんですけど、あの日、Bは自分で家には帰ったみたいなんです。ただ、次の日の朝、部屋で油性のマジックを使って、自分の顔を黒く塗り潰しているところを弟に見つかったらしくて」

Kさんが聞いたところでは、どうやらBさんは一晩中自分の顔をマジックで塗っていたようで、顔の皮膚からは血が滲んでいたという。また、眼球も、歯も、インクで真っ黒だったそうだ。

「村の年寄りは、無有《ないある》に憑かれたんだっていってましたね。僕もよくは知らないんですけど、あの寺で見た黒い人影が無有っていうモノらしいです」


昭和四十七年生まれのWさんは、A村の出身である。現在は埼玉県で夫と二人の娘と一緒に暮らしていて、実家には滅多に戻らない。

Wさんは中学一年生の頃、いじめに遭っていた。机や教科書に落書きをされる。上履きや体育着を隠される。身に覚えのない誹謗中傷に晒《さら》される。そんなことが日常茶飯事に起こっていた。

いじめを行っていたのは、クラスの三人の女子だった。中でもリーダー格の女子は当時のP

TA会長の娘で、教師からの評判もよかったから、生徒は誰も逆らうことができなかったという。

「教師も、親も、いじめには気付いていたの。結局、何もしてくれなかったけど。ホントにただただ苦しくて悔しくて、学校に行くのが辛くて、でも、『休みたい』っていうと、親はいい顔しないし……」

お盆になって、Wさんは両親と共に親戚の家を訪れる機会があった。そこはWさんたちN家の本家に当たる家で、A村でもかなり大きな屋敷の内の一つだった。Wさんの家だけではなく、分家に当たる親類縁者が集まる中で、子供たちは子供たちで別室が用意され、菓子やジュース、テレビゲームなどが与えられた。

座敷の隅っこで持ってきた文庫本を読んでいると、一つ上の従姉から声を掛けられた。同じ中学校に通う彼女は、Wさんがいじめられているのを耳にして、かなり心配していたらしい。従姉は縁側に場所を移して、Wさんの話を聞いてくれた。

「これまで誰にも聞いて貰えなかったからね、その時は堰を切ったように言葉が噴き出した。涙が止まらなくて、思い出すとちょっと恥ずかしくなるなぁ」

すると従姉はこんな話を教えてくれた。

本家の屋敷の裏にある岩山には、洞窟がある。その奥に、小さな古い社がある。それは代々N家一族が祀っている神様で、苦しみを取り去ってくれるのだという。そういえば、年に一度、父親が紋付を着て早朝から本家を訪れることがあった。何をしに行くのかと問うと、本家の神様の祭りだと教えてくれた。

「従姉がいうには、その神様は一族の人間の願いしか聞かないっていうの」

正直、半信半疑だった。だから、その場で洞窟に行こうという流れにはならずに、二人は部屋に戻って、親戚の子たちとボードゲームをしたのだそうだ。子供たちと戯《たわむ》れている内に、洞窟の中の神様のことは忘れてしまった。或いは、従姉に悩みを打ち明けて精神的に楽になったことで、満足したのかもしれない。

Wさんが従姉の話を思い出したのは、夏休みの終わりのことだった。もうすぐ新学期が始まる。またあの苦しい日々が始まるのかと考えただけで、Wさんは冷や汗を掻き、手足が痺《しび》れた。だから、Wさんは N家の神様に、この苦しみを取り除いて貰おうと思ったそうだ。もちろん、盲目的に信じていたわけではない。ただ藁にも縋《すが》るような気持ちで、本家へ向かった。

屋敷の裏手の洞窟へは、本家の庭に入らなくても、脇にある私道を使えば迂回する形で行くことができる。雑木林の中の未舗装の私道は、砂利が敷いてあり、きちんと草刈りもされていたから、Wさんは何の苦もなく、本家の裏手の山に辿り着いた。

白っぽい岩肌に、歪《いびつ》に穿《うが》たれた洞窟が口を開けていた。

頭を屈めて入るくらいの小さい穴だったが、中は存外に広い空間だった。

「奥行きが結構あって、ホールみたいに天井は高かったね」

洞窟の奥には、地下水が染み出ていて、小さな池のようなものができていた。その真ん中に立つ亀の甲羅のような形状の岩の上に、小さな社が二つ並んで立っていた。側には淡い青色の幟《のぼり》が立っていて、「苦取大明神」と書かれていたという。

Wさんは社に向かって手を合わせて、自分の苦しみがなくなるようにと祈った。

「今考えるとちょっと不思議で、普通なら『もういじめられませんように』とか、『あの三人がいじめをやめますように』とか、具体的にお願いすると思うんだけど、あの時は何でかすごく抽象的なお願いの仕方になったの」

効果はすぐにあらわれた。

新学期早々、Wさんをいじめていた三人の女子が学校に来なくなったのである。しかも噂では三人は同時に行方不明になってしまったらしい。

「村では家出じゃないかとか、誘拐じゃないかとか、色々な噂が立ったの。でも、全員いなくなった状況がかなり不自然だったせいで、最後には神隠しに遭ったんじゃないかっていわれ出して」

Wさんはいじめられなくなったことを安堵しながらも、自分が神様に祈ったせいで彼女たちが消えたのではないかと思い、怖くなった。それで改めて洞窟の中の社を訪れると、三人を返してくれるように祈ったそうだ。

翌日、三人の屍体がそれぞれ自宅の押し入れや屋根の上、庭の木の上で発見された。いずれも全身がびしょ濡れで、不思議なことに潮の香りがしたという。

警察が調べたところ、屍体には海水に浸かっていた形跡があったそうだ。死因について様々な憶測がなされたが、屍体が濡れていたにも拘わらず、溺死という言葉は誰の口からも出なかった。

「これは聞いた話だけど、三人とも何か尋常じゃないくらい怖いものを見たようで、顔が歪むくらい目も口も開いていたって話」

Wさんはそれ以来、本家に行くのが怖くなって、親戚の集まりには一度も出席しなくなった。

結婚して離れた土地で暮らす今では、A村の実家すら忌まわしいものに思えてしまうという。

滅多に帰省しないのはそのためだ。

第一章　無有《ないある》の怪談

私が赤虫村のことを初めて知ったのは、まだ怪談作家の呻木《うめき》叫子《きょうこ》としてデビューする前、二〇〇六年の大学院時代のことだった。

きっかけとなったのは、都内で定期的に開かれている「妖怪で世界を救う会」という名前の研究会の例会だった。この研究会、名前は珍妙極まりないが、存外に硬派な集まりである。その日の発表者は、妖怪研究家の大島清昭《おおしまきよあき》で、「のっぺら坊の研究」というシンプルなタイトルであった。これは日本国内ののっぺら坊の事例を網羅的に比較検討し、その特徴を抽出しようという試みで、国際的な事例比較の前段階の作業として行われたものとのことだった。

発表では小泉八雲《こいずみやくも》『怪談』の貉《むじな》の話はもとより、『曾呂利《そろり》物語』ののっぺら坊、『新説百物語』のぬっぺりほう、鳥山石燕《とりやませきえん》『画図百鬼夜行』のぬっぺっぽう、竹原春泉《たけはらしゅんせん》『絵本百物語　桃《とう》山人夜話《さんじんやわ》』の歯黒べったり、青森県のずんべら坊など有名な事例に交じって、愛媛県の無有《ないある》という全く聞いたことがない名前の妖怪種目が挙げられていた。出典は庵下《あんげ》譲治《じょうじ》の『赤虫村民俗誌』という、四十年程前に出版された文献である。

大島の発表はのっぺら坊全体に関する考察が主軸であり、個別的な妖怪種目の紹介は少なかったが、無有に関しては「管見《かんけん》の限り、『赤虫村民俗誌』でしか見たことがない妖怪ですから、珍しいものだと思います」と述べていた。発表後の質疑応答の際に、無有についてもっと詳しく聞きたかったのだが、生憎《あいにく》、他の質問などで時間が過ぎてしまい、それは叶わなかった。大島は地方在住で「特急の時間があるので」と早々に帰ってしまい、個人的に話すこともできなかった。

無有のことが気になった私は、後日、一次資料に当たろうとしたのだが、残念ながら大学図書館に『赤虫村民俗誌』は収蔵されていなかった。別の図書館から取り寄せることはできるのだが、煩雑な手続きをしてまで読みたいわけではなかったので、その時は諦めることにした。『赤虫村民俗誌』を著した庵下譲治は、二〇〇二年に六十五歳で亡くなった民俗学者である。代表的な研究はクトル信仰に関するものであるが、他にも都市祭礼や住居論、俗信に関する研究などの分野で重要な提言をしている。

クトル信仰は、主に日本の太平洋側に散見される民間信仰で、クトル（主に「苦取」と表記する）という神を祀《まつ》ることで、現世利益を願ったり、この世の苦しみから解放されようとしたりするものである。この信仰の特徴は、同族によって祭祀される点であり、そこから一種の祖霊信仰が窺えるのではないかとも指摘されている。

更にクトル信仰には、いつの日か海の向こうから苦取神がやってきて、この世の苦しみから救ってくれるという教えが付随している場合もある。ここからは日本の民間信仰では珍しいメシア観念が見受けられ、やはりメシア観念が含まれるミロク信仰と比較されることが多い。

ちなみに、ミロク信仰とは仏教の弥勒下生《げしょう》信仰が民間に普及したもので、ミロク神がこの世を救済してくれるとか、富をもたらしてくれるといい、世直しの観念も認められる。代表的なものは、関東地方や東海地方に分布する弥勒踊りや鹿島踊りがある。また、沖縄では弥勒菩薩はミルク神と呼ばれ、福神として信仰されてきた。

ミロク信仰に関しては、宮田登《みやたのぼる》の業績がよく知られているが、宮田と庵下はその専門分野が近いことと、年齢が近いことから、民俗学ではよく比較される。しかし、著作数が多い宮田に比べると、庵下は圧倒的に出版物が少なく、それ故、若い世代の民俗学専攻者からの認知度は低い。

「妖怪で世界を救う会」の例会から半月が経過した頃、私は指導教官の古城典光《こじょうのりみつ》教授の研究室で、修士論文について相談をしていた。

決して広いとはいえない研究室は、窓際に教授のデスクがある以外は、ほとんどが書架に占められ、棚の上にも無造作に研究書や報告書の類が平積みになっている。もっとも民俗学専攻の教員の研究室は何処《どこ》も同じようなものだから、古城教授が特別というわけではない。

私はデスクの近くの空間に用意されたパイプ椅子に座って、研究の進捗状況を報告し、教授からアドバイスを受けていた。

古城教授は五十代後半で、丸眼鏡に長身痩軀、真っ白な頭髪と顎髭から、山羊《やぎ》を思わせる風貌をしている。物腰が非常に柔らかいことと、猫背気味なことが相俟《あいま》って、一九〇センチの高身長であるのに、何故か小さな魔法使いのようなイメージが付き纏《まと》う不思議な人物だ。

当時の私の修論テーマは、〝妖怪宅地〟の理論化で（ちなみに妖怪宅地という用語は、哲学者の井上円了《いのうええんりょう》が『妖怪学講義』で使用したものである）、これは簡単にいってしまえば幽霊屋敷や化物屋敷、住居空間の怪異などの事例のデータベースを作成し、その分類・分析を通して、住居空間における怪異をモデル化していくという試みであった。

この時、話題が庵下譲治の住居論に関する論文に及んだのだが、ついでに『赤虫村民俗誌』に珍しい妖怪種目が記載されていることを古城教授に話した。

「読みたいと思ったんですけど、図書館に入ってなかったんですよねぇ」

「あ、そうですか。その本なら持ってますよ」

古城教授はおもむろに立ち上がると、研究室内の書架と書架の間を行ったり来たりした。それから五分程度で『赤虫村民俗誌』を見つけて、私に差し出した。聞けば庵下は大学時代の先輩だそうで、その本も本人から謹呈されたのだという。

「赤虫村にも苦取《くとる》神が祀られているようで、庵下さんは何度も調査に足を運んだみたいですよ。民俗誌はその縁で書いたのでしょうね」

古城教授は快く『赤虫村民俗誌』を私に貸してくれた。

無有についての記述は、終わりに近い部分の「赤虫村妖怪種目」という章の中に見つけることができた。ただ、そこには無有だけではなく、今まで目にしたことがない妖怪種目の数々が並んでおり、かなり興奮したことを覚えている。といっても、その後は修論の執筆が佳境に入ったので、赤虫村の妖怪種目について調べる時間的な余裕はなかった。後々のために、興味をそそられた部分だけをコピーして、早々に『赤虫村民俗誌』は古城教授に返却した。

次に赤虫村の名前を聞いたのは、今から二年前の二〇一六年のことだった。知り合いの伝手《つて》で紹介された大学生から怪談を聞くことになっていたのだが、その鹿野徳太《かのとくた》という男子学生が赤虫村の出身だったのだ。しかも語られた話が、無有に関するものだったのである。

夏休みに帰省した彼は、地元の友人と村の心霊スポットである廃寺を訪れ、そこで無有らしき存在に遭遇したというのだ。

「あなたみたいに、今でも無有に遭ったたっていうような話って、他にも聞いたことありますか？」

やや興奮気味で尋ねると、鹿野は「う〜ん」と腕を組んだ。

「僕と同じような黒い人影を見たって話は、聞いたことがあります。でも、それが無有だっていうのは、聞いたことなかったですね。多分、僕らの世代で無有って名前を知っているのが、そもそも少ないんだと思います。親の世代から上だと結構知ってるみたいですけど、あんまり口にしていい名前ではないみたいですし。まあ、僕が見たモノも、本当に無有なのか実際のところはわからないです」

更に彼にインタビューを続けると、赤虫村には「太夫《たゆう》」と呼ばれる民間宗教者がいることがわかった。

「えっと、病院に行っても治らないような原因不明の病気になると、最後に太夫さんのところへ行くっていうのは聞いたことあります。蛇とか、死んだ人に憑かれたとか、そういう場合は太夫さんに祈禱して貰うと治るんだそうです。もしかしたら無有に憑かれた場合も、太夫さんのところへ行くのかもしれません」

鹿野徳太への取材の後、私はインターネットで赤虫村の廃寺について調べてみた。確かに彼のいう通り、そこは愛媛県内では存外に知られた心霊スポットであり、不思議な体験をしたという書き込みも散見できた。また動画サイトにその廃寺で肝試しをした様子がアップされているのも確認した。

県内でこれだけ知名度のある場所ならば、現地へ行けばもっとたくさんの怪談を集めることができるかもしれない。少なくとも太夫という民間宗教者から話を聞くだけでも、何らかの収穫はありそうである。そう思った私は、実際に愛媛県の赤虫村を訪問することを決めたのだった。

庵下譲治「赤虫村妖怪種目」『赤虫村民俗誌』より

アカシャグマ　赤しゃぐま。家にいる怪。赤い髪の子供の姿をした妖怪。家人が寝静まると、誰もいない座敷で騒ぎ出す。また、台所にある残り物を食べてしまう。寝ている子供をくすぐるなどの悪戯《いたずら》をすることもあり、そうした時に稀《まれ》に姿を見られることがある。東北地方の座敷童子《わらし》に類似する。

ウシオニ　牛鬼。水の怪。波根《なみね》区の山中にある牛鬼淵には、かつて牛鬼が棲んでおり、人を食い殺したり、里に下りて農作物を荒らしたりした。中須磨《なかすま》の先祖が苦取神に祈って、淵の底に牛鬼を封じたという。牛鬼淵では、今でも底から牛鬼の咆哮が聞こえるといい、その声を聞いたものは病気になって、時には命を落とすという。

イダカボウズ　位高坊主。道の怪。見上げれば見上げる程大きくなる妖怪で、冬の夜道に現れる。最初は小坊主のようなものが道を塞いで、宙に浮く。思わず見上げてしまうと、どんどん大きくなって、あっという間に大入道の姿になる。中予《ちゆうよ》、東予の高坊主や南予の伸び上がりに似た妖怪で、見越し入道の一種と思われる。位高坊主は時に人を攫《さら》って、凍死させる。冬の間の神隠しは位高坊主の仕業、それ以外の春から秋の神隠しは天狗の仕業といわれている。

クトウカ　九頭火。火の怪。夜になると、村の広い範囲を飛び回る怪火。大きな一つの火の玉に、八つの小さな火の玉が纏わりつくように燃えている。火の玉にはそれぞれ異なる顔が浮かび上がり、念仏のようなものを唱えている。行き倒れた旅人や遍路《へんろ》の怨念とされ、原因不明の火事を引き起こす。特に裕福な家々を妬むといわれ、村内の旧家は少なくとも一度や二度被害に遭っているという。人を焼き殺すこともあることから、かつて夜間はむやみに外出しないように戒《いまし》めた。

ジキトリ　じきとり。山路の亡霊。かつて山道で餓死した者の亡霊で、通りかかった者に取り憑く。憑かれた者は急激な飢餓感に襲われ、何か口に入れるまで身動きができなくなる。山仕事をする場合は、じきとりに憑かれても平気なように、常に米粒を持参する。じきとりに襲われるのは、多くが事情を知らない旅人だという。

テング　天狗。里の怪。風上《かざかみ》区にある天狗銀杏《いちょう》という神木は、石鎚《いしづち》山の天狗が飛んできた時の休憩場所と伝えられ、その周囲は立ち入りが禁じられていた。石鎚山法起坊《ほうきぼう》は『天狗経』に記載された全国四十八天狗の一つである。春から秋にかけて神隠しがあると、天狗に攫われたという。いなくなった子供は、数日後に屋敷の屋根の上や天狗銀杏で見つかった。また、天狗と位高坊主は仲が悪いとされ、位高坊主が出る冬の間は、天狗は赤虫村に来ないという。

ナイアル　無有。道の怪。のっぺら坊の類。夜更けに雲外寺《うんがいじ》の前の道を歩いていると、灯りも持たずに誰かが歩いてくる。不思議に思って提灯を向けると、顔が夜のように真っ黒な女だった。無有は昼間も現れるといい、その時々で老人、若い女、子供、大入道など姿は異なるものの、顔がないことは共通している。また、無有は出会った人間に取り憑くといわれ、憑かれた人間は自分の顔を黒く塗り潰したり、刃物で削ぎ落としたりする。無有に取り憑かれないためには、「無有よ約束せしを忘るるな星読み男氏《うじ》はなかすま」という呪文を唱えればよいという。

ハスタ　蓮太。道の怪。黄色い布の巻かれた蓑笠《みのがさ》をつけ、村中を徘徊する妖怪。雨が降っていないのに、雨天時の装束をしているので、すぐに蓮太だとわかる。目撃者の多くは若年者で、悪さをされることはない。蓮太が出ると、その日は暴風雨や竜巻が起こるといわれる。蓮太自身が悪天を起こすといわれたり、蓮太は暴風を知らせてくれているといわれたり、村民によって捉え方が違うのが特徴的。その正体に関しても、風の神や死んだ落武者など、幾つもの起源譚が伝承されている。

＊

赤虫村を実際に訪れる前に、私は古本屋で『赤虫村民俗誌』を購入した。この本の執筆のために行われた庵下譲治の現地調査からは、既に四十年以上の時間が経過している。従って、現在の赤虫村とどの程度実情が乖離しているのかわからないが、基礎知識として村の民俗を知っていることは大切である。

『赤虫村民俗誌』には、衣食住、年中行事、生業《せいぎょう》、信仰、交通など、村の多岐に渡る民俗が綴《つづ》られていた。学生の頃は妖怪やクトル信仰に関する記述に関心があったので、それ以外はほとんど読み飛ばしていたが、改めて読み返してみると、庵下が長い期間をかけて丁寧に赤虫村で聞き取り調査を行っていたことが窺えた。

庵下はクトル信仰の調査の過程で、村の有力者である中須磨家と懇意になった。調査当時、本家は建設会社を営んでいたが、分家は神社で宮司をしていたり、村会議員だったり、農協の組合長だったりと、赤虫村の中の重要な役職を担っていた。そのおかげで、村内の調査がだいぶスムーズに行えたようだ。

鹿野徳太とは最初の取材以降にも何度か連絡を取って、赤虫村の現在の様子を詳しく聞いておいた。村は何処の田舎でも同じように、過疎化と少子高齢化が進んでいるそうだ。ただ、赤虫村には中須磨家の本家が経営している中須磨建設という会社があり、役場やＪＡ以外にもまだ地元の若者の就職の受け皿となっているらしい。もっとも中須磨建設で多いのは縁故採用で、だから、従業員の大部分が中須磨家の親類縁者で構成されている。そうした意味では、現在も中須磨家は赤虫村で大きな力を持っているように思えたのだが、それはあくまで余所者《よそもの》である私の印象でしかなかった。

「大部分の住民は、西条《さいじょう》とか新居浜《にいはま》辺りの工場とか商業施設に勤めています。なので、特別中須磨建設の従業員が多いわけではありません。それに中須磨の人たちも分家の人たちは村の外で働いている人が多いですよ」

鹿野はそういっていた。更に、実際の赤虫村の産業の中心は柑橘《かんきつ》類の栽培なので、中須磨建設の存在は村民には然程《さほど》大きな意味はないそうだ。かつては農協にも中須磨家の人間が何人もいたようだが、十数年前に現地のＪＡが経営統合されてしまい、現在赤虫村そのものにＪＡの支所は存在しない。精々ガソリンスタンドとそこに付随するＡＴＭがあるくらいだ。収穫した蜜柑《みかん》も隣の町まで運ぶのだという。

では、実際に中須磨家の一族は、赤虫村でどれ程の戸数があるのだろうか。正確にはわからないものの、鹿野の同級生で中須磨の姓を持っていたのは、学年全体の五分の一くらいではなかったかという話だ。三十人くらいの学級だったというから、一クラスに六人。もちろん、これは彼の印象だから、実際はもっと多い可能性もあるし、逆の場合もある。ただ、赤虫村では中須磨という姓は珍しくはなかったのは確からしい。

事前の準備は存外に順調に進んだのだが、原稿の〆切や怪談イベントへの出席など、なかなか仕事のスケジュールに空きがなく、結局、私が最初に赤虫村を実際に訪れたのは、二〇一七年の一月下旬のことだった。

自宅から赤虫村までは、かなり距離がある。まず最寄り駅から東京駅へ移動し、そこから新幹線に乗り岡山駅へ向かう。岡山駅では特急電車に乗り換えて、伊予西条《いよさいじょう》駅まで移動する。更にレンタカーで三十分程度運転して、やっと目的地に到着する。合計すると六時間以上で、現地に移動するだけでほとんど丸一日が潰れてしまうし、これは復路も同じである。だから、今回の取材の日程は移動日も含めて十日を予定していた。

私が赤虫村唯一の温泉旅館であるぎやまん館に到着したのは、既に黄昏《たそがれ》時だった。

ぎやまん館は山沿いにある二階建ての和風建築で、砂利敷きの広い駐車場を有していた。私がレンタカーを駐車した時点で、既に十台以上の車が停まっていた。どうやら日帰り温泉を目的とした客が存外にいるらしい。

銭湯のような靴箱にスニーカーを入れて、フロントでチェックインを行った。

対応してくれたのはジャージ上下に宿の名前の入った法被《はっぴ》を着た男性だった。薄くなった頭髪に赤茶けた顔をした柿のような風貌で、年齢が摑み難《にく》い。四十代から五十代だろうか。その見た目から東北の柿の妖怪であるタンタンコロリンや柿男を連想した。

私が宿帳を記入している間も、日帰り客が二組やってきて、慣れた様子で入湯料を払っていった。

「五時過ぎになりよると、日帰りのお客さんでお風呂が込み合いますけん、早めに入るか、日帰りの時間が終わった十時以降に入った方がいいですよ」

男性は柔和な表情でそういった。

それから食事の時間を確認して、部屋の鍵を渡された。大きな四角いキーホルダーの付いた懐かしい雰囲気の鍵だ。男性は丁度通りかかった若い女性に私の案内を指示した。

「お客さんを二〇一号室にご案内して」

どう見ても普段着にしか見えないその女性は、無表情にこくりと頷くと、私を案内してくれた。

私に用意されていたのは、二階の東側の角部屋で、十畳程の和室が二間もあった。一人で泊まるにはかなり広い部屋である。窓の外は既に暗かったが、近付いて見るとすぐ近くに山が迫っていた。女性は慣れた様子でひと通り部屋の説明をすると、「何かご質問はありますか?」と問うた。

「他に宿泊のお客さんっているんですか?」

私が尋ねると、女性は「いいえ」と首を振った。案の定、宿泊客は私一人というわけだ。といっても、日帰り客はかなりの数がいるようだし、一階では食堂も営業しているようだ。漠然と鄙《ひな》びた温泉旅館をイメージしていたが、想像と違ってかなり賑わっている。

「あの、あなたって、ここの村の人?」

「はい。この旅館の娘です」

ああ、それで普段着でウロウロしていたのか。折角だからと思った私は、名刺を差し出して、自分が赤虫村の怪談の取材に来たことを簡単に説明した。

女性——実際はまだ高校生だから、少女というのが適切だろう——は、名刺の「怪談作家」の肩書きにかなり興味を示してくれた。彼女は金剛満瑠《こんごうみちる》と名乗った。ちなみにフロントにいたのは彼女の父親だった。

「今日からしばらくお世話になるから、時間がある時にでもお話を聞かせてくれませんか?」

「あ、はい! あたしで良ければ」

最初の仏頂面よりも遙かに可愛らしい笑顔で、満瑠はそう答えた。

その日は移動の疲れもあって、温泉に浸かって夕食を終えると、かなり眠くなった。瓶ビールの酔いもいい感じに回っている。布団は自分で敷かなければならないので、押し入れから敷布団を引っ張り出していると、部屋の外から声が掛けられた。

時刻は午後九時半である。ドアを開けると、満瑠が立っていた。

「あの、ちょっと聞いて欲しい話があるんですけど……」

私は睡魔に誘惑されながらも、努めて笑顔を作って、彼女を部屋へ招き入れた。

窓辺の椅子に向かい合って座ると、満瑠はおもむろに語り出した。

呻木叫子の原稿

女子高生のMさんが、小学六年生の頃の話だ。

Mさんの通っていたA村立M小学校は、一学年一クラスの小さな学校で、全校生徒は二百人程度だったという。かつては村内に三つの小学校があったが、現在は少子化のために統合されてA小学校一校になっている。

当時、M小学校では「ないあるさん」という遊びが流行っていた。Mさんがいうには、こっくりさんとよく似た降霊術なのだそうだ。やはり五十音が書かれた用紙を使用するのだが、こっくりさんと違って、「はい」「いいえ」の言葉が「ない」「ある」になっている。更に中心に描く鳥居のマークの代わりに、六角形の結晶のような図形を描き、その中に「とらぺ」という呪文を書くのだそうだ。あとはこっくりさんと変わらない。複数の人間の指で硬貨を押さえ、「ないあるさん、ないあるさん、お越しください」といって、それが動き出すのを待つ。そして、ないあるさんが降りてきたら、様々な質問をする。

「こっくりさんは学校で禁止されてたんですけど、ないあるさんに関しては先生たちが把握していなかったせいで、別に禁止されていなかったんです」

その日の昼休みも、教室の最後列の席で三人組の女子がないあるさんを行っていた。Mさんはといえば、前の方の席で友人とお喋りを楽しんでいた。教室には他に、学級委員のYくんがいて、自分の席で読書をしていた。つまり、教室には全員で六人の児童がいたことになる。

「あたしらはアニメの話とか、アイドルの話とか、ダラダラ話してたんですけど、急にないあるさんをしていた子たちが悲鳴を上げたんです」

Mさんがそちらを向くと、ないあるさんをしている三人組の前に、一人の少女が立っていた。漆黒の長い髪に、古めかしい黒いワンピースを着ている。Mさんからは後ろ姿しか見えない。ただ、どう見てもクラスメートではないことはわかった。かといって下級生や上級生が教室の中に入ってくることは滅多にない。Yくんも怪訝そうにそちらを見る。

「その子がいつの間に教室に入ったのか、あたしにはわからなくて。っていうのも、これって真冬の体験なんです。だから、教室の入口は閉まっていて、廊下から誰かが入ってきたらすぐにわかったはずなんですけど」

更にMさんが奇異に思ったのは、ないあるさんをしている女子たちの反応である。最初こそ大きな声を出した彼女たちだったが、今度は黙り込んでしまった。黒いワンピースの少女を前にして三人とも俯いている。

異様な雰囲気に、Mさんと友人も会話を中断してそちらの様子を窺ったのだが、友人も黒いワンピースの少女を目にした途端、矢庭《やにわ》に目を伏せた。その動作が余りにも早く、また友人の表情が切羽詰まっていたので、Mさんもつられるように、その少女から目を逸らした。

わずかな間があって、Yくんの叫び声がした。

Mさんはかなり驚いて一旦顔を上げたものの、友人が強く目を瞑《つむ》っているのを見て、自分も同じように目を閉じた。

それから間もなく勢いよく教室の戸が開いて、誰かが中に入ってきた。

「お、おい、Y。どうしたんだ?」

クラスメートの男子だった。その声にMさんも目を開けてYくんを見た。そして、啞然とした。

Yくんは頭から何か黒い液体をかけられたまま、椅子に座っていた。顔は真っ黒に染まって、Yくんの表情は窺い知ることはできなかった。

そして、いつの間にか、あの黒いワンピースの少女の姿は消えていたという。

「Yくんにかかっていたのは、墨汁だったそうです」

Yくんは学校を早退し、それから三日ばかり欠席した。

その後、小学校では「あの黒いワンピースの少女はないあるさん自身だったのではないか」という噂が広まった。下級生たちは怖がってないあるさんをやめたようだが、Mさんのクラスでは以前と変わらず続けられたという。

「気味が悪かったから、あたしはそれ以来一回もやりませんでしたけど」

*

翌日、私は赤虫村の郷土資料館を訪れた。

郷土資料館は村役場の近くに建つ、図書館に併設する建物だった。装飾性は皆無で、ぱっと見では地方都市のハローワークのような堅苦しくも地味な外観である。

ひと通り館内を見学してみたが、展示物は民具と文書資料が多く、それも生業に関わる資料がほとんどだった。赤虫村の昔話や伝説に関する展示はなく、ましてや怪談に関わる展示もない。

そこで、受付の若い女性に学芸員への面会を求めた。女性は奥の事務所に一度引っ込むと、三十代半ばくらいの男性を伴って出てきた。

「すみません。赤虫村の妖怪伝承について調べていまして」

私がそういうと、学芸員の男性は「はいはい」と軽く相槌《あいづち》を打って、「中須磨と申します」と名乗った。差し出された名刺には中須磨夢太《ゆめた》とある。

この時、私は思わず心の中でガッツポーズをした。本家か分家かはわからないが、早くも中須磨一族の人間とコンタクトが取れたことは、今後の調査においても大きなプラスになるだろう。

中須磨夢太は、中性的な顔立ちで、髪がやけにサラサラしているのが印象的だった。キューティクルが輝いて、光輪のように見える。目は細いが幅が広く、唇は薄いがやはり大きな口をしていた。

私が改めて名刺を渡して、身分と詳しい目的を告げると、夢太は事務所の中へと案内してくれた。

奥のデスクでは中年女性がパソコンに向かっている。私たちに気付くと、物珍しそうな顔でこちらを見た。

「照戸《てるど》館長、こちら怪談作家の呻木叫子先生です」

中須磨夢太が紹介してくれたので、私も頭を下げて挨拶した。館長は照戸安奈《あんな》と名乗って、立ち上がると、わざわざこちらへ寄ってきた。白いセーターにグレーのパンツスタイルで、染めた髪がウエーブしている。

「館長っていっても、単なる役場の職員なんですよ」

照戸はそういって柔和に笑った。聞けば、郷土資料館の館長は、村役場の生涯学習課の管轄で、数年単位で変わるのだそうだ。照戸も去年の四月に配属になったばかりで、ようやく業務に慣れてきたところだという。一方の中須磨夢太は常勤の学芸員なので、異動はないらしい。

「ほじゃけん、夢太君がここじゃあ一番のベテランなんです」

私は古いソファーとローテーブルの置かれた応接セットに座るよう促された。向かいの席には中須磨夢太が座り、照戸館長は自らお茶を淹れてくれた。

「ごゆっくり」

館長はそういって、自分のデスクに戻った。

「わざわざ東京からこんな田舎にいらしたんですね」

名刺の住所を見て、中須磨夢太が苦笑する。

「ええ、まあ。もともとこちらのことは、学生時代から存じ上げてはいたんです。庵下譲治の

『赤虫村民俗誌』を読んで。ただ、ずっとそのことは忘れていたんですけど、最近になってこちらの村の出身の方から、無有についての怪談を伺う機会がありまして。調べてみたら、ネットでもそれらしい噂が見つかったものですから」

「それで現地まで調査に来られたと」

「はい」

「僕も雲外寺の廃墟が心霊スポットになっているのは知っています。近隣の町からも若者が来るみたいですし」

どうやら鹿野の話に出てきた廃寺は、もともと雲外寺という名らしい。とすると、『赤虫村民俗誌』の無有の項にあった「雲外寺の前の道」という記述は、現在の廃寺の前の道ということになる。

「その雲外寺さんは、いつから廃寺になったんです?」

「えっと、確か戦後間もなくだったと思います。跡継ぎの息子さんが南方で戦死されて、そのすぐ後に両親が病死されたって聞いています。あそこも中須磨家の親類でしたから、何処かの分家から跡取りを出そうかという話にはなったらしいんですが、結局、誰も名乗りを挙げなかったので、そのまま廃寺になりました」

神社だけではなく、村の寺院まで中須磨家一族だったのか。これで村の診療所も中須磨の分家だったら、村の重要なポストをすべて中須磨家が占めていることになるのではないか。そう思って訊いてみたが、村の診療所は待田《まちだ》という家が代々務めているそうだ。

待田家も相当古く、不動産も多く所有しているそうで、診療所は規模が小さいものの、隣接する自宅は贅を尽くした洋館だそうだ。そういえば、ここへ来る途中に場違いな建物をちらりと見た記憶がある。あの瀟洒という表現とは程遠い造作の洋館が、待田家なのだろう。

更に中須磨夢太の話では、赤虫村には元々雲外寺を含めて三つの寺院があり、残り二つは中須磨家とは関係がないそうだ。雲外寺がなくなった後、檀家の半分程度は村内の同じ宗派の寺院に移ったという（ちなみに雲外寺は真言宗だったそうだ）。

「あの、基本的な質問なのですが、この村では無有ってどのような存在として考えられているのでしょうか？　『赤虫村民俗誌』にはのっぺら坊だと書いてありましたけど」

私がそう尋ねると、中須磨夢太は楽しそうに頷いて、「のっぺら坊ですよ。ただ、何というか混沌としている」と答えた。

「混沌ですか？」

「そうです。無有は顔がないだけではなくて、姿かたちを変えることもあります。大きくなったり、小さくなったりもする。まあ、それだけなら通常ののっぺら坊の範疇だとは思います。小泉八雲の『怪談』に出てくるのっぺら坊も、女の姿や蕎麦屋の主人の姿に変化していますからね。まあ、あれは最初からタイトルが『貉』ですから、貉が化けているという設定なんでしょうけど」

確かにのっぺら坊といえば顔がないことが最大の特徴であるが、話によっては主人公の知り合いに姿を変化させることもある。そういう意味では英語圏でいうシェイプシフターの一種と考えることもできるのだろう。

「ただ、無有の場合は、単に人を脅かすだけではなくて、人に取り憑くこともあります。こうなると、顔がないだけののっぺら坊とは違ってくる。障《さわ》りを及ぼすともいいますからね。それでも、無有の特徴を突き詰めますと、やっぱり本質はのっぺら坊だと思うのです」

「はあ」

よくわからなかったので、曖昧に相槌を打った。中須磨夢太はそれを察したようで、更に詳しい説明を始める。

「妖怪研究家の多田《ただ》克己《かつみ》さんが、ぬっぺっぽうの解説で述べているのですが……あ、ぬっぺっぽうはご存じですよね?」

「はい、わかります」

ぬっぺっぽうというのは、『化物づくし』『百怪図巻』『化物絵巻』などの絵巻物に描かれた妖怪で、一頭身の肉の塊に短い手足がついたような姿をしている。ビジュアルとしては鳥山石燕が『画図百鬼夜行』に描いたものが有名だろう。一見してゆるキャラのような容姿をしている。

「ぬっぺっぽうも、のっぺら坊の一種と考えられていますが、多田さんはぬっぺっぽうの方がより古いスタイルだと主張されています。そして、のっぺら坊は人間の形をしていて目、鼻、口がないだけというのに対して、ぬっぺっぽうは顔と体の区別もつかないくらい混沌としていることを指摘しています」

「はあ」

「多田さんは中国の事例とも比較されていて、例えば『荘子』の渾沌《こんとん》のエピソードを紹介しています」

中須磨夢太のいう『荘子』の渾沌のエピソードというのは、「応帝王」にある記述で、こんな話だ。

渾沌という名の帝は、目、耳、鼻、口の七つの穴を持たなかった。渾沌にいつも手厚くもてなされていた二人の帝は、その恩に報いるため渾沌に一日に一つずつ穴をあけた。しかし、七日目に渾沌は死んでしまったという。

「それから天山の神の帝江《ていこう》を挙げて、ぬっぺっぽうに似ていると指摘しています。帝江は『山《せん》海経《がいきょう》』に載っていまして、その姿は黄色い袋のようで、足が六本、翼が四枚で、混沌としていて、のっぺら坊なんだそうです。『春秋左氏伝』では字は違いますが、帝鴻《ていこう》という名が出てきて、その子孫が――これも字が違いますが――渾敦《こんとん》だといいます。まあ、つまりのっぺら坊の古いスタイルというか、本質的な部分は渾沌なわけです。そういう意味で、無有は古いのっぺら坊の系譜に繋がる存在なんじゃないかと思いますね」

いきなり話が古代中国にまで飛躍するとは思わなかったが、とにかく無有はのっぺら坊の一種なのだということだけを理解しておけばいいだろう。

「あの、ずっと気になっていたのですが、『赤虫村民俗誌』に『無有よ約束せしを忘るるな星読み男氏はなかすま』っていう無有除けの呪文が出ていますよね？」

「ああ、はいはい。あの河童《かっぱ》除けの呪文に似たやつですね」

「そうです、そうです」

河童除けの呪文というのは、根岸鎮衛《ねぎしやすもり》の『耳袋』にある「ひよふすべよ約束せしを忘るゝな川だち男うぢはすがわら」や『落穂余談《おちぼよだん》』にある「ヒョウスへは約束せしを忘るなよ川立ち男氏は菅原」のことである。

川立ち男とは泳ぎが上手い男という意味で、氏は菅原というのは自分が菅原道真《みちざね》の子孫であると主張しているのである。これは、かつて菅原道真が河童を助けた恩義から、道真の一族とその子孫には危害を及ぼさないという伝承があるからだ。菅原道真と河童との関係は深く、逆に河童が道真の生命を救ったという話もある。

ちなみに、ひょうすべ、ひょうすへ、ひょうずんぼは、佐賀県、宮崎県など九州地方でいう河童のことである。ひょうすべはぬっぺっぽう同様に『化物づくし』『百怪図巻』などの絵巻にも描かれ、やはり鳥山石燕『画図百鬼夜行』にも記載されている。その姿はいわゆる河童ではなく、禿げ頭の猿のようなもので、剽軽《ひょうきん》な顔をしている。

「中須磨家と無有は、どういう関係にあるのですか?」

もしも菅原道真と河童のように、中須磨家と無有が深い関わりがあるのならば、何か伝承が残っているのではないだろうか。そう思って尋ねたのだが、夢太の返答は「それは、僕にもわからないんですよ」という素っ気ないものだった。

「以前気になって調べたことはあるんです。明らかに呪文にある名前は中須磨ですからね。しかし、祖父に訊いても見当もつかないという。うちにはかなりの量の文献資料も残っていたんです。今はほとんどがこの資料館に寄贈されているんですけど。僕も仕事の合間に結構長い時間をかけて目を通してみたのですが、何処にも無有に関する記述はありませんでした」

無有除けの呪文には中須磨の名前があるのに、肝心の中須磨家にはそれに関する伝承がないというのは、何だか不自然なように思える。私が釈然としない様子をしていると、中須磨夢太は苦笑した。

「祖父がいうには、そもそも中須磨の家の者は無有に遭わないそうです。ですから、無有除けの呪文というのは、中須磨家以外の人々の伝承に残っているようです」

「なるほど」

確かに自分たちが使わないのであれば、伝わっていなくとも不自然ではない。一応の説明にはなる。

「なので、今度は中須磨の親戚以外で、昔話や俗信に詳しい話者の方々に話を聞いてみたんですが、やはりどの方もよくわからないという」

「呪文についての伝承がそもそも残っていない？」

私の問いに、中須磨夢太は首を振る。

「いや、僕の感触では、本当は何らかの伝承は残っていると思います。ただ、話を聞いた相手が僕だったから、答えてくれなかったんですよ」

「あなたが中須磨家の人間だから？」

「そうです。しかも本家の長男ですからね」

薄々そうではないかと思っていたが、やはり中須磨夢太は本家の人間なのか。詳しく聞くと、祖父の権太《ごんた》は既に隠居して、現在の中須磨家当主は夢太の父親の真守《まさもり》なのだそうだ。

「中須磨家と無有には何か根深い繋がりがあるんだと思います。村の連中が揃って口を噤《つぐ》んでいるところを考えると、まあ、ろくでもないことなのだとは思いますがね……。もしも何かわかったら、僕にも教えてくださいね」

「ええ、それはもちろん」

私が頷くと、夢太は細い目と細い口を更に細めて微笑んだ。

「無有除けの呪文に、星読み男って言葉がありますけど、それに心当たりってありますか?」

「ええ、それは何となくわかります。中須磨家の先祖は——これは真偽の程はわからないのですが——播磨《はりま》国の陰陽師《おんみょうじ》と人魚の間に生まれたという伝説というか、家伝があるんです」

陰陽師というと、現代ではフィクションの影響で、魔法使いのようなイメージが先行してしまっているが、そもそもは陰陽道に基づき、卜筮《ぼくぜい》、天文、暦数を司る役職であった。つまり、占いを行ったり、天文を観察したり、暦を作成したりする仕事だったのだ。陰陽道では星辰《せいしん》の祭祀もある。代表的なものは北極星や北斗七星に対する信仰だろう。

中須磨家の先祖が陰陽師であるのならば、「星読み男」という文句は頷ける。

その後も私は幾つか無有について質問してみたが、然程目新しい情報を得ることはできなかった。そもそも実話怪談の取材をしている私と違って、中須磨夢太は無有を単なる妖怪伝承として捉えている。従って、彼にとって無有は興味深い口承文芸ではあるものの、リアルな危機感を伴った怪異ではないのである。

お礼をいってそろそろ引き上げようとすると、中須磨夢太が「そうだ。取材を行うなら、古い話に詳しい人たちを紹介しましょう」と提案してくれた。

「ありがとうございます！　助かります」

「いえいえ。余り外の人にこんなことはいいたくないんですけど、この村は結構排他的な土地なんです。特に高齢者は余所者には厳しい。役場では空き家を利用して若者の移住を推進しているのですが、そんなこともあって、こちらに引っ越されても近所間のトラブルなんかが多くて、居着いてくれる方は少ないですね」

「それじゃあ、私なんかが話を聞いて回っても、相手にされないですね」

「僕が先方の都合などを聞いてアポイントメントを取りますので、後で呻木先生にご連絡しますよ」

私は中須磨夢太の申し出をありがたいと思うと同時に、何となく話者の選定をコントロールされているという一抹《いちまつ》の不安も覚えた。しかし、こちらとしては贅沢はいっていられない。取り敢えずは原稿になるだけの取材ができれば御の字である。

郷土資料館を後にした私は、村内の小さな中華料理店で昼食を済ませた。ラーメン、チャーハン、餃子などの定番メニューから、何故か唐揚げ定食や生姜焼き定食まで揃っていて、如何《いか》にも昔ながらの田舎の食堂といった雰囲気だった。きっとこの店は何度も利用することになるだろう。

午後は雲外寺の跡を訪れることにする。

現在旧雲外寺の土地を所有しているのは、中須磨家の本家である。私は先程の会見の際に、中須磨夢太に廃寺への立ち入りを許可されていた。写真や動画も自由に撮影して構わないそうだ。


旧雲外寺は村の外れの雑木林の中に、半ば埋没するように存在していた。周囲に民家はなく、昼間でも恐ろしいくらいに森閑《しんかん》としている。古色蒼然とした山門の脇には申し訳程度に「私有地により無断立入禁止」という小さな看板が立っている。

しかし、入口にはロープやバリケードの類はなく、誰でも自由に出入りができるようになっていた。本当に立ち入りを禁じたいならば、もっと何らかの対策を講じるはずだから、中須磨家にとってこの廃寺はどうでもよい場所なのかもしれない。

苔生《こけむ》した石段は角が欠け、油断するとすぐ転びそうになる。そんなに長い石段ではないが、左右を林に囲まれているので、まるでトンネルの中に入ったような不安な心地になる。

ここから先は異界。そんな風に自然と思えてくるから不思議だ。

境内は鹿野徳太がいっていたように、荒涼としていた。およそ生き物というものの気配が全く感じられない。植物は枯れ、鳥の鳴き声は絶え、一匹の虫すら見当たらない。寺院だから余計に、私は墓地を連想した。

多分ここは夜よりも、昼間に訪れた方が、異様な空気感を摑めると思う。暗闇の中では、この死臭を連想させるような独特な景観を眺めるのは難しい。本堂も、鐘楼も、庫裏《くり》も、それなりに朽ちている。しかし、ある程度朽ちたところで、時間が止まっている。

廃墟の剝製。そんな言葉が思い浮かんだ。

私は何も考えずに、あちこちデジタルカメラで撮影し、そのまま本堂の中に入った。

屋内は昼間でも尚、暗かった。もちろん懐中電灯が必要な程ではないけれど、室内のそこここから薄闇が滲み出ている。床にはわずかに埃が窺えたものの、鹿野のいっていた通り、整然としている。恐らく中須磨家で定期的に掃除をしているのだろう。そうでなければ、この状態は維持できない。

正面には本尊と思われる千手《せんじゅ》観音菩薩像がある。当たり前だが、黒い仏像ではないし、顔だってちゃんと付いている。大きさは子供の背丈程で、金属製だった。左右で幾つか腕が外れているものの、この廃寺で見たものの中では最も生命力を感じる。

私は本尊の姿も写真に収めた。

それから庫裏にも立ち入ったが、こちらは家財道具が一切運び出されて、がらんとしていた。一応すべての部屋を見て回ったが、殊更《ことさら》に気になるようなものは発見できなかった。

ただ、これまで私が訪れた廃墟との大きな違いは、落書きやゴミの類が皆無だったことである。ここを訪れる侵入者のマナーがよいのか、それとも現場を荒らす前にこの場を立ち去らせるような事態が起こったのか、一瞬そんな考えが浮かんだが、実際はもっと単純かもしれない。

ここが心霊スポットとして有名になってしまって、不特定多数の人間が出入りするようになってしまったので、管理している中須磨家が掃除の頻度を上げているのだと思う。ただ、やはり訝《いぶか》しいのは、そこまで頻繁に掃除をするくらいならば、山門のところにバリケードを作るなどの措置を講じるのが普通ではないだろうか。立入禁止の看板をもっと大きくするだけでも、今よりは効果があると思う。そうしないのは、何か理由があるのだろうか。

ともかく心霊スポットとして違和感のある場所であることは違いなかった。

庵下譲治「赤虫村のクトル信仰」『赤虫村民俗誌』より

クトル信仰は、主神である苦取神を祭祀し、現世の苦しみから救われようとする民俗宗教である。時代や地域によっては、苦取神の来訪神という性質が強調されることもあり、海の向こうからやってきた苦取神によってこの世が救われるという、メシア思想を持つ事例も珍しくない。このことは日本の民俗宗教では珍しい特徴といえる。

クトル信仰では祭祀集団は必ず同族であり、地域によっては苦取神に祖霊的な一面がある事例も存在する。

我が国におけるクトル信仰の分布は、主として東北地方から近畿地方の太平洋沿岸に分布している。多くが漁村であり、それらの土地では現在も漁業や海運業が盛んである。

一方で赤虫村は瀬戸内海に近いとはいえ、内陸の農村である。クトル信仰の主神である苦取神は頭足類の頭部に龍や蛇の胴体を持つ姿で表される。その姿からもわかるように、海神《わたつみ》、或いは、海の向こうから来訪する神と捉えられているため、内陸部でこの信仰が維持されているのは極めて珍しい。また、管見の限り四国でクトル信仰が見られるのは、赤虫村が唯一である。

赤虫村の苦取神の祭祀は、中須磨一族によって行われている。本家に伝わる話では、先祖は播磨国の土御門《つちみかど》流の陰陽師であり、中須磨家の初代当主はその陰陽師と人魚の間に生まれたという伝説が残っている。

クトル信仰においては、苦取神を祭祀する一族が、自らを海神や魚、人魚の子孫などと称する事例は多く、このような伝承からも苦取神の神格が海や水と深い関連性があることがわかる。赤虫村の事例で特徴的なのは、その祭祀形態である。太平洋沿岸の地域では、海に近い場所に苦取神の社や堂宇を設ける。しかし、赤虫村では祭祀場は中須磨家本家の裏手にある洞窟であり、苦取神は屋敷神として祀られている。

また、他の地域では苦取神を祀る際、苦取神一柱のみか、或いは苦取神の他に夫婦神である蛇魂《だごん》神と火虎《ひとら》神の合計三柱を祀るのが一般的であるが、赤虫村ではこの点も異なっている。

余談だが、一説には蛇魂神は古代フェニキアの神で『旧約聖書』にペリシテ人も崇拝したとあるダゴンであり、火虎神はギリシャ神話に登場するヒュドラではないかという先行研究もあるが、筆者は懐疑的である。ダゴンは上半身が人間、下半身が魚の姿、ヒュドラは多頭の水蛇の姿であり、海神の苦取神とも繋がりがあるように思えるものの、牽強付会《けんきょうふかい》な説ではないだろうか。実際の蛇魂神と火虎神は、むしろ古代中国の伏羲《ふつき》と女媧《じよか》を思わせる人面蛇身の神像であり、ダゴンとヒュドラの姿には似ていない。

さて、他の地域と違い、赤虫村では蛇魂神と火虎神は祭祀されていない。代わりに中須磨家では、苦取神と欲外神《よくそとがみ》という神を対にして祀っている。中須磨家では「現世のことは苦取大明神に。あの世のことは欲外大明神に」という言葉がある。このことから、欲外神は他界を司る神として認識されており、本家では葬儀の際に欲外神に対して祈りを捧げ、故人の冥福を祈る習俗がある。

筆者はこの欲外神の存在が、内陸部でのクトル信仰の成立を可能にしているのではないかと考えている。しかしながら、欲外神の神格及びその出自に関しては、不明な点が多く、如何なる神なのか判然としないのが現状だ。中須磨家に残された『苦取神縁起』には、僅《わず》かに欲外神に触れた記述がある。そこには「欲外ハ門ノ守護ナリ」や「欲外ハ七色ノ宝珠ノ如キ神ナリ」と書かれているものの、明確に欲外神と他界との接点を述べている文章はない。今後はクトル信仰以外の資料にも当たり、欲外神の正体を明らかにすることが課題となるだろう。

苦取神の祭りは全国的に見て、七月の祇園《ぎおん》祭りと合わせて行われるのが一般的である。しかし、赤虫村の苦取祭りは毎年三月に行われる。

中須磨家の現当主である中須磨権太氏によれば、当初は赤虫村の苦取祭りも七月に行われていたという。しかし、大正十五年（一九二六）から三月二十三日に変更された。

その理由として、前年である大正十四年（一九二五）の三月はじめから四月のはじめにかけて、多くの中須磨家の人々が海底から巨大な島が浮上する夢を繰り返し見た経験が挙げられる。特に三月二十三日の夜には、一族ほぼ全員が同じ夢を見るという怪現象が起こった。中須磨家ではその夢に登場した島こそが、苦取神の鎮座する場所であると考えられている。この霊夢により、翌年から苦取祭りの日程を変更したということだ。

祭りの日には中須磨家の本家分家の当主が一堂に会し、早朝から半日かけて様々な儀礼が行われることとなる。具体的な儀礼の内容は後述するが、赤虫村でのみ見られる儀礼について先に触れておこう。

それは「痣《あざ》落としの舞」と呼ばれる巫女《みこ》舞である。痣落としの舞は、根黒《ねくろ》の巫女という選ばれた巫女により、社の前で奉納される舞であり、苦取祭りの最初に行われる儀礼である。奇妙な横笛の旋律に合わせて巫女の舞う様は、足運びや所作が独特であり、芸能史の面から見ても貴重なものといえるだろう。

根黒の巫女は、原則として本家の未婚の女子とされる。但《ただ》し、本家に男子のみしかいない場合は、分家から女子を選ぶ場合もある。本家の女子は、自分の後継者が生まれ、痣落としの舞が舞えるようになるまでは、結婚して家を出ることが許されない。

では、実際に苦取祭り当日の儀礼について順を追って述べていこう。

(以下略)

呻木叫子の原稿

昭和十年生まれのEさんは、幼い時分に無有を見たという。

その日、彼は祖母に手を引かれて、雲外寺を訪れた。もちろん、その頃の雲外寺はまだ廃寺ではない。Eさんの家は檀家だったそうだ。

祖母は住職に用があるとかで、Eさんは一人境内《けいだい》に残された。最初の内は鐘楼に上ったり、地蔵を眺めたりしていたが、その内、飽きてしまって、玉砂利を集めて小山を作り始めた。すると、自分の上に影が差した。

何だろうと思って顔を上げると、真っ黒の着物を着た女が、自分を見下ろしていた。しかもその顔は、墨で塗り潰したように漆黒で、目も、鼻も、口も、全く見当たらなかった。

「多分、俺は悲鳴を上げたんじゃなかろうか。まあ、小さい頃のことじゃけん、記憶はぼんやりしとるけどな」

気が付くと、Eさんの近くには住職と祖母がいた。あの真っ黒な女はいつの間にか消えてしまっていたという。

Eさんの話を聞いた祖母は、「それは無有じゃ」といった。

「障りがあるといかんけん、太夫さんに見て貰おうわい」

祖母は早々に住職に暇を告げて、村の太夫の許へ引っ張って行った。そこでEさんは白装束の太夫から祈禱のようなものを受けたらしい。

祖母の対応が早かったおかげか、その後、Eさんには何の異常もなかったそうだ。

Eさんは祖母から聞いた話として、こんなことを教えてくれた。

無有は元々Nという家の分家が祀っていた神なのだという。本家に祀っている神（恐らく苦取神のことだろう）に対抗するために、分家の内の一つが無有を祀り始めた。しかし、その分家そのものが廃絶してしまい、祀り手のいなくなった無有が村を彷徨《さまよ》うようになったのだそうだ。

「Nのとこだけじゃなく、この村じゃ本家と分家は仲が悪い」

そういうEさんの家も、本家と分家の関係は余り良いとはいえず、葬式なども血縁よりも地縁の繋がりの方を重要視していた。

無有がNの分家が祀っていた神であるという話は、別の人物からも聞くことができた。

昭和五十八年生まれのRさんは、中学生の時に無有に遭遇したという。

当時、Rさんは自転車で通学していた。自宅と学校の位置関係から、登下校の際に旧雲外寺の前の道を通るのが最短のルートであった（Rさん自身は、廃寺が雲外寺という名前であったことは知らない。Rさんは単に「寺の前の道」と表現している）。

「その道はお化けが出るって噂があるのは知っていました。でも、そこを通らないとかなり遠回りになっちゃうんで、毎日使ってましたね」

　それはRさんが中学一年の冬のことだった。バスケットボール部だった彼女が練習を終えて学校を出たのは、午後六時を少し回った頃だった。既に辺りは暗く、Rさんは友人たちと連れ立って帰路に就いた。途中で一人、また一人と友人たちと別れ、いつものようにRさんは一人きりになる。

　雲外寺の前を通りかかった時、道端に誰かが立っているのが見えた。

「最初は女の人かなぁって思ったんです。でも、近づくにつれて、その人、膨らんだり、萎《しぼ》んだりを繰り返していて、ああ、あれは人間じゃないなって思いました」

　ただ、既にその人物の間近まで迫ってしまったので、止まるわけにはいかなかった。そこで全速力で傍《かたわ》らを走り抜けることにしたのである。

「擦れ違う瞬間、真っ黒な顔を見ちゃいました」

　まるで汚物を見たような不快な表情で、Rさんはそういった。実際、それの顔を見た瞬間、酷い嘔吐感を覚えたのだそうだ。

　帰宅したRさんは、その夜、高熱を出した。

　翌日、病院へ行ったものの、原因は全くわからない。解熱剤を出して貰ったが、気休めにしかならなかった。ベッドに横たわり不調に耐えるRさんに、祖母が尋ねた。

「お前、もしかして寺の前の道で、無有に遭ったんじゃないかい？」

　そこでRさんは自身の体験を祖母に聞かせた。

祖母は話を聞くと、妙に納得した表情をして、「少し待っとれ」といった。

その後のRさんの記憶は曖昧である。というのも、高熱のため、意識が朦朧としていたからだ。Rさんは祖母と一緒に、母親の運転する車で、村の太夫の家へ連れて行かれ、祈禱を受けたらしい。

ある程度体調が回復してから、Rさんは祖母に自分が遭遇したものについて尋ねた。

祖母は「無有は悪いのっぺら坊じゃ」といった。

「元々はNさんとこの分家の神様じゃったが、祀っとった家が絶えよったけんな、今はお寺さんの前の道をふらふらしとる。お前は運が良かったわい。人によっては顔を持っていかれるけんな」

それ以来、遠回りになってもRさんは雲外寺の前を通ることはなくなった。

「祖母から、『二度目に憑かれたら、今度こそ顔を持っていかれる』っていわれたので」

村立A小学校の教諭であるUさんは、代々太夫を務める家系である。昭和五十七年生まれのUさん自身、村で最も若い太夫でもある。

A村には五つの太夫の家があり、現在はUさんを含めて七人の太夫が存在する。

「二十年近く前まではもう一人太夫がいたのですが、突然の病で亡くなられてしまいました」

太夫は必ず男子のみが引き継ぐ。通常は父親から息子へ相伝され、もしもその家に女子しか生まれなかった場合は、他の太夫の家から婿養子を迎えた。万が一、跡継ぎがないまま亡くなると、その家は断絶することになる。

太夫がどのような神仏を祭祀しているのか、どのような儀礼を執り行うのかは、一切が秘匿されている。このことは庵下譲治の『赤虫村民俗誌』にも記されていた。Uさんも詳しい情報は明かしてくれなかったが、太夫は各々が異なる神や仏を祭祀しているわけではないという。太夫たちは同じ信仰体系を共有し、幾柱もの神々に対して祭祀を行っているのだそうだ。そして、必要に応じて個々の神の援助を乞う。

Uさんが太夫になった経緯は少し変わっている。彼は父親ではなく、祖父のもとで修業を行った。というのも、Uさんの母親は一人娘であったが、未婚のままUさんを産んだからだ。

「父親のことは、顔も名前も知りません。私にとっては祖父が師であり、父親代わりでもありました」

私が無有について尋ねると、Uさんは快く質問に答えてくれた。

「私の家でも、無有の起源はNさんの分家が祀っていた神という話が伝わっています。私はこの話を祖父から聞いていますし、その祖父も自分の祖父から聞いているといっていましたから、かなり以前からそのような伝承があったのだと思います」

Uさんが聞いた話では、そのNの分家は、そもそも雲外寺の近くに居を構えていたのだという。だから、家が絶えて、屋敷がなくなってしまっても、無有はその場所に留まっているらしい。

無有の起源譚は次のような話だという。

かつて商家のN家一族は、本家が多くの財産を持ち、絶大な権力を握っていた。分家は本家に比べると非常に立場が低く、本家のいいなりになるしかなかった。というのも、もしも本家に逆らうようなことがあれば、一族の神である苦取神の祟《たた》りがあるからである。

そんな中、状況を変えようとする分家が現れた。詳しい時代は不明だが、世の中が比較的太平になった江戸時代の中期くらいだったのではないかと思われる。

N家のある分家が、A村の太夫の一人に相談を持ち掛けた。

本家の神様よりも強い神様はいないだろうか。それを祀れば、本家のいいなりにならずにすむのではないか、と。

そこで太夫が勧めたのが、無有神という無貌の神であった。Uさんがいうには、長崎の出島《でじま》から渡った『根黒乃御魂《ねくろのみたま》』という書物に記された異国の神だったと伝わっているという。しかし、そもそも『根黒乃御魂』なる書物が現存している証拠もないから、あくまで口承だと思って欲しいといわれた。

無有神を祀り始めた当初は、順調だった。その家は本家の意向を無視して次々と商売を始め、どれもが上手くいった。再三に渡って本家から注意を受けたが、苦取神の祟りに遭うこともなく、屋敷も大きくなった。

しかし、終わりは唐突に訪れた。

ある日、精神に異常をきたした分家の当主の手により、家族も使用人も悉《ことごと》く惨殺されてしまったのだ。その屍体はどれも刃物で顔が削ぎ落とされ、更に墨が塗られていたそうだ。

当主自身は屋敷の奥で見つかった。その時の当主は、自分の顔を削ぎ落とし、全身に墨を塗っている姿だったという。

「その家は無有の祭祀に失敗したといわれています。恐らく外国から日本へ無有神のことが伝わる際に、何か情報が欠落していたのではないかと祖父はいっていました。『根黒乃御魂』っていうのも、如何にも横文字の発音に当て字したような不自然な書名ですしね。翻訳の際に重要な要素が失われた可能性はあります」

ちなみに、N家の分家に無有神の祭祀を勧めた太夫も、その後、行方知れずとなったのだという。


無有が元は神であったと伝える村民たちがいる一方で、当事者であるN家では、全く別のものとして無有が語られている。

最も多いのは、無有は狸が化けたものであるという伝承である。雲外寺の周囲の雑木林を根城にしている狸が、通行人を脅かすのに無有に化けるのだという。無有がN家の縁者に悪さをしないのは、雲外寺の住職がN家の一族であり、棲み処である雑木林の地主であったからだそうだ。

また、N家分家の十代、二十代の若者に話を聞くと、「無有は狸だから、ないあるさんをすると呼び出せる」と教えてくれた。

N家の分家の女子中学生Iさんはこういう。

「こっくりさんって狐とかの動物霊ですよね。ないあるさんも同じで、狸の霊だから、同じような方法で呼び出せるんだって聞きました」

つまり、こっくりさんが「狐狗狸さん」であり、狐、犬、狸のような動物霊だと考えられるので、同様の無有もないあるさんとして、降霊術によって召喚できると認識されているのである。

A村の若い世代では、ないあるさんは狸の霊、或いは動物の霊という認識は、広い範囲で共有されている。但し、無有とないあるさんを同じ存在と見なしているのは、多くがN家の人間であり、それ以外の家の子供たちは、無有とないあるさんが同じだとは思っていないようだ。

このことは無有の話をしてくれた大学生のKさんからも聞いた。Kさんは無有という名前を知っているのは、自分の親の世代から上だという認識だった。後日、「ないあるさんのことは知っているか?」と尋ねると、知っていると回答してくれた。ただ、やはりないあるさんと無有が同じものだという認識はなかったそうだ。

こっくりさんに関しては、時に「戌年生まれの人間はこっくりさんをしてはいけない」というような禁則事項がある。これはこっくりさんが「狐狗狸さん」であり、犬の霊が含まれているからだと説明される。しかし、ないあるさんに関して、N家の人間に対する殊更な禁止事項はない。N家一族は無有に遭遇しないと伝えられているにも拘《かか》わらずである。ただ、N家の人間が参加すると、ないあるさんがなかなか降りてこないこともあるそうだ。

N家の分家の次男である男子高校生のOさんは、小学生の頃にクラスメートが「ないあるさんが帰ってくれない」と騒いでいた時、「O君はNの人だから、ないあるさんが厭がるから助けてくれ」と泣きつかれたことがある。

「で、俺、クラスメートが触れてる十円玉に指を乗せて、『俺はNだ！　いい加減、帰れ！』って怒鳴ったんです。まあ、やけくそですよね」

するとそれまで「ない」と書かれた文字の上で全く動かなかった十円玉がするすると動き出して、無事にないあるさんを終えることができた。


旧雲外寺は愛媛県内では比較的知名度のある心霊スポットである。従って、A村の住民だけではなく、周辺地域からこの場所を訪れる者も少なくない。

S市に住む高校二年生のAさんは、八月の夏休み期間中に、同じ高校の仲間たちと廃寺を訪れた。メンバーはAさん、Aさんの彼女、Nさん、Nさんの彼女の四人である。

まだ高校生であるから、夜中に肝試しを行うことは難しい。結果、午後にA村に集合し、黄昏時に廃寺を訪れるという計画だった。

「まあ、肝試しっていうのは口実で、ダブルデートみたいな意味合いが強かったんすよ。四人で買い物とか映画とかにはよく行ってたんで、たまには違う場所に行こうって感じで」

S市からバスを乗り継いでA村へ着いたのが、午後一時のことだった。村の飲食店で遅い昼食を食べると、四人は取り敢えず場所だけでも確認しておこうと廃寺を目指した。

SNSの情報でおおよその位置はわかっていたが、詳しい場所は誰も知らない。そこで道で会った村の住民に廃寺について尋ねようとしたのだが、こちらが声をかけても無視される。稀に応じてくれる住民がいても、廃寺のことを口にした途端、「知らん!」と憤慨され、それっきり足早に立ち去ってしまう。

「遊び半分だったんすけど、村の人の反応が余りにも過剰だったんで、『これは本当にヤバい場所なのかもしれない』って思いましたね」

四人は恐怖感よりも、好奇心が増したらしい。

結局、小一時間あちこち徘徊して、地元の中学生に廃寺の場所を聞くことができた。

時刻は午後三時。夕方といえば夕方の範疇だが、真夏の午後三時はまだ真っ昼間の明るさである。馬鹿みたいに照りつける太陽のせいで、心霊スポット探訪というよりも、ピクニックやオリエンテーリングのような気分になる。いまいちムードは出ないが、Aさんたちは薄暗くなるまで待つ気はなかった。村民が忌み嫌う場所には一体何があるのか? 一刻も早くこの目で確かめてみたい。そう思ったのである。

四人が山門を潜《くぐ》って石段を上り始めた時のことだ。

「上から誰かが降りてくるのが見えました」

Aさんの目には、黒っぽい服を着た成人女性のように見えた。

「先客か?」

Nさんはその人物を見上げていった。女子二人は身を寄せ合うようにして、男子二人の後ろについている。

「ここの地主かもしれない。入口に私有地だから立入禁止って書いてあっただろ？」

Aさんがそういうと、「怒られるかな？」とAさんの彼女が心配そうな声を出した。

しかし、次の瞬間、それは無用の心配だと気付く。

石段の中途で足を止めた四人に向かって、黒い人物はゆっくり近付いてくる。その姿は、まるで風船のように膨らんだり、触手のようなものが伸びたり縮んだりして、明らかに異常なものだった。

「『ヤバい！　逃げなきゃ！』って頭ではわかってたんですけど、全然体が動かなくて……」

Aさんが金縛りのような状態に遭っていると、唐突にNさんの彼女が叫びながら、一気に石段を駆け上がり出した。

Aさんはかなり当惑したという。その場から逃げ出すならわかる。しかし、何故《なぜ》か彼女は黒い人物に向かって、全力疾走して突っ込んでいったのだ。Nさんの彼女が衝突すると、黒い人物は泡が弾けるように消えてしまった。そして、Aさんたちも自由に動けるようになったそうだ。

だが、Nさんの彼女は止まらなかった。「があああああ！」と獣のように絶叫しながら、石段を上り切って、境内の中に飛び込んでしまった。

慌ててNさんがその後を追い、Aさんと彼女もそれに続いた。

しかし、境内の何処を探しても、Nさんの彼女の姿を見つけることはできなかった。

「三人で建物の中も見て回ったんですけど、結局、何処にもいませんでした」

このまま帰るわけにもいかないので、Aさんたちは村の駐在所にNさんの彼女のことを届けることにした。三人で駐在所を訪れると……、

「そこにNの彼女がいたんです」

なんとNさんの彼女は、Aさんたちよりも早く駐在所を訪れ、「Aさんたちがいなくなってしまった」と訴えていたというのだ。

「その子の話だと、石段の上から黒い人物が降りてきたかと思ったら、いきなり三人が走り出して廃寺の境内に行ってしまったっていうんです。それで後を追ったけれど、何処にも俺たちがいないから、仕方なく警察に届けようと思ったみたいです」

AさんとNさんは、この時の彼女と今でも順調に交際を続けている。

「ただ、最近、Nの様子が変なんですよね」

Nさんは、自分の恋人が別人のように思えることがあると、不安を吐露していたそうだ。

＊

赤虫村での調査は順調であった。

当初は中須磨夢太の紹介してくれた高齢者に話を聞きに回ったが、調査を進める内に話者の家族や知り合いをどんどん紹介してくれ、結果的に無有の話だけではなく、位高坊主《いだかぼうず》や九頭火《くとうか》、蓮太《はすた》など他の妖怪種目の話まで聞くことができた。

ここはいい。この村は最高である。聞き書き調査をしながら、自分でもどんどんテンション

が上がっていくのを感じた。この高揚感は久し振りだ。赤虫村を訪問するまでは無有だけで短い原稿を書こうと思っていたが、このまま中長期的な調査を続ければ、『A村の怪談』として一冊の怪談本を上梓できるに違いない。

『赤虫村民俗誌』を読んだ時は、妖怪についての伝承は残っているものの、それは既に過去のものなのだろうと勝手に思い込んでいた。しかし、現地調査を通じて感じたのは、赤虫村の住民は、現在でも幾つかの妖怪種目をリアルなものとして捉えているということだ。もちろん牛鬼のようにあくまで伝説として語られるものもある。だが、無有のように実際に多くの村民が関わりを持つ存在に対しては、切実な恐怖を抱いているのがわかる。

私はぎやまん館の部屋で、毎晩、話者から聞いた無有の話を原稿に起こしているが、その結果、中須磨家の一族とそれ以外の人々で、無有に対する認識が大きく異なっていることがわかった。

無有について、中須磨家の一族は単なるのっぺら坊であり、その正体は狸だと思っている。中須磨家の人間は無有に遭遇することはないため、あくまで伝聞でしか無有を知らない。当然、そこには恐怖感もなく、実在に対しても半信半疑である者が多い。

一方で中須磨家以外の村民にとっては、無有はかなり厄介な存在である。およその出現場所が旧雲外寺の周辺だから、ある程度対処はできるものの、遭遇すれば病気になったり、精神に異常をきたしたりしてしまう。払い落とすには太夫に頼まなければならない。

更に無有は中須磨家の分家がかつて祀っていた神であるという伝承が残っており、恐怖だけではなく畏敬の念のようなものも窺える。それと同時に、無有の話をする時の話者たちには、何となく中須磨一族に対する反感のようなものも感じた。

太夫の一人である上似《うえい》鳥団市《とりだんいち》から無有の起源譚を聞いたが、生憎、同じ話を他の話者から聞き取ることはできなかった。太夫のみに伝わる話なのかもしれないと思い、上似鳥以外の太夫にも取材を申し込んでみたが、すべて断られてしまった。ちなみに、上似鳥は中須磨夢太が直接紹介してくれた。年齢が近いこともあって、上似鳥と夢太は交流があるらしい。

また、世代間でも無有への危機意識に差がある。殊更に高齢者は無有を危険視し、家族が遭遇したとわかった時点で、太夫の許へ連れて行こうとする。

一方で年代が下ると、無有への知識が稀薄になっている。その存在自体は耳にしたことがあるものの、それは「幽霊を目撃した」というようなありきたりの怪談として受容されている。

若年層ではもっと状況が変わる。十代から二十代の間では、雲外寺跡は心霊スポットとして知られているものの、そこに出るのが無有であるという知識はないのが普通だ。彼らにとって無有はあくまで降霊術の「ないあるさん」でしかないのである。だから心霊スポットの体験をSNSに上げる際も、「黒い女」とか「黒い幽霊」という言葉を使用する。

一週間以上無有の調査を進めてきた中で、一つ気になることが出てきた。それは金剛満瑠が話してくれた小学生の頃の体験である。

私は実際に無有を目撃した人々に何人も話を聞いた。時には赤虫村だけではなく、西条市や新居浜市まで足を延ばして、生々しい体験談を聞いて回った。そのどれもが無有に遭遇した場所は、旧雲外寺周辺であった。しかし、唯一金剛満瑠の話だけが、小学校の教室に無有が顕現したというものだったのだ。

初日に話を聞いて以来、満瑠とはかなり親しくなった。互いに連絡先を交換したのはもちろん、ほぼ毎晩二時間近く話をするくらいの仲である。一週間もそんな調子だと、赤の他人にも拘わらず、何となく親戚の娘のような親近感を覚えるのだから不思議だ。

満瑠との会話で最も多かったのは、彼女の進路についての話だった。最初は私の怪談作家という職業に興味を持ったことがきっかけだった。

「先生はどうして怪談作家になろうと思ったの？」

「別に怪談作家になろうとは思ってなかったよ。これでも学生時代は研究者を目指して結構勉強してたんだから。論文もまあまあ書いたしね。でも、なんていうか、自分には民俗学は向いてないかもって思っちゃったんだ」

こんな感じで私から怪談作家になった経緯を聞いている内に、満瑠なりに自分の将来について考え始めたようだった。

「父さんと母さんは大学に行けっていうんだけどね、あたし、別にこれといってやりたいことがあるわけじゃないんだ。それに一人娘だから、どうせこの旅館継がなきゃならないし、だったら自分で将来のこと考えるのって無駄かなって思っちゃって」

「やりたいことがないなら、逆に大学に行った方がいいかもね」

「何で？」

「大学に入って、いろんな人に出会って、いろんな体験する中で、何か自分のやりたいこととか好きなことが見つかるかもしれない。どうせ今やりたいことないなら、未来に投資しても悪くはないと思う」

「でもさ、もしも何も見つからなかったら、受験勉強した時間は無駄になるじゃない？」

「あはは。案外、合理主義だね。でも、受験勉強に集中もできないようじゃ、社会に出てから何もできないよ。受験生の時は『これが一生で一番厳しい時期かも』って思うんだけど、実際はもっと厳しいことが何度も何度もあるからね」

「うえ。なんか社会人になること自体、厭になってきた」

満瑠は思いきり顔を顰《しか》めた。

「まあ、私はそういう厳しい目に遭うのが厭だから、こんな仕事してるわけだけどね」

私がそういうと、満瑠は「そっかぁ」と腑に落ちた様子で頷いた。冗談のつもりでいったのだが、何となく「冗談だよ」といえない空気で、これだから若い子と話すのは難しい。

そもそも進路相談なんて、私には一番向いていない。今まで単純に好きなものだけ追い求めて、好きなことを仕事にして、好き放題に生きている。そういう恵まれた境遇の人間が何をいっても、説得力なんてないと思う。やっぱり辛酸を嘗めた人の苦労話とか、努力の末のサクセスストーリーとかの方が、心には響くのではないか。

多分、私は自分に負い目があるのだと思う。大学院まで出させて貰っておいて、両親の期待にはまるで応えていない。私が物書きになっても、両親が喜んでいる姿は一度も見たことがない。父親に至っては、私の書いたものを一切読んでいない。「頑張れ」とはいってくれるが、それは親子故の愛情から出た言葉であって、殊更に仕事に誇りを持って頑張れという意味ではないのである。

本当は公務員のような安定した仕事について、結婚をして、出産をして、そんな人生を送って欲しかったのだ。それはいわれなくてもわかっている。

満瑠と会話していると、今まで目を瞑っていた現実が姿を現してきて、私は落ち着かなくなった。


九日目の夜、つまり、ぎやまん館での宿泊最終日に、私は満瑠に彼女が小学生の頃の体験についてもう一度話を聞くことにした。

「満瑠ちゃんが話してくれたないあるさんの話なんだけどね、ちょっと確認したいことがあるんだ」

「ん?」

「満瑠ちゃんが黒いワンピースの女の子を見た時、ないあるさんをしてた三人は俯いてたんだよね?」

「うん」

「満瑠ちゃんがお喋りしてた友達も目を伏せた」

「そう。だから、あたしも『見ちゃいけないものなんだな』って思って目をつぶったの」

満瑠は当時のことを思い出すように、少し斜め上を見ながら答える。

「確認なんだけど、『ないあるさんの姿を見てはいけない』っていうルールがあったの?」

「え? いや、別にそんなのないよ。だってないあるさんって、こっくりさんみたいなものだから、普通姿を現すなんてないし」

「だとしたら、クラスの子たちがみんな黒いワンピースの女の子を見て目を逸らしたのって、おかしくないかな」

私の言葉に、満瑠は「あー」と声を上げた。

「いわれてみれば、確かに変かも」

「もう一つ確認ね。満瑠ちゃんさ、もしかして小学校の時、転校したことある?」

「うん。あるよ。あたしと両親って、元々今治《いまばり》に住んでいたんだけど、あたしが小学四年生の時に、父さんがタオル工場を辞めて、実家のこの旅館を本格的に継ぐことになって、みんなで引っ越してきたんだ」

やはりそうか。その説明で、私は黒いワンピースの少女の謎が解けた気がした。

「あのね、今から話すのはあくまでも私の想像なんだけど、満瑠ちゃんが見た黒いワンピースの女の子って、ないあるさんじゃないと思う」

「ん? どゆこと?」

満瑠は目を瞬《またた》かせた。

「満瑠ちゃん以外のクラスメートがその女の子から目を逸らしたのは、その子のことをよく知ってたからだと思う」

私がそういうと、満瑠は不満げな表情を浮かべる。

「でも、クラスにはあんな子はいなかったよ」

「うん。でも、それは満瑠ちゃんが転校してきてからの話。かつてそのクラスにはもう一人女の子がいた。でも、その子はいじめに遭って転校しちゃったんだと思う」

「え？」

思ってもみない事実だったようで、満瑠は呆気にとられていた。

「その日、その女の子——仮に黒子さんって呼ぶね——は、いじめられたことに対して仕返しをするために、小学校を訪れた。閉め切った教室にこっそりと入ったから、話に夢中だった満瑠ちゃんはそれに気付かなかった。でも、教室の後ろの席でないあるさんをしていた三人組は、すぐに黒子さんに気付いた」

だから彼女たちは大きな声を出したのだ。

「でも、黒子さんの顔を見た途端に、気まずくなって顔を伏せた。満瑠ちゃんの友達も同じ。彼女たちがどの程度いじめに関わっていたのかはわからないけど、黒子さんが何もしなかったところを見ると、見て見ぬ振りをしていた程度だったのかもね。そして、黒子さんをいじめていた張本人は……」

「Y君だった？」

「その通り。だから彼女はY君に持ってきた墨汁をかけて、その場から逃げた。三人組やY君が黒子さんの仕業だってことを話さなかったのは、クラスでいじめがあったことを隠したかったんだと思う。それで何も知らない満瑠ちゃんの誤解を利用して、怪談に仕立て上げた。これが満瑠ちゃんの見たないあるさんの真相じゃないかな」

「ああ、なんかそれ、わかるかも。Y君って成績いいし、学級委員だったから、教師受けはめっちゃよかったけど、なんか上から目線で厭な奴だったもん」

満瑠は私の推理に妙に納得したようで、頻《しき》りに「なるほど」とか「そうか。そうか」と頷いていた。

「先生、凄いね。なんか名探偵みたい」

「そんなことないよ。これはね、ずっとこの村で無有の話を聞いていたから気付いただけ。それに何の証拠もないから、ホントに私の思いつきってだけかもよ」

「それでも何かすっきりした」

満瑠は「ありがとう」といって屈託のない笑みを見せた。その笑顔は、普段怪談ばかり聞いて回っている私には妙に新鮮に映って、くすぐったい心地がした。

翌日は丁度日曜日だったから、私は金剛家の全員に見送られてぎやまん館を後にした。別れ際に満瑠が「絶対また来てね！」といって、ぎゅっと手を握ってくれたことが印象に残っている。私は再度の訪問を約束し、レンタカーに乗り込んだ。

帰り際、私はふと思い立って、旧雲外寺の前に車を停めた。

無有について、どうしても確かめたいことがあったからだ。

中須磨家の人々は本家も分家も無有は狸が化けたのっぺら坊だといい、それ以外の村民は中須磨家の分家がかつて祀っていた神だといっている。私はどちらの解釈も真実とは少し違っているのではないかと思うのだ。

そう思うようになったきっかけは、太夫の上似鳥団市が聞かせてくれた無有の起源譚である。

上似鳥は代々家に伝わっている話といっていたが、私はそれ自体が疑わしいと思えた。というのも、あの話では無有の祭祀に失敗したために、その分家は滅んだと伝えられていた。しかし、無有は中須磨家の人間を襲わないのである。これは取り憑かれるとか、障りにあうことがないという意味でもあるのだろう。

だとすると、そもそも無有の祭祀を失敗して分家が滅んだという話は、実情と矛盾している。無有に中須磨家を滅ぼす力があるなら、今だって中須磨家に警戒されているはずだ。しかし、中須磨家の一族は単なるのっぺら坊として無有を捉えていて、全く危機意識を持っていない。

一方で、無有除けの呪文に明瞭に中須磨の名前が入っている以上、中須磨家と無有が無関係であるとも思えない。何か密接な繋がりがあるのは確かであろう。

そして、その繋がりにおいて重要な意味を持っているのが、雲外寺なのではないかと思うのだ。話を聞いた内の一人である襟尾《えりお》という老人は、まだ雲外寺が廃寺になる前に、境内で無有に遭遇している。ここに違和感がある。無有は村民に災厄をもたらす存在として認識されている。普通に考えれば、神仏を厭《いと》うように思える。しかし、無有は寺院の境内に、自由に、立ち入ることができるのだ。

路肩にレンタカーを停めると、山門を潜って足早に石段を上る。

今回の調査の内に、是非とも確かめなくては。今回を逃せば、何となくそれは隠れてしまうような気がする。

境内を真っ直ぐ突っ切って、本堂に進む。

そして、本堂に入った私は、迷わず本尊の後ろ側へ回った。そこは後戸という空間で、時に本尊と背中合わせに、本尊の守護神やより根源的な神が祀られている。後戸の神として代表的なものは、比叡山延暦寺《ひえいざんえんりゃくじ》の常行三昧堂《じょうぎょうざんまいどう》の守護神である摩多羅神《またらじん》だろう。

思った通り、ここにも小さな社のようなものがあった。両開きの戸を開けると、中には小さな神像が入っている。それは漆黒の鉱物を磨いた神像である。ゆったりとした布のようなものを纏い、神にも仏にも見える。だが、通常の仏像や神像とは異なり、つるりとして顔がない。

私は息を呑んだ。

これこそ無有の原型なのではないか。

この後戸の神像が、周囲に怪異をなしているのではないか。無有が、中須磨家の分家によってかつて祀られていた神であったという伝承は、あながち間違いではなかったようだ。この雲外寺も中須磨家の分家のものなのだから。

神仏の像が怪異を引き起こす事例は、決して珍しくはない。特に石地蔵に関しては、各地で怪異を引き起こしたという事例が残っている。栃木県足利《あしかが》市や茨城県岩井《いわい》市には、化け地蔵といって、怪異を引き起こして刀で切られた地蔵がある。また、山形県大江町《おおえまち》では、子供たちが地蔵を土手から転がして遊んでいるのを叱った村人が祟りに遭っている。その地蔵は子供と遊んでいたのを邪魔されたことに腹を立てたそうだ。福島県東部の地蔵憑け、地蔵遊びは、地蔵の霊を憑坐《よりまし》に憑依させ、託宣を乞う。

そうした地蔵の事例を見てみれば、この漆黒の神像が何らかの理由で怪異を引き起こしたり、人に憑いたりしても、決して不思議とはいえない。地蔵憑けの事例は、ないあるさんにも類似している。

しかし、この神像が一体如何なる神であるのか、それは全くわからなかった。顔のない漆黒の神など、私は聞いたことがない。念のため、写真を撮ろうとしたが、シャッターが下りなかった。この手のものを撮ろうとすると、よく起こる現象である。何度か撮影を試みたが、カメラが正常に作動しないので、諦めることにする。デジカメが壊れなかっただけ幸運だ。

この神像を見つけたおかげで、幾つかわかったことがある。少なくとも中須磨夢太が嘘を吐いているのは確かだ。現在、この廃寺は中須磨家の本家が管理している。後戸にこの像があることは、もちろん知っていたはずだ。そして、この顔のない像を一目見れば、無有と深く関係していることは明らかだろう。それなのに、自分は何も知らないという態度を取り続けていた。

彼は故意に隠したのだ。ここにこの神像があることを。そして、雲外寺がかつて無有を祀っていたことを。否、きっと今もここはこの像を祀る寺院なのだ。表立っては廃寺でも、雲外寺は今もしっかり信仰の場として機能している。だから、本家はここを定期的に掃除して、環境を保っているに違いない。

この村の怪異の正体を明らかにするのは、一筋縄ではいかないようだ。中須磨家の人間の発言は鵜呑みにできないし、もしかしたら他の住民たちも何かを隠している可能性がある。上似鳥団市のような特殊な立場の人間には、殊更に気をつけなければならないだろう。

それに、他の妖怪種目の背景にも、無有のように思いもよらない真実が隠されているのかもしれない。

雲外寺を後にする前に、私は黒い神像に向かって手を合わせた。

「無有よ約束せしを忘るるな星読み男氏はなかすま」

私が赤虫村を去った十日後に、金剛満瑠から連絡があった。

中須磨家の隠居、夢太の祖父の権太が、何者かによって殺害されたらしい。

そして、その屍体はかなり不可解な状況で発見されたという。

第二章　位高坊主《いだかぼうず》の怪談

冷たい雨が降っている。吐息は白く、空は薄墨色だ。ビニール傘を叩く雨音は、小さい。

金剛満瑠は、眼前に広がる森と、その真ん中を切り裂くように伸びる未舗装の小道を眺め、

「よし！」と気合を入れた。

ここは赤虫村のほぼ中央、凪上地区にある森である。地元の高齢者は玻璃《はり》の森という名前で呼んでいる。玻璃というのは、水晶やガラスのことだそうだが、満瑠の周りにその名の由来を知る者はいなかった。森の中は昼間だというのに真っ暗で、満瑠が立っている場所からは、手前の様子しかわからない。しかも、この森には足を踏み入れたものは祟《たた》られるといういい伝えまである。

ただ、小道として整備されている部分とその奥のちょっとした広場は、禁足地ではない。昔は小さな神社があったと聞いている。現在、この区域は誰でも立ち入ることはできるものの、好き好んで訪れる住民は余りいない。小道は未舗装とはいえ、普通自動車が一台なら余裕で通れるくらいの幅があるので、見通しはよい。前方には小さく石造りの鳥居も見える。更にその奥には、天狗銀杏《いちょう》という巨大な神木が立っている。

一週間前の午前八時半、その神木で中須磨権太という老人の屍体が発見された。

新聞記事によると、頸部《けいぶ》に絞められた跡があることから、警察は他殺として捜査を行っているらしい。しかも新聞には書かれていないが、中須磨権太の屍体発見現場が、かなり不可解な状況だったことが赤虫村の内部では知られている。

屍体の第一発見者は、地元の消防団の男性二名である。朝、自宅から中須磨権太がいなくなったという通報があり、駐在と消防団、それに中須磨建設の社員たちが協力して、村内を見回った。風上地区の担当になった二名は、住宅街から捜索を開始し、最後にこの森を訪れた。

屍体は裸で、天狗銀杏の枝に引っ掛かるようにして遺棄されていた。しかし、前夜からの雪が地面に降り積もっていたにも拘《かか》わらず、銀杏の周囲やそこへ至る小道には、一切の足跡は存在しなかったという。屍体に雪は積もっていなかった。だから、雪が止んでから遺棄されたことは確からしい。それなのに、犯人は足跡を残さずに屍体を天狗銀杏に運んだことになる。

不思議な話だと思う。そして、不思議過ぎるがために、村では位高坊主《いだかぼうず》という妖怪の仕業だという噂が囁かれている。

満瑠はこの事件が起こるまで、そんな妖怪のことは全く知らなかった。祖母に聞いてみると、最初は子供の姿で現れて、次第に大入道になる妖怪で、空を歩くのだそうだ。

荒唐無稽である。そんな『ゲゲゲの鬼太郎』に出てくるような妖怪は、現実に存在するはずがない。満瑠はそう思うのだが、存外に多くの人間がこの妖怪の噂をしている。否、噂というよりも、最早《もはや》怪談の流布だ。満瑠は隣の市の高校に通っているが、既に高校でもこの事件は一種の超常現象として語られている。

馬鹿馬鹿しいと思う。警察が他殺として捜査していると新聞に書いてあるではないか。犯人はきっと何か特別な方法で、足跡を残さずに屍体を運んだに違いない。満瑠はその方法を突き止めようと、こうして日曜の午後に玻璃の森を訪れたのである。

どうしてそんな気になったのかといえば、やはり呻木叫子との出会いが大きく影響していた。小学生の頃からずっと怪異だと信じていた、ないあるさんの出現について、呻木叫子は論理的な解答を与えてくれた。そのことは満瑠にとって大きな衝撃をもたらした。

もともとミステリは嫌いではない。主にマンガやアニメで楽しむことが多かったが、小学校で強制的に行われた朝の読書時間では、江戸川乱歩《えどがわらんぽ》の「少年探偵団」シリーズを選んでいたし、中学生の頃の夏休みには毎年森博嗣《もりひろし》のS&Mシリーズで読書感想文を書いていた。近年、読書の量はめっきり減ったけれど、それでもたまに手にする文庫本はエンタメ系のミステリである。

足跡のない雪に覆われた地面の真ん中に、他殺と思われる屍体がある。犯人は一体どうやってその場まで移動し、また立ち去ったのか。まさに不可能状況の犯行だ。こんな体験は現実世界ではそう簡単に遭遇できるものではない。不謹慎だとは思うが、満瑠はわくわくしていた。

ぬかるんだ土を踏みながら天狗銀杏へ向かう。左右の木々にきょろきょろと視線を向けて、必要以上にゆっくりと進む。事件現場を調べるなんて初めての経験だから、何をどうしたらよいのかわからない。ただ、手掛かりを見落とすのは厭なので、周囲の状況はできるだけ観察しておきたかった。しかし、森の奥には闇が滲んでいるだけで、道から見える範囲だけしか確認できない。

「懐中電灯持ってくれればよかったかなぁ」

まあ、ＬＥＤの懐中電灯を使ったとしても、樹木が密集しているので、見通しは悪いだろう。しかも入ったら祟られるのだから、たとえ懐中電灯を持っていたとしても、森の中には絶対に足を踏み入れたくないので、現状は余り変わらないかもしれない。

「前途多難ですなぁ」

そうはいいつつも、ついニヤニヤしてしまう。

天狗銀杏へ続く小道の上には、枝が張り出していないので、上空がよく見える。朝から降り続ける雨のせいで、窪みに小さな水溜りができていた。

老人の屍体が発見された時、この道には十センチメートル程度の雪が降り積もっていた。しかも百メートルは続くこの道の上には、足跡は疎《おろ》か、何の痕跡もなかったという。小道は綺麗な新雪に覆われていたらしい。

たっぷり十分程の時間をかけて、満瑠は石造りの鳥居の前まできた。高さ五メートル程の鳥居は、かなり古いもののはずだが、妙に白く浮き上がって見える。その先はほぼ円形の広場になっていた。直径は二十メートルくらいだろうか。丈の短い草が生えているだけの野原である。

そして、広場の中央には、巨大な銀杏の木が立っている。樹齢はおよそ千年だといわれ、幹周は十三メートルもあり、県の天然記念物に指定されている。太い注連縄《しめなわ》も巻かれているから、実際より幹は太く見えた。葉をすっかり落として丸裸の天狗銀杏は、太い枝と細い枝が複雑に絡み合って、未知の生物のように見えた。被害者への供養のためか、根元には花や酒などが供えられている。ただ、献花は既に風雨に晒《さら》されて、すっかり萎《しぼ》んでいた。

満瑠はスマートフォンで天狗銀杏を撮影してから、その周囲を巡るように広場を歩いてみた。本当に何もない場所だ。銀杏の木以外はゴミすら落ちていない。きっと神聖な場所だから、誰かが定期的に清掃活動をしているのだと思う。屍体発見時には、この何もない場所に雪が降り積もっていたわけだ。こんな場所で足跡が残っていたら、かなり目立つだろう。第一発見者たちが見落とすとは思えない。

天狗銀杏を見上げて、太い枝を探してみる。一番低い位置でも満瑠の身長よりは高い。二メートルはあるだろうか。実際、どの枝に屍体が引っ掛かっていたのか、満瑠は知らない。しかし、あのどれかの枝に老人の屍体が遺棄されていたかと思うと、急に寒々しい気持ちになった。

そんな心境だったから、不意に背後から「こんにちは」と声を掛けられた時、満瑠は思わず「ひゃん！」と変な声を出して飛び上がってしまった。

振り返ると、黒い傘に、黒いコートを着た若い女性が立っていた。白い菊の花束を持っている。

長い黒髪とコートの黒が混然としていて、満瑠は小学生の頃に見た黒い少女——ずっとないあるさんだと思っていた少女の姿を思い出した。

「ごめんなさい。驚かせちゃったみたいね」

そういって、女性は細い眉を寄せて、困ったような顔をした。

「い、いいえ。大丈夫です」

満瑠はそう返事をしたが、実際はかなり心拍数が上がっていた。「全然大丈夫じゃないぞ、あたし」という心のツッコミが聞こえる。それにさっきの変な声を聞かれたかと思うと、急に恥ずかしくなって、顔面が発火したように熱くなった。

女性は静かに天狗銀杏に近付くと、持っていた菊の花を供えて、手を合わせる。

「今日は祖父の初七日なの」

これが金剛満瑠と中須磨累江《るいえ》の出会いであった。

呻木叫子の原稿

Ａ村の神隠し伝承には、大きな特徴がある。それは季節によって神隠しを引き起こす存在が異なるという点である。

春から秋にかけての神隠しの原因は天狗、冬の間は位高坊主とされる。Ａ村でいう天狗は主に石鎚山からやってくるもので、村に棲んでいるとは考えられていない。その姿は真っ黒な烏天狗であり、巨大な翼を持つ大男として語られることが多い。対して位高坊主は、見上げれば見上げるほど大きくなるという見越し入道の類である。

見越し入道は、各地の民俗資料、随筆、近世の怪談本、絵巻など、実に多岐に渡って伝えられる妖怪である。見越し入道に類する妖怪種目は、全国に分布している。見越し入道、御輿《みこし》入道、見越し、という「見越し」の呼称が反映された妖怪種目だけでも、福島県から熊本県までの広い範囲で見ることができる。

また、同様の妖怪種目として、岩手県遠野《とおの》の乗り越し、新潟県佐渡島《さどがしま》の見上げ入道、兵庫県や香川県、徳島県の高入道、山口県や広島県、岡山県で伝承される次第高《しだいだか》、沖縄県山原《やんばる》のユーリーなどがある。

愛媛県内にも見越し入道の類として、高坊主（或いは、タカタカ坊主）と伸び上がりという妖怪種目が報告されている。位高坊主という名前からは高坊主との親和性が窺えるものの、神隠しを引き起こす点や攫《さら》った人間を凍死させる点は、高坊主と大きく異なる特徴である（位高坊主という名前の響きは、次第高とも近い）。

天狗と位高坊主は非常に仲が悪いと考えられていて、位高坊主の出現する冬の間は、天狗は決してA村を訪れることはないのだそうだ。

全国の事例を見てみると、神隠しを引き起こす存在には様々なものがある。代表的なのは、やはり天狗、狐、山の神であろう。殊に天狗による神隠しに関しては、『閑田耕筆《かんでんこうひつ》』『甲子夜話《かっしやわ》』『諸国里人談《しょこくりじんだん》』など近世の随筆にもしばしば見られる。国学者の平田篤胤《ひらたあつたね》は、天狗に連れられ仙界を訪れた少年寅吉《とらきち》からその様子を聞き出し、『仙境異聞《せんきょういぶん》』にまとめたことも有名である。しかし、そうした知名度の高い事例だけではなく、各地の事例を見てみると実際にはもっと多くの妖怪種目が報告されていることがわかる。

神隠しの「隠」という言葉に着目するならば、秋田県雄勝《おがち》郡の隠しじょっこ、栃木県鹿沼《かぬま》の隠しんぼ、茨城県や埼玉県秩父《ちちぶ》の隠れ座頭（尚、隠れ座頭は同じ名前でも地域によってかなり性質が異なる）、京都府天田《あまた》郡と福井県遠敷《おにゅう》郡の隠し神、兵庫県神戸《こうべ》の隠れ婆などがある。

子供たちを攫う道具がその名の由来と思われるものには、青森県津軽《つがる》の叺親父《かますおやじ》、秋田県鹿角《かづの》の叺背負い、岩手県九戸《くのへ》郡の籠背負い、長野県埴科《はにしな》の袋担ぎなどがある。

他にも子供たちを攫う妖怪種目としては、東北地方一帯に伝わる油取り、埼玉県の秩父などに伝わる夜道怪、島根県出雲《いずも》の子取りぞ、香川県三豊《みとよ》の子取り婆、愛媛県大三島《おおみしま》の子取り坊主などが挙げられる。

また、位高坊主と同じように冬の間だけ出現して、子供を攫う妖怪種目の事例もある。新潟県の雪女は人を凍死させるだけではなく、子供を攫って生き胆を取ってしまうと伝わっている。また九州では冬の夜に子供が外を出歩くと雪坊主に攫われるという。

かつての民俗社会では、地域や時期によって実に多種多様な妖怪種目が、神隠しを引き起こすと考えられていたのである。

実際にA村で神隠しに遭った女性から、貴重な体験談を聞くことができた。

昭和九年生まれのKさんは、現在はA村の中央の地区に住んでいるが、実家は村の鎮守《ちんじゅ》である和多津美神社の近くにある。

幼い頃のKさんは、よく神社の境内《けいだい》で遊んでいた。兄姉と一緒の時もあれば、近所の子供たちと一緒の時もある。また一人でも神社で遊ぶことが多かったそうだ。

その日もKさんは一人で神社の境内にいた。時刻はよく覚えていないそうだが、恐らくは夕方だったのではないかという。社務所には宮司がいたらしいが、外には人影はなく、幼いKさんは神社を独り占めしているような満足感を味わっていた。境内を飛び跳ねていると、突然、上空から大きな影が舞い降りてきた。

「大きくて真っ黒な鳥だった」

それは両足でKさんの肩を摑むと、そのまま空へ上昇した。Kさんはあっという間に遠くなる地面を眺め、声も出なかったそうだ。

そこからの記憶は断片的で不明瞭だという。

「大きな山を見たり、海の上を飛んだりしたことは覚えとる」

今思えば、その山は石鎚山であり、海は瀬戸内海であったように思うと、Kさんはいう。

次にはっきり覚えているのは、天狗銀杏の上に降ろされる時のことだ。真っ黒な鳥はKさんを銀杏の木の天辺に下ろして、何処《どこ》かへ飛び去ってしまった。大きな翼がたてたバサッバサッという音は、今でも耳に残っているそうだ。

Kさんはその場所で必死に助けを求めた。幸い近くの道を通りかかった住民がKさんの声に気付いてくれたので、日が沈む前には無事に家に帰ることができた。

その後、両親から自分がいなくなってから十日も経過していたことを聞かされて、Kさんは大層驚いた。

「ほんの一時間、長くても数時間のことじゃと思っとったんじゃけんど、だぁぶ日付が過ぎとったみたいじゃわい」

Kさんは自分を攫ったのは、石鎚山の烏天狗だと思っている。そして、Kさんのその体験が事実であったことを物語るように、彼女の両肩には神隠しに遭った時に付けられた傷が、今でも残っている。

A村郷土資料館の学芸員であるYさんによれば、A村ではかつて頻繁に神隠しが起こっていたという。

「原因はわかりませんが、村内で行方不明者が出ることは決して珍しくありませんでした。そうした時は太鼓や鉦《かね》を叩きながら、いなくなった者の名前を呼びます。僕自身、子供の頃にその光景を見た覚えがあります」

行方不明者を捜索する折に、名前を呼びながら太鼓や鉦を鳴らすのは、各地で見られる習俗である。

Yさんの記憶では、その時の神隠し事件では、中学生の女子生徒三人が、突然いなくなってしまったのだそうだ。結局、その三人は数日後に屍体となって発見されたらしい。

「三人共、海水で濡れていたって噂でしたから、何か事件にでも巻き込まれたのかもしれませんね」

続けて話を聞くと、ここ数年でも行方不明者が出ていた。一番最近のことでは、四年前くらいに小学生の女子児童が友達の家に行くといったまま失踪した事件だそうだ。ただ、近年ではA村の住民ではなく、外から訪れた人々が消息を絶つケースが圧倒的に多いという。

「これも怪談みたいなもので、どのくらい信憑性があるのかはわかりませんが、A村に肝試しに行くといって出掛けた若者がいなくなって、警察が捜索に来たというような話はあちこちで耳にします」

この件については、私も他の住民たちに聞いたことがある。実際に警察関係者に訪問されたという住民もいたから、あながち単なる噂でもないらしい。

但《ただ》し、これら近年の行方不明事件については、明確に天狗や位高坊主の仕業として語られることはない。どうやら天狗にしても、位高坊主にしても、現在ではかなりリアリティを失った存在のようだ（この点は無有とは大きく異なっている）。

文化人類学者・民俗学者の小松和彦《こまつかずひこ》は『神隠しと日本人』において、現代人は失踪事件を前にして「事件発生の原因はこの人間社会の内部にあり、その結末に至る一切のプロセスもまたこの人間社会の内部にあると考えているのである。要するに、私たち現代人は人の失踪・行方不明という出来事を、『神』とか『モノ』といった存在を介入させて理解することをやめてしまったのだ」と指摘している。天狗や位高坊主が行方不明事件の原因とは見做《みな》されない現状を見ると、A村のケースでもこの指摘は当て嵌まっているといえる。

では、過去において位高坊主はどのような存在として語られていたのだろうか。

無有との遭遇について話してくれた八十代のEさんは、幼い頃から位高坊主の話を聞いていたという。特に祖父母からは、「雪が降ったら、決して空を見上げるな」ときつくいわれていたそうだ。冬の間でも、雪が降る日は必ず、位高坊主が空を歩いていると考えられていたらしい。

しかもEさんの祖父は若い時分、位高坊主に攫われた被害者の屍体を実際に見たのだという。雪が降り積もった朝のことだった。Eさんの祖父は、早朝から起き出して、庭の雪掻きをしていたという。すると、隣の住民が血相を変えて庭に飛び込んできた。

聞けば、近くの木に全裸の男の屍体が吊るされているという。それも一週間程前から行方がわからなくなっていたN家の分家の主人のように見えるらしい。

Eさんの祖父は隣人と共に現場に急いだ。

問題の木は、隣人の家の門から、道を挟んで向かいに立つ桜の古木だった。屍体はかなり高い位置の枝から首吊りのように、縄で吊るされていた。隣人の話では玄関から出てすぐに視界に入ったので、慌てて確認したが、その時点でどう見ても死んでいるのは明らかだった。それで一番近くに住むE家に助けを求めたわけだ。

Eさんの祖父は肝の太い人だったようで、男の屍体をまじまじと見上げたらしい。男は一見してかなり窶《やつ》れた様子で、体の表面は寒さで薄っすらと凍っていた。「萎《しな》びた大根がぶら下がっとるようじゃったわい」とEさんの祖父はいったそうだ。

その後は近所の人たちやら駐在やらを呼んで、屍体を下ろしたが、全身ががちがちに凍って、手足も動かせなかった。もしかしたら死後硬直の影響もあったのかもしれない。
屍体の身許は、やはりN家の分家の主人で間違いなかった。

「位高坊主だ」

誰かがそういうと、現場に集まった人々は誰もが納得したようだ。というのも、同じような屍体は過去に何度も見つかっていたらしい。共通するのは、被害者は一週間前くらいに忽然と姿を消し、住民が探しても決して見つからないこと、屍体は必ず裸に剝かれ、高い場所に遺棄されていること、そして、その多くがN家の関係者であることである。

「縄で吊られていたのに、位高坊主の仕業だと思われたんですか？」

私は疑問に思ったことを口にした。縄を使用している点が、なんとなく人間の犯行のように思えたからだ。すると、Eさんは「位高坊主は人を攫う時に荒縄を使って釣り上げるんじゃといわれとるけん」と答えてくれた。そもそもの伝承に縄というアイテムは登場しているのだ。余談だが、この話を聞いて、私は漫画家・伊《い》藤潤二《とうじゅんじ》の短編作品「首吊り気球」を思い出した。

さて、Eさんはどうして N家の関係者ばかりが位高坊主の犠牲になるのか気になった。そこで祖父に理由を尋ねたことがある。Eさんの祖父ははっきりとしたことは知らなかったようだが、どうもN家で祀《まつ》っている神、即ち苦取《くとる》神と位高坊主の仲が悪いことが影響しているのではないかといっていたらしい。

「位高坊主は天狗さんとも仲が悪いし、N家の神さんとも仲が悪い。ほじゃけん、冬の間しか村におられんのかもな」

Eさんはしみじみとそういった。

実際に位高坊主らしきものを見たという人もいる。

御年九十七歳のRさんは、現在も夫と一緒に蜜柑《みかん》畑で元気に働く女性である。Rさんは今から七十年以上前の若い時分に、不思議なものを見たという。

その日は近所に不幸があって、Rさん夫婦も手伝いに駆り出された。当時、葬儀は自宅で行うのが普通だった。加えて今のように葬祭業者がいるわけではない。だから、家族と葬式組が協力して葬儀を執り行っていた。A村では葬式組は近隣組と同じメンバーだから、気心の知れたご近所さんが集まることになる。

Rさんは主に炊事を担当し、食事の用意や供え物を誂えたりした。通夜の間もずっと酒や料理を出していたそうだ。

「そん家は結構大きな家じゃったけん、お客さんが多くてね。家に帰る頃にはもう随分遅くて」

既に夫は帰宅していたから、Rさんは一人で外に出た。季節は一月の末だったから、身を切るような寒さだ。思わず身震いして空を見上げると、そこには満天の星が広がっていた。

現在でもA村ではかなり綺麗に星が見える。Rさんの若かりし頃は、今よりも灯りの類が少なかったから、本当に凄まじい量の星が見えたらしい。

Rさんは疲れも忘れて、思わず見惚れた。

すると、西の方角から白っぽい何かが空を移動してきた。

だ。

雲だろうか？

確かに風も出ていたから、雲が流れてきても不思議ではない。しかし、雲にしては動きが妙だ。

暗闇に目を凝らして見てみると、それは人のような形をしていた。

「大きな人が、空を歩いておった。『ああ、これが位高坊主なんじゃ』と思った途端、おとろしくなってすぐに家の中に逃げ戻ったわい」

Rさんの話を聞いた近所の人たちの内、数人の男性が外に出た。恐らく酒の勢いだったのだろう。Rさんはただただ怖くて、知り合いと一緒にその場にいた。外からは「ホントじゃ」とか「位高坊主じゃわい」とか、男性たちが騒ぐのが聞こえた。

結局、家の主人が「通夜に化物の話なんぞして騒ぐな」と一喝し、その場は静まったという。

それから一か月後のことである。

あの夜、位高坊主を見るために外に出た男性の一人が消えた。家族も行方には全く心当たりがなく、突然の失踪だったという。村中総出で探し回ったが、結局男性は見つからなかった。

「位高坊主を見たから、攫われたんじゃ」

そんな噂が立ったので、Rさんも気が気ではなかった。自分もあの白い大きな人に攫われるのではないか。夫に相談しても、「単なる偶然だから気にするな」と相手にして貰えない。Rさんは冬の間に外に出ることが怖くて、生活に支障が出る程だった。

Rさんを心配してくれたのは、舅《しゅうと》だったという。舅はわざわざ石鎚神社に行って、お守りを手に入れてくれた。

「位高坊主は石鎚山の天狗と仲が悪いけん、きっと石鎚山の神さんなら守ってくれるじゃろ」

Rさんは今でもそのお守りを大切にしている。殊に冬の間に外出する際は、絶対に身につけているという。

「この年まで長生き出来たんは、舅さんのおかげじゃわい」

そういってRさんは豪快に笑った。


位高坊主の伝承は高齢者には比較的よく知られているものの、実際の目撃証言は乏しい。だが、近年になってA村の上空に不可解なモノを見たという話を聞くことができたので、一応参考までにここに記しておこうと思う。

女子中学生のCさんが、今年の正月に体験した話である。

雑煮とお節料理で遅い朝食を終えたCさんが、炬燵《こたつ》に入ってテレビを見ていると、父親から「たまにはペロの散歩に行ってこい」といわれた。ペロというのはCさんの家で飼っている雑種の中型犬だ。Cさんが小学二年生の時に、近所で生まれた子犬を貰ってきたのだ。当初はかなり面倒を見ていたのだが、いつしかエサも散歩も両親任せになった。

「パパは朝からお屠蘇《とそ》で酔っていて、そのせいか割と強い口調で『散歩に行ってこい』っていったんです。で、変に逆らっても面倒臭いし、やることもなくて退屈だったんで、散歩に出ることにしました」

時刻は午前十一時を少し回ったくらいだったという。吐く息は白く、ダウンジャケットにネックウォーマー、手袋と完全防寒の態勢だったが、空は清々しく晴れていたので、気持ちの良い日和に感じた。

いつもの散歩コースである河川敷を通りかかった時のことだ。突然、ペロが立ち止まると、上を向いて吠え出した。それまでスマートフォンで音楽を聞いていたCさんは、何事かと思い、上空を見上げた。

「青空に、人っぽいものが浮いていたんです」

それは全身が白くて、明らかに胴体から頭部と手足が生えた人型をしていたという。距離があったので正確な大きさはわからなかったが、平均的な成人男性の身長よりは大柄だったらしい。

「頭が小さくて、手足が物凄く長かったです」

Cさんはすぐに「フライング・ヒューマノイドだ！」と思ったそうだ。

フライング・ヒューマノイドは、その名の通り飛行する人型の未確認動物である。翼や飛行装置を身につけていないのに、空中を浮遊飛行する特徴を具《そな》えている。フライング・ヒューマノイドの出没する地域はメキシコが中心であるが、カリフォルニア州やアリゾナ州などアメリカでも目撃例がある。近年では超常現象を扱うテレビ番組で動画が紹介されることもあり、知名度は存外に高い。

Cさんは果敢にもスマートフォンで撮影を試みたそうだ。幸いペロは吠え続けるだけで、その場に留まっているので、動画を撮影することはそんなに難しくなかった。

私は実際にその時撮影された映像を見せて貰ったが、確かに白い人型の何かが空に浮かんでいた。それは二本の足を動かして、まるで空中を歩行しているように見えた。

しばらくその場で撮影していたCさんだったが、途中でスマホの電源が切れてしまった。

その後、白い人型は空を悠然と横切ると、山の方へ移動して見えなくなったという。

「それと関係あるのかどうかわかんないんですけど、次の日にペロが死んじゃったんです」

前日までは元気だったにも拘わらず、朝起きるとペロは冷たくなっていた。Cさんは愛犬の死をフライング・ヒューマノイドの呪いだと思っている。

Cさんの目撃したモノが位高坊主だったのかは不明である。しかし、A村の上空を人型の何かが闊歩していたことは確かなようだ。

＊

中須磨権太の事件を調べるに当たって、金剛満瑠はまず中須磨家の本家について調べることにした。

思えば、これでまで中須磨家の本家については、地元の資産家という漠然とした認識しか持ち合わせていなかった。外側から見れば、建築会社を経営していることと、屋敷が馬鹿みたいに大きいことくらいしかわからない。まあ、そもそも興味がなかったのだから、仕方がないと思う。

だが、隠居の権太が殺害されたのだとしたら、まず疑われるのは一緒に暮らす家族だろう。事件関係者を把握するためにも、中須磨家本家についての情報収集は必須だと考えた。

最初に満瑠は、両親から本家に関する情報を聞き出した。地元の名士のことであるから、二人共それなりに情報は持っていると踏んだのだ。実際、中須磨建設は忘年会や新年会などでぎやまん館を利用することがある。お得意様といってもよいだろう。

予想通り、両親は中須磨家の家族構成や大まかな年齢など、表立った情報については把握していた。満瑠があれやこれやと中須磨家について問い質すので、父親は怪訝な表情をしていたが、結局、質問には答えてくれた。

「あんまり他人様の家に首を突っ込むなよ」

最後にはそう忠告されたから、満瑠が権太の事件に興味を持っていることには勘づいたようだ。

更に満瑠が目を付けたのは、食堂の厨房で働くパートの女性たちである。彼女たちは主に近所の主婦であり、休憩時間には、否、業務時間内でも噂話に花を咲かせている。ある意味でかなりの情報通といえるだろう。もちろん情報の真偽については検討の余地はあるだろうが、赤虫村の住民に広く知られていることを満遍なく知ることができる。

満瑠が仕事を手伝いながら中須磨家の名前を出すと、何も訊いていないのにそれぞれが勝手に手持ちの情報を開陳し出した。満瑠は食器を洗いながらそれに耳を傾けているだけでよかった。

亡くなった中須磨権太は、既に八十を超えていた。隠居と呼ばれていたが、実際の肩書きは中須磨建設の会長だった。建前上は隠居の身ということで、屋敷でも離れで寝起きしていたが、実質的にはまだ多くの権限を持っていたようで、息子で現当主の真守は頭が上がらなかったようだ。

「ご隠居さんは議員さんたちとも親しいけんね、そりゃあ力は持っとるよ」

長年ぎやまん館でパートをしているハンプティ・ダンプティに似た女性はそういっていた。ここでいう議員とは、村会議員のことではないし、県会議員のことでもない。地元出身の国会議員のことである。殊に中須磨家は現在の与党議員を長年支援しているようで、党の幹部とも太いパイプがあるらしい。

その息子の真守は、今年で還暦だそうだ。若い頃は恰幅が良い程度だったそうだが、現在は完全に肥満体型で、福助のような顔に小振りな眼鏡をかけている。いうまでもなく中須磨建設の社長である。

金剛家が営むぎやまん館も中須磨建設の仕事であるが、満瑠は宴会以外で真守がここへ来たところを見たことがない。父親にそういうと、中須磨家は自宅に温泉を引いているので、金を払ってここに来る必要はないのだと教えてくれた。もしかしたら、あの邸にはぎやまん館よりも大きな風呂場があるのかもしれない。そんな勝手な想像をしてしまう。

真守の評判は芳《かんば》しくない。別に嫌われているわけではないのだが、余りにも父親の影響力が大き過ぎるので、矮小に見えるのである。本人は本人で劣等感があるようで、必要以上に自分を大きく見せようとして失敗している。もっと鷹揚に構えていればよいのに、気ばかり焦って、しなくてもよいことをする。

「真守さんは粗忽《そこつ》者だから」

概《おおむ》ね誰もがそういう。パートの中に夫が中須磨建設に勤めている女性がいる。蟷螂《かまきり》のような眼鏡のその女性の話では、夫は社長に対する愚痴《ぐち》が非常に多いという。

また、真守には意外な趣味があるらしい。何でも怪獣のソフトビニール人形を蒐集しているのだそうだ。自宅の石蔵を改装して、ウルトラ怪獣やゴジラ、ガメラなどのソフビ人形のコレクションルームにしているとのことだ。その石蔵の改装工事も自社で行ったので、材料費しかかかっていないと噂されていた。

そんな真守の二歳年下の妻・沙羅《さら》は主婦ではなく、中須磨建設で副社長を務めている。これは肩書きだけのお飾り副社長ではない。沙羅は会社の経営に関して常に目を光らせており、社長の真守よりも会社のことを知悉《ちしつ》していると評判だ。

「粗忽社長の尻拭いは、全部女将《おかみ》さんの仕事」

そんな風にいわれるくらいなので、社長室では頻繁に真守と沙羅がいい争う声が聞こえるという。もちろんこれはただの夫婦喧嘩ではない、一応。しかし、夫婦という関係は引き摺ったままの喧嘩だから、結局、個人的な鬱憤《うっぷん》も一緒に発散される。これはもう、公私混同の泥仕合になる。社長が選んだ新しい取引先がろくでもないという批判と、あんたはいつも口が臭いのよという個人攻撃が同じ土俵で繰り広げられるわけだ。巻き込まれる社員はたまったものではないだろう。

「中須磨建設はね、社長派と副社長派に分かれとるの。社長派は昔からご隠居さんにお世話になった重役たちで、副社長派は中間管理職や現場の人間が多いみたい」

甚《はなは》だ面倒臭い会社である。一族経営の弊害が出ているのではないかとも思うが、そういえば我が家のぎやまん館も一族経営であり、未だに祖父母が実権を握っているのも中須磨建設に似ている。従業員は少ないので派閥までは生まれないだろうが、それでも用心しておいた方がよいかもしれない。他人の家を調べていたら、うっかり心配事が増えてしまった満瑠である。

さて、真守と沙羅の間には、三人の子供がいる。長男の夢太、次男の太平《たへい》、長女の累江である。

長男の夢太は、中須磨建設には全く関係のない郷土資料館で学芸員をしている。

「あの子は子供の時から神童だっていわれとって、大学も京都の国立大学に入ったのよ」

母親がそう教えてくれた。続けて「あんたもそろそろちゃんと卒業後の進路を考えなさい」と睨まれてしまった。「はいはい」と軽く受け流したが、進路の問題は満瑠にとっては考えなくてはならないけれど、考えたくない問題だった。だからこそ、今は中須磨権太殺害事件を調べることに集中したいのだ。

夢太は大学を卒業後、更に同じ大学の大学院まで進んでから、この村へ戻ってきた。現在は三十五歳で、独身である。村へ戻ってきた当初は、中須磨建設で営業の仕事をしていたようだが、郷土資料館に空きが出た途端に採用試験を受けて、転職してしまった。

これには村の人間たちはいたく驚いた。多くの住民たちが、夢太は中須磨建設の後継者になるものと思っていたからだ。

「あの時は村中が騒ぎになったね」

パートの中では一番若い猫顔の女性がそういった。聞けば夢太とは小中学校で同級生だったという。

「子供の頃の卒業文集の将来の夢でも、夢ちゃんは会社を継ぐって書いとったから、学芸員になるなんてホントびっくりしたよ」

しかし、当事者である中須磨家では、殊更《ことさら》に揉めた話は聞かないらしい。真守はともかく、祖父の権太は夢太が学芸員になったことをえらく喜んでいたという話すらある。

「ご隠居さんは趣味で郷土史の研究にも熱心だったから、孫が同じ道を進んでくれて嬉しかったんじゃないの」

とは、ハンプティ・ダンプティ似のパート女性の言葉である。

満瑠としては、趣味と仕事は違うのではないかと思ってしまう。夢太が中須磨建設を継いだとしても、郷土史研究は趣味で続ければよいのではないだろうか？　夢太が学芸員になったからといって、権太が喜んだというのは、どうにも違和感があった。

「まあ、所詮《しょせん》金持ちの考えることはわからないってことか」

満瑠は違和感を取り敢えず保留することにする。

夢太の五つ下である次男の太平は、中須磨建設の専務である。若い頃はだいぶやんちゃな青春時代を送ったようだが、高校卒業後に中須磨建設の下請け業者に修業に出てからは、随分と大人しくなったと聞く。権太の指示で、かなり厳しい親方の下に送り出されたようだ。

ただ、どれだけ今が変化したとしても、太平のかつての武勇伝というか悪行は、半ば都市伝説のように村では囁かれ続けている。

「小学校時代に同級生を妊娠させたらしいわ」

「中学校のガラスをたった一人で、一晩のうちに全部割っちゃったのよ」

「盗んだバイクで走り出した挙げ句に、二、三人轢《ひ》いちゃったんだって。ご隠居さんが警察に圧力かけて何とか隠蔽したらしいけど」

どれもギリギリありそうだが、あったとしたら相当にヤバい話ばかりだ。

太平は荒っぽい性格だけではなく、見た目もごつい。線の細い兄の夢太と違って、かなり胸板が厚いので、遠くから見ると逆三角に見える。しかも身長は二メートル近いから巨大な逆三角である。その上、強面《こわもて》なのに色のついた眼鏡までかけていたりするから、本当に怖い。

満瑠は幼い頃から「中須磨の次男坊には近づくな」といわれて育ったので、今でも拒否反応が出る。大人しくなったとはいえ、そんな心に野獣を秘めたような人物が専務を務められるのか、満瑠には疑問だった。ただ、このまま順当に進めば、次期社長は太平で決まりだというのが、パートの女性たちの見解である。

長女の累江は今年で二十五歳、長男の夢太とは十も離れている。地元の専門学校を卒業後は、中須磨建設で事務員として働いている。本家の人間であるが、取締役などの特別待遇はなく、一般社員として勤務しているらしい。子供の頃から物静かで、普通なら目立たないタイプなのだが、中須磨家の本家の出身だったために、厭でも目立ってしまったようだ。

中須磨家の本家は非常に広い屋敷であるが、使用人の類は一切いない。月に何度かハウスクリーニングが入ることはあるし、定期的に造園業者が庭の手入れをすることもあるが、基本的に日常で必要な家事は沙羅と夢太と累江の三人で分担しているらしい。とはいえ、沙羅は仕事が忙しく、夢太は学者肌の性格ということもあって、累江の負担は大きいようだ。

満瑠が天狗銀杏の前で出会った彼女は、楚々《そそ》として如何《いか》にもお嬢様といった雰囲気だったが、同時に何処か儚《はかな》げな印象も受けた。見た目の通り我を通すような性格ではないらしい。

そういえば、満瑠はこれまで何度か中須磨建設の宴会の手伝いをしているのに、累江の顔は全く覚えていなかった。真守や太平のインパクトが大きかったのもあるだろうが、やはり何も知らない人間から見れば、地味な女性なのだと思う。

パートの女性たちも累江のことは余り話をしなかった。浮いた噂もなければ、トラブルもない。然程《さほど》優秀でもないが、出来が悪いわけでもない。要は面白可笑しい噂のネタにはなり難《にく》いのだ。他の家族たちのキャラクターが濃過ぎるというのもあるだろう。

あの天狗銀杏での邂逅から、満瑠は何度か累江と顔を合わせる機会があった。大体がスーパーで、店内やら駐車場で姿を見かけて挨拶をした。どうやら食料の買い出しは累江の仕事のようだ。一度だけ伊予西条駅の近くで、男性と歩いているのも見た。かなり親しそうだったから、恋人なのかもしれない。

先日は図書館で向こうから声を掛けられた。本当は累江からもっと詳しく本家のことを訊き出したかったのだが、いざ本人を目の前にすると、連絡先を教えて欲しいとはいい出せなかった。勇気がない。思いきりが足りない。まだまだ満瑠は新米探偵なのだ。

「呻木先生なら、もっと積極的にアタックするんだろうなぁ」

己の不甲斐なさに自己嫌悪に陥りながらも、満瑠は妙な充実感を得ていた。勉強にも、部活にも、いまいち本気になれなかった自分が、今回は俄然やる気を出している。自分の本当にやりたいことは〝探偵〟なんじゃないか。そんな気さえするのだ。

第一発見者である消防団の二人は、村上《むらかみ》と山本《やまもと》という、どちらも三十代前半の男性である。二人共ぎやまん館の常連で、満瑠もよく知っていた。

村上は親の代から赤虫村で唯一の電気店を営んでいる。黒縁の大きな眼鏡と店名の入った赤いジャンパーがトレードマークで、背は高くないが筋肉質な体型をしている。

高齢化が進む赤虫村では、地域密着型の電気店は多忙のようだ。常にあちこちの家々を回って、テレビの不具合を見たり、パソコンやスマートフォンの使い方をレクチャーしたり、電球を交換したりと、店にはほとんどいない。店番をしているのは、村上の妻である。店頭では電球や電池のような消耗品が主に販売され、それ以外は最新のカタログなどが置かれているだけで、見本となる商品は僅《わず》かしか置いていていない。

金剛家でもテレビやエアコン、パソコンのような高額商品は村上電気店を利用している。値段は然程安くはないが、何かトラブルがあった時にはいち早く駆けつけて対処してくれるのが有り難い。

食堂で風呂上がりのビールを飲んでいる村上に、中須磨権太の屍体発見時の様子について尋ねてみた。

「そもそもどうして天狗銀杏を見に行ったんですか？」

「あそこを調べようっていったのは、ゴロなんだ」

ゴロというのは、山本のことだ。村上と山本は幼馴染みであり、愛称で呼び合っている。ちなみに、ゴロという愛称と山本の下の名前は全く関係がない。

「あの日は風上のあちこちを見て回ったんだけど、何処にもご隠居さんの姿はなくて、ゴロが『これは神隠しじゃないか』っていい出してよ。それで、神隠しに遭ったなら、まずは天狗銀杏を確認しなきゃって話になったんだ」

現在では滅多にないが、かつて風上地区では神隠しが発生した場合、かなりの確率で被害者が天狗銀杏の枝の上で発見されたのだそうだ。

「その時の様子はどうでした？　足跡がなかったって聞いたんですけど」

村上はビールのジョッキを傾けながら、「おうよ」と頷く。

「足跡はおろか、何の跡もなかったよ。警察にもしつこく訊かれたけどな、県道から天狗銀杏の広場まで、綺麗に新雪が広がってた。だから、俺はゴロに『誰も来た様子ねぇぞ』っていったんだ。でも、あいつは『念のため』とかいってよぅ」

そして、村上と山本は全裸の権太の屍体を発見したのだ。

「広場にも全然足跡はなかったんですよね？」

満瑠の質問に、村上は再び「おうよ」と答える。

村上がいうには、広場にも全く足跡はなかったし、それ以外の痕跡も皆無だったという。村上と山本は新雪の中に踏み込んで、権太の死亡を確認したのである。

「駐在さんに連絡してその場で待機してる間、俺とゴロで銀杏の木の周りを見てみたんだが、不審な跡は見られなかった。だから、俺たちはご隠居さんは雪が降り終わる前に、あの場所に遺棄されたんだと思ったんだ」

次に、同じ現場にいた山本にも話を聞いてみた。山本は郵便局の職員で、主に窓口業務を行っている。白髪《しらが》交じりの天然パーマでひょろりと背が高いので、常々タンポポに似ているなと思っていた。

山本はいつものようにマッサージチェアに座って、スポーツ新聞を読んでいた。満瑠が声を掛けると、眠そうな目をこちらに向けて静かに微笑んだ。

「何？」

「あの、この間の事件について聞きたいんですけど」

「何？　満瑠ちゃん、探偵でも目指してるの？」

他人に指摘されると、少し恥ずかしい。

「そんなところです。あの、村上さんに聞いたんですけど、中須磨のご隠居さんを探すのに、天狗銀杏に行ってみようって提案したのは、山本さんなんですよね？」

「そう」

「どうしてですか？」

「どうして？　う〜ん、満瑠ちゃんはまだ若いからあんまり聞いたことないかもしれないけどね、この村、昔から結構人が消えるんだよ。でね、数日すると、戻ってくることがある。僕の祖母ちゃんも子供の時にそういう体験してて」

「お祖母さんが神隠しに遭ってるんですか？」

　そういえば、そんな話を呻木叫子が聞いたといっていたのを思い出した。呻木は滞在中に無《な》い有《ある》だけではなく、他の妖怪についても色々と調査をしていたらしい。

「そう。まあ、でも、ちゃんと生きて戻ってきて、祖父ちゃんと結婚したから僕がいるわけだけどね。で、その祖母ちゃんが戻ってきた場所が天狗銀杏なんだ。祖母ちゃんがいうには、黒い大きな鳥に攫われて、いつの間にか銀杏の木の天辺に降ろされたって話だった。ご隠居さんを探している時に、ふとその話を思い出したんだ」

　山本にも確認したが、やはり県道から広場までの未舗装の道と天狗銀杏が立っている広場には足跡は一つもなかったという。

「足跡っていうか、そもそも何の痕跡もなかったよ。ほら、ミステリだと竹馬使って雪の上に足跡を残さないで移動するとかあるでしょ？　ああいう細工をしたような跡も全然なかった」

「よく咄嗟《とっさ》にそこまで観察できましたね」

満瑠は素直に山本に感心した。

「僕はね、最初から神隠しだって思ってたからね。天狗銀杏に被害者が戻される時は、空からなんだよ。これは犯人が天狗でも位高坊主でも同じなんだ。どっちも空を飛べるからね」

山本のその言葉が、冗談なのか本気なのかはわからなかった。

呻木叫子の原稿

A村ではかつて、位高坊主は主にN家の人々を襲うと考えられていた（興味深いことに、これは無有の伝承とは正反対である。無有はN家の一族には危害を加えないと語られている）。

しかし、冬期の間に行方不明となるのは、N家の人間に限ってのことではない。位高坊主らしきものを目にしたRさんの話に登場する失踪した男性は、N家とは関係のない人物だったそうだ。改めて考えても、冬の間に山に入って何らかの事故に遭遇し、そのまま行方不明となってしまうのは、十分にあり得ることである。そうした場合も、A村では位高坊主に攫われたと解釈していたようだ。

それにも拘わらず、位高坊主がN家の人間という理由で攫うと考えられたのは、どうしてなのだろうか？　前述したEさんの祖父は、位高坊主がN家の人々を攫う理由として、N家の祭祀する苦取神との不仲を挙げた。

では、当事者であるN家はこの点をどう考えてきたのだろうか。

私は何軒かN家の分家を回って位高坊主について話を聞いてみた。すると、位高坊主の存在そのものはともかく、N家の人間だから攫われるという話は知られていなかった。ただ、これは恐らく私が話を聞くことができた話者の年齢が関係していると思う。

話者の内、最も年長だったのが七十二歳の男性だった。今回の調査では、位高坊主がある程度のリアリティを持っていた時代を生きた八十代以上のN家の話者には巡り合えなかったのである。存命の方もいるのだが、認知症が進んで施設に入っていたり、入院していたりと、高齢者特有の理由で自宅にはいなかった（また、この時点では無有の調査を中心に据えていたので、位高坊主の調査には余り時間をかけていなかった）。

そこでN家の本家の人間でもある学芸員のYさんに、位高坊主とN家に関する伝承が残っていないかを尋ねてみた。すると、興味深い答えが返ってきた。

「僕も祖父から位高坊主が特にN家の人間を狙うという話は聞いたことがあります。しかし、N家ではその理由までは語られていません。ただ、冬になると、度々N家の人間が行方不明となり、のちに屍体となって見つかったというのは、事実だそうです」

つまりこういうことだ。

冬の間に行方不明になる人間は、N家の人々だけではない。しかし、相対的に見て冬にN家の人間が失踪する件数が多かったということのようだ。更に発見された屍体に共通の特徴があったのも事実だという。

「いなくなっていたN家の人間が見つかった時は、裸にされた挙げ句、高い場所に縄で吊るされていたそうです」

Yさんは位高坊主とN家に関する伝承について、次のような考えを語ってくれた。

「かつてN家はA村では相当な実力者だった時期があります。それに対して嫉妬や逆怨《さかうら》みをした村人がいても不思議ではありません。冬の間にN家の人間が攫われて屍体となって発見されるというのは、N家を快く思っていない村人のグループがいて、位高坊主の伝承を利用して私怨を晴らしていたのではないでしょうか。ある程度の年代になると、位高坊主の被害は聞かれません。これは時代が進む内に、N家の力が弱まったことや警察などの公権力の影響力が村に及ぶようになったからだと思います」

仮説とはいえ、俄《にわ》かには信じ難い。第一、そうした反N家の住民たちがいたとして、何故《なぜ》、冬の間だけ犯行を行うのかの説明がつかない。Yさん自身がいっていたように、A村では神隠しが起こるのは珍しくないし、失踪後に屍体となって被害者が発見されることも多々あった。だとしたら、一年中N家の人間を襲う機会はあるだろう。春から夏にかけてなら、それは天狗の仕業と考えられたのだと思う。

Yさんがいうように、私も冬期におけるN家の人間の神隠しとそれに伴う死は、人為的な可能性が高いと思う。恐らく誰かが位高坊主の伝承を利用して、N家の人間に危害を加えていたのだろう。但し、それはYさんがいうようなN家に反感を持つ人々ではない。犯人、或いは、犯人たちは冬の間だけN家の人間を襲う必要があったと考えられる。

ただ、行商人や遍路《へんろ》のような人々は除外できる。これが単なる殺人ならば、毎年やってくる行商人や遍路が犯人であってもおかしくはない。しかし、被害者はある程度の期間姿を消している。即ち、何処かに監禁されているのである。共同体の外側から来た人間では、一定期間被害者を監禁する場所を確保するのは困難だ。

更に、ある程度の年代でN家の人間が被害に遭うことがなくなったことも重要だろう。犯人は時代が進むにつれて犯行が不可能になった。或いは、犯行の必要がなくなったと考えられる。

位高坊主について、太夫《たゆう》のUさんにも話を聞いてみた。

年齢は若いが、Uさんは民間宗教者という特殊な立場にいる。従って、位高坊主がN家の人を襲うという伝承は把握していた。しかし、その理由についてはやはり何も知らないという。

「祖父に尋ねたことはあるんです。しかし、『知らん』と素っ気ない態度でした。私が思うに、祖父はどうして位高坊主がN家の人たちを襲うのか、本当は知っていたのではないでしょうか」

「知っていて、敢えて教えてくれなかった？」

「ええ」

「どうしてだと思います？」

「私は位高坊主がN家の人たちを襲うという伝承は、誰かが故意に広めたんじゃないかと思っています。実際、冬の間に行方不明になるのはN家の人たちだけじゃありませんからね。そして、祖父はその誰かを知っていて、庇っているのではないかと思ったのです」

冬の間、N家の人々が不可解な屍体となって発見されたのは、事実である。UさんもYさんと同じように、N家の人間を殺めている犯人は、村人の誰かだったのではないかと考えている。そして、その犯人こそが、位高坊主が殊更にN家の人間を攫うと広めていたと考えている。

「でも、それなら犯人は何のためにN家の人々を殺害していたのでしょうか？」

Uさんは「これはあくまで想像ですが……」と前置きしてから、話し始めた。

「犯人もまた何か特殊な神を祀っていたのではないかと思うのです。そして、N家の人たちはその生贄《いけにえ》にされたのではないでしょうか。N家の先祖は人魚だったといいます。ですから、その特別な血筋が犯人には重要だったのです」

確かに人魚の血筋を特別視するのは頷けるものがある。八百比丘尼《やおびくに》の伝説に見られるように、人魚の肉を食べると不老長寿になるという話もあるくらいだ。人魚や人魚の末裔に何らかの霊的な力を期待することは十分あり得る。

Uさんは更に被害者たちが全裸の状態で発見された点についても、推論を述べる。

「被害に遭った人たちが裸にされていたのは、直前まで儀式で使う衣服を着させられていたからじゃないでしょうか。特別な衣服なら、そこから足が付きかねませんからね」

「どうして冬の間だけ生贄が必要だったのだと思います？」

「ああ、それは簡単ですよ。その祀っている神の祭日が冬だったんだと思います。恐らくは節分か立春辺りじゃないんですか？」

「そういう特殊な神様を祭祀していた家があるとしたら、どのお宅なのかわかりますか？」

私の問いに、Uさんは「いいえ」と答えた。しかし、たとえ見当がついたとしても私のような部外者には口外しないだろう。

ただ、Uさんの話は大変興味深いと思った。少なくともYさんの仮説よりは、信憑性があるように思える。Uさんの仮説ならば、何故犯人がN家の人間を選ぶのか、何故犯行が冬の間なのかを説明できる。

Uさんは何も語らなかったが、もしかしたら既に犯人の家は露見して、村人たちから制裁を受けているのかもしれない。それ故に近年、N家の人間が死ぬことがなくなったと考えるのは決して不自然ではないように思う。

*

村上と山本から話を聞いた二日後、ぎやまん館の食堂で手伝いをしていた金剛満瑠は、後ろから名前を呼ばれた。

「はい？」

振り返ると、そこには意外な人物が立っていた。中須磨累江である。

「気分転換にお風呂に来たの」

累江は既に入浴を済ませたようで、化粧っ気のない肌が紅潮していた。外で会う時は割とフォーマルな雰囲気の衣服を着ていたが、今夜はパーカーにジーンズというラフな格好だった。

満瑠は営業スマイルで「ありがとうございます」といったが、内心はドキドキしていた。

これって色々チャンスなんじゃないか？　この機会に中須磨家のことを訊き出せるのではないか？　少なくとも連絡先を交換するくらいはできる気がする。否、気がするんじゃなくて、何としてでも交換するべきだ。

累江は近くのテーブルに座って、メニューを眺め出した。

「何がおすすめ？」

満瑠は傍《かたわ》らに膝をつきながら、「うちとしては鶏の唐揚げ推しなんですけど、あたし的にはラーメンと餃子がおすすめですね」と答えた。

ぎやまん館のラーメンは、麺こそ製麺業者から仕入れているものの、スープもチャーシューも母親の自家製である。また、餃子は宇都宮《うつのみや》から嫁入りしたパートの女性が手作りしたもので、こちらも愛媛ではなかなか味わえない逸品だった。

「じゃあ、それで」

満瑠は厨房に注文を通すと、お冷やを持って累江のテーブルに戻った。

「どうぞ」

「あ、ありがとう」

そのまま累江の向かいに座ると、「今、ちょっとだけいいですか？」と尋ねる。

「私は大丈夫だけど、あなたはいいの？　お仕事中じゃない？」

「大丈夫です。今はまだ忙しくないので」

実際、休憩室兼食堂の大広間は、ガラガラだった。累江の他には二組しか客がいない。一人は常連の中年男性で、刺身の盛り合わせを肴《さかな》に生ビールを飲んでいる。もう一組も月に一度くらい訪れる若い夫婦で、既にかつ丼と鍋焼きうどんを食べていた。

「あの、良かったら、連絡先を交換してくれませんか?」

満瑠の直球の申し出に、累江は「ええ、是非」と気さくに応じてくれた。まずは第一の目標が達成できた。心の中ではガッツポーズである。よくやった、あたし。

だが、重要なのはここからだ。満瑠は中須磨権太殺害事件の詳しい情報が欲しい。家族ならば屍体発見時の状況やら、死亡推定時刻やら、色々と警察から聞いている可能性が高い。ただ、それを直接訊くのは憚られる。何といっても累江は被害者家族なのだ。一緒に暮らしていた祖父が殺されて、まだ二週間程度しか経っていない。

さて、どうしたものか。

満瑠が僅かな時間にそんなことを考えていると、累江が「あなた、お祖父様の事件について調べてるんでしょ?」といった。

「へ? あ、はい」

どうして知っているのだ?

累江は感情の読めない薄い笑みを浮かべている。

「あたしが事件を調べてるって、誰かに聞いたんですか?」

「いいえ。でも、最初に会った時、あなたは天狗銀杏で何か調べている様子だった。そして、私に会う度に、話しかけたそうな素振りを見せていた。だから、『ああ、この子はお祖父様の事件に興味があるのかもしれない』って思ったの」

見た目や周囲からの評判でおっとりした性格だと思っていたが、なかなか油断ならない女性のようだ。或いは、満瑠自身がそれ程に挙動不審だったということか。

「どうして事件のことを調べているの?」

「密室の……雪の密室の謎を解きたいんです」

満瑠はまっすぐ累江を見る。黒目勝ちの累江の瞳は、オニキスのように深く輝いている。その瞳にしっかりと思いが届くように、満瑠はできるだけ大真面目な顔をする。

「あなた面白いわね」

累江はそういって微笑むと、おもむろに中須磨権太の屍体が発見された日のことを話してくれた。

家族が異変を感じたのはだいたい六時半のことだった。中須磨家では家族全員が揃って朝食を食べる習慣がある。日曜日以外は六時半に朝食というのが決まりで、その日も定刻には権太以外の家族——真守、沙羅、夢太、太平、累江の五人——は、食卓についていた。

平素でも権太が一番後に食堂に現れるのだが、それでも遅くとも五分前には自分の席に座っている。多少体の具合が悪くても、朝食に遅れたことはこれまでに一度もなかった。五分程度待ってみたが、やはり食堂に権太が現れないので、真守が権太の寝起きしている離れに様子を見に行った。

「私たちは、お祖父様も高齢だから、調子が悪くて起きられないのかと思ったの」

しかし、離れに権太の姿はなかった。

布団には横になった形跡はあるものの、既に冷たくなっていた。そして、離れの窓が開いていて、縁側《えんがわ》の付近から庭に向かって、権太のものらしい足跡が伸びていたという。

「足跡は数歩しかなくて、そのまま消えていたわ。まるでお祖父様が縁側から外に出て、そのまま消えてしまったみたいだった」

家族みんなで家の中を探したが、やはり権太の姿はない。外はかなりの積雪である。認知症の兆候は見られないが、もしかしたら外を徘徊している可能性もある。そこで真守が駐在所に連絡を入れた。これが午前七時のことである。駐在の連絡を受けた地元の消防団と真守が集めた中須磨建設の社員で、権太を探すことになった。

「結局、お祖父様が見つかったのは、午前八時半のことだったの」

自宅から二キロメートル程離れた天狗銀杏で、中須磨権太の屍体は発見された。屍体は四メートルくらいの高さにある太い枝に、腰を折るような形で引っ掛けられていた。

「死因は首を絞められたことによる窒息死だって。凶器と思われる縄も、首に巻かれたままだったみたい。お祖父様が殺されたのは、離れの寝室らしいわ。だから、中庭の足跡はお祖父様じゃなくて、犯人がつけたものと考えられてる」

「どうやって足跡をつけたと思います?」

「警察の人がいうには、多分、縁側からお祖父様の靴を履いて、中庭に向かってジャンプして、そこから後ろに下がったんじゃないかって」

なるほど。確かにそれなら、まるで空に連れ去られたみたいな中途半端な足跡がつけられる。

「お祖父様の死亡推定時刻は、午前二時から三時の間みたい。警察にその時間に何をしていたかを聞かれたけど、私は自分の部屋で眠っていた時間だから、アリバイはないの」

他の家族も皆、その時間は寝室で眠っていたと供述したらしい。真守と沙羅は同じ寝室だが、夢太も太平も自分の部屋に一人で寝ている。しかも、それぞれの寝室は隣り合っているわけではなく、互いに距離があるので、もしも誰かが起き出しても、他の家族は気付かない可能性が高いという。

離れが殺害現場となると、益々犯人は家族の中にいる可能性が高い。ただ、雪がまだ降っている内に、こっそり誰かが侵入するのも不可能とはいえないだろう。被害者である権太が密かに招き入れたということもある。

もしも外部の人間が犯人ならば、犯行後に中須磨家から逃走していることになる。そこで満瑠は家の周囲に不審な足跡はなかったかと尋ねた。

「ああ、それ警察にも訊かれたわね。でもね、朝早くに兄たちが雪掻きをしちゃったから、足跡のことはよくわからない。先に雪掻きしていた下の兄は、何も気付かなかったって証言しているけど、あの感じだとよく覚えていないだけだと思う。いい加減なの、あの人」

累江が事情聴取の際に警察に聞いたところ、雪が止んだのは日付が変わってすぐの午前零時五分なのだという。その後に中須磨権太は殺害され、天狗銀杏まで運ばれて遺棄されたことになる。

しかし、中須磨家の庭には不審な足跡がなかったとなると、犯人はどうやって屍体を外部に持ち出したのだろうか？　それとも夢太や太平が見落としているだけで、実際は何者かの足跡があったのだろうか？　もちろん、夢太と太平が家族の誰かを庇って、嘘の証言をしている可能性もある。

「ご隠居さんを怨んでいる人に心当たりはないですか？」

満瑠がそう尋ねても、累江には見当もつかないという。社長時代の権太は厳しかったというが、それで逆怨みした社員がいたとしても、現役中に犯行に及ぶのではないかという話だ。権太が現役を退いて、もう十年近くが経過している。だから、仕事関係で明確な動機を持つような人物は思いつかないそうだ。

そこで質問を変えて、権太が親しくしている人物について訊いてみた。

「一番仲がいいのは、待田先生ね。待田医院の前の院長先生。ずっとお祖父様の主治医で、囲碁仲間でもあるの」

待田は週に一度くらいの頻度で中須磨家を訪れ、半日程度権太と碁を打っていたらしい。また、分家である和多津美神社の宮司の上須磨《かみすま》豊邦《とよくに》とも親しく付き合っていて、しばしば自宅や社務所を訪れていたようだ。上須磨家は中須磨家の分家であるが、神職ということで唯一上須磨の姓を名乗っている。その他にも政財界に交流のある人物はいるものの、直接会うことは稀《まれ》で、電話や手紙でのやりとりが主だったという。

実際問題として権太が死んで最も得をするのは、一人息子の真守である。しかし、権太と真守の親子仲は良好であり、殺人などというリスクを冒さなくても、待っていれば遺産は相続できるという。沙羅は嫁としてよりも副社長として、権太にアドバイスを貰うことがしばしばで、家庭でも上司と部下のような間柄だそうだ。

「母は家でもお祖父様を会長って呼んでいるくらい」

　孫の中で一番可愛がられているのは、累江である。一人だけ女子だということもあって、しょっちゅう小遣いなどを貰っていた。また、夢太とは郷土史関係のことで頻繁に話をしていたようだ。最も権太と疎遠なのが太平であるが、彼の場合は若かりし頃のトラブルを祖父に揉み消して貰った恩があるから、感謝こそすれ怨む筋合いはないと累江はいう。

　結局、動機の面から考えても、犯人を突き止めることは難しいようだ。

　話を聞いている間、満瑠は累江のラーメンと餃子を運んだり、常連客の「満瑠ちゃん、ビールもう一杯」の注文に応えたりしたが、大きな邪魔は入らずに話を聞くことができた。

「最初は警察もしつこく事情聴取してきて、やる気満々って感じだったんだけど、一週間もしないうちにあんまり捜査をしなくなっちゃったの」

「え？　それはあれですか、圧力的な何かがかかったとか？」

　中須磨家くらいの資産家だと、内側でも外側でも圧力をかけそうな人物はいるだろう。満瑠が想像を逞《たくま》しくしていると、累江は「違うと思う」といった。

「どうも刑事さんたちが捜査するのを厭がっているみたいなの。聞いた話だと、現場検証の時に玻璃の森にも入ったらしくて、それで警察の人が何人も体調を崩したり、事故に遭ったりして、中には亡くなった人もいるんだって」

そうだ。玻璃の森は足を踏み入れたら祟られるのだ。何に祟られるのかは知らないけれど。

「それじゃ、警察は祟りが怖くて捜査をしないんですか？」

「ホントかどうかはわからないけど、私が聞いた話では、そう。だからね、あなたには期待してるのよ。是非、お祖父様の事件の謎を解いて欲しい」

そういって累江は微笑みを湛えながらこちらを見る。その期待に応えられるかはまだわからない。しかし、満瑠は精々背伸びして、「頑張ります」と答えるしかなかった。

呻木叫子の原稿

東京に戻った私は、過去の新聞記事の調査を始めた。データベースや国立国会図書館を利用して、古い新聞記事からA村で冬の期間にN家の人間の屍体が発見されたという記事を探した。もちろん闇雲に探しても見つかるわけがない。そこでまず、時期をある程度絞ってみた。八十代のEさんの祖父が現役の頃に位高坊主の犠牲者を見たというのだから、明治期まで遡ることにする。更に太夫のUさんの仮説を基に、立春前後に当たる一月末から二月初めに限定して記事を検索していった。

結論からいってしまえば、過去に位高坊主の被害者だといわれていたN家の人々の屍体が発見されたのは、どれも二月初めの週だった。しかも被害者は一月の最終週辺りから行方不明となっていることも一致していた。

記事では死因は凍死だと書かれ、不審死ではあるが、他殺とは見做されていなかった。私が見つけた記事は全部で四つだったが、その内の一つは位高坊主についても触れ、「妖怪の仕業だと村人は恐れている」と書いてあった。

今度は逆にそれ以外の冬期のA村に関する新聞記事を探してみた（文章にすると一文であるが、この作業は途轍《とてつ》もない時間を要するものだった）。すると、A村で行方不明者が出たとか、失踪者の屍体が見つかったという記事はあったものの、それらの被害者はN家の人々ではなかった。

N家の人々の屍体が発見された日付が、二月の初めに偏っていることは、Uさんの仮説と矛盾しない。だが、Uさんの仮説をそのまま鵜《う》呑《の》みにするのも問題がある。

Uさんは村内の何処かの家が、特殊な神を祀っていると推測していた。しかし、もしもそのような家が実際に存在していたならば、村人に露見している可能性が高いのではないだろうか。

例えば、N家で苦取神を祭祀していることは、A村ではよく知られている。苦取神という名前を知らずとも、N家が一族で本家の神を祀っているという情報は、村の内部では広く共有されている。そんな中で長年秘密裏に特殊な信仰を持ち続けることは可能なのだろうか？

年に一度人身《ひとみ》御供《ごくう》を必要とするような神である。当然、それなりの規模の祭祀場所や儀礼を行う必要はあるだろう。そうした場所や人員を確保するとなると、ある程度の人数は必要である。人の口に戸は立てられぬから、同族で行っていたとしても、うっかり誰かが口を滑らす可能性はあるし、生贄を捧げるという非人道的行為に対して反発する者が出ても不思議ではない。

そこで私はある可能性に思い至った。

特殊な神を祭祀しているのは、一般的な村人の家ではなく、太夫の内の誰か、或いは太夫全員なのではないだろうか。

実際彼らは特殊な神々を祭祀している。どのような神を祀っているのかは、太夫以外誰も知らない。その中に節分や立春が祭日で、人身御供を必要とするような邪神がいたとしたらどうだろうか。だからこそ、Uさんの祖父や父親はUさんに真実を語らなかった。或いは、本当はUさんも真実を知っているが、太夫の黒い歴史を秘密にするために、私に偽りを述べたとも考えられる。

A村の太夫が何を祭祀しているのか。庵下譲治の『赤虫村民俗誌』を見ても、具体的には記されていない。私自身、現地でUさん以外の太夫に調査を申し込んだが、悉《ことごと》く拒否されている。Uさんも自身の祭祀する神々については、秘密主義を徹底していた。結局、Uさんと直接コンタクトが取れて、多少なりとも話が聞けただけで、僥倖《ぎょうこう》だったと考えるしかない。位高坊主に関しては、もうこれ以上調べようがないし、推論を重ねようにも材料が足りない。この時点で私は行き詰まっていた。

私の友人に鰐口《わにぐち》という女性がいる。私の著作には度々登場しているので、ご存じの方もいるだろう。大学時代の後輩で、現在でも親しい付き合いをしている。同じ民俗学を専攻していたが、私が怪談や妖怪のような色物的な分野を専門としていたのに対して、彼女はいわゆる郷土玩具——それも赤べこのような疫病避けの郷土玩具に興味を持ち、卒論は宇都宮市の黄ぶなを取り上げた。

鰐口は両親が研究者なので、私は本人もそうした進路を選ぶものと勝手に思い込んでいた。しかし、大学を卒業した彼女は、院には進まずに都内にある小さな映像制作会社に就職した。現在は主にディレクターとして映像の制作を行っている。鰐口は自身でカメラも回すし、映像の編集もこなす。機械音痴の私は、パソコンを買うにも、デジカメを選ぶにも、彼女のサポートがなければ何もできない。

鰐口は学生時代から霊や祟りを極度に厭がっていたのだが、何故か就職してからは超常現象関係の番組やホラー作品の仕事ばかり回ってくるらしい。私も頼まれて、何度か彼女の制作する番組に出演していた。

A村から東京へ戻ってから十日ばかりが経過したその日、私は鰐口と神保町《じんぼうちょう》の喫茶店にいた。プライベートではなく、仕事のためだ。鰐口の職場が近いのと私が仕事関係の資料を探しに古書店街に出向くことが多いので、自然とこの場所で落ち合うことになる。

店内が存外に肌寒かったので、鰐口はスタジャンに赤いニット帽を被ったままだった。今日も物凄く化粧が濃い。濃過ぎて年齢不詳だ。アイシャドウも、チークも、そこまで塗らなくてもいいだろう。ギリギリでロックバンドのボーカルに見えないこともないが、表情は眠そうなので甚だアンバランスだ。

誰かこの子に化粧を教えてやってくれといつも思う。私自身も化粧が苦手ですっぴんのままが多いので、鰐口に対してはどうすることもできない。女子力とは無縁な二人といえる。

私はブレンド、鰐口はトマトジュースという、いつも通りの注文だった。私がブラックのままコーヒーを飲むのも、鰐口がトマトジュースにタバスコを入れるのも、いつも通りである。

鰐口は現在、BSで毎週深夜に放送されているテレビ番組を制作している。ギャラクシー・ファントムというアイドルグループのプロモーションを兼ねた番組で、「ギャラクシー・ファントムのギャラギャラファンファン」というラテ欄では絶対正式名称が収まらないくらい長い名前をしている（ちなみに鰐口の名誉のためにいっておくと、番組名を考えたのは彼女ではない）。

このギャラクシー・ファントム——通称ギャラファンは、オカルト系アイドルとして活動し、コアなファンを獲得することに成功している。五人のメンバーそれぞれが、心霊、UFO、未確認動物、超能力、超古代文明に通暁し、専門家も真っ青な知識を有している——らしい。一般的な知名度はいまいちだが、オカルト雑誌の『モー』に連載を持っているので、その界隈ではよく知られた存在である（余り知られていないが、『モー』の雑誌名の由来は、柳田國男《やなぎたくにお》『妖怪談義』所収の「おばけの声」の「関東の近県から、奥羽・北陸の広い地域にわたって、化物の鳴き声は牛のように、モーというのだと思っている人は多い」という記述からきている）。

そして、私は鰐口の番組で、ギャラファンの心霊担当・牛腸夏鈴《ごちょうかりん》と一緒に、各地の心霊スポットを巡っている。その日は次のロケ現場を何処にするのかを話し合っていたのである。おおよその候補地が決まったところで、私はA村での現地調査の話をした。

「その村、ロケするには面白そうっすね。まあ、予算が足りないんで、愛媛でロケとか絶対無理なんすけど」

無有や蓮太《はすた》について実際の怪談を話して聞かせると、鰐口は「こわっ！」と、無表情ながらに過剰なリアクションを取った。

「なんかホラー映画みたいな話っすけど、盛ってないっすよね」

「盛ってない盛ってない。いや、私もこっちに戻ってから振り返ると、現実感が稀薄になるんだけど、現地にいる時は物凄くリアルに感じたんだ。話者の人たちもみんなマジだし」

それから、東京に帰ってからも調査していた位高坊主について話した。かなりの時間と手間を掛けたにも拘わらず、行き詰まってしまったことを愚痴ったのである。

「鰐口さんは、どう思う？　位高坊主の話は」

「そうっすね。あたしは、呻木さんはそのUっていう太夫さんの仮説に引っ張られ過ぎだと思います。もしもそんな邪神を祀ってる人たちがいて、N家の人たちを生贄にしてるなら、わざわざ屍体を遺棄するのは不自然っす。どうせみんな神隠しに遭ったと思ってるんすから、屍体も秘密裏に処分しちゃえばいいんすよ。話を聞いたところ、今でも凄い田舎なんすよね？　明治の頃とかだったら、もっと屍体を埋めたり隠したりする場所がたくさんあったんじゃないっすか」

目から鱗《うろこ》だった。そうだ。確かにそうだ。

もしもN家の人々が特殊な神に人身御供にされていたのだとしたら、屍体をわざわざ発見させる必要はない。しかも手間暇かけて高い位置に遺棄しているのだ。

「あたしは学芸員さんの仮説も、太夫さんの仮説も、違うと思いますね。大体、どっちの話もホントだったら、冬になると毎年N家の人たちが死んでるってことになるじゃないっすか。でも、そういう話は出ていないいんすよね？　あくまで位高坊主に狙われるのは、N家の人たちが多いって話なんだから。それに毎年自分の一族が失踪して屍体で発見されてたら、さすがにN家でも対策を考えるでしょ？　具体的に何の対策もしなかったのは、毎年必ず誰かが死ぬわけじゃなかったからなんじゃないっすか？」

「そう、だね」

鰐口のいう通りだ。現地調査では誰も、過去に毎年N家の人々が犠牲になっていたとはいっていない。犠牲者が出ない年もあるのだ。それは新聞記事を調べていた時点で気付いてしかるべきであった。だとすると、Uさんの仮説は一気に信憑性が薄くなる。N家から毎年被害者が出ていないなら、邪神に生贄を捧げることができない年があったことになる。いや、待て。

「あのさ、数年に一度だけ生贄を必要とするとかってどうかな？」

私が咄嗟の思い付きを口にすると、鰐口は口を半開きにして静止した。これは彼女がよくやる表情で、卑猥な人形っぽいからやめろといっているのだが、いつまで経っても治らない。

「どう？　これなら毎年被害者が出ない説明にはなると思うけど」

「あたしはいい加減、生贄説から離れた方がいいと思いますよ。そもそも日本で人身御供が実在したかは、はっきりしてないじゃないっすか。南方熊楠《みなかたくまぐす》なんかは実在説を強く主張してましたけど、柳田國男なんかは説話上のモチーフとして考えてたみたいだし」

「そういうそもそも論は置いといてさ、ね、どう思う？　数年に一度説は？」

「駄目っす」

「何で？」

「数年に一度ってのは、つまり三年に一度とか五年に一度とかそういうことっすよね？」

「そうなるね」

「仮にそうやって生贄が捧げられていたとしても、長い時間が経過すれば、その法則性はわかりますよね？　特にN家の人たちは生命がかかってますから、例えば三年毎に一族が一人ずつ殺されていったなら、絶対用心するようになるっすよ。昔の人だってそんなに馬鹿じゃないっすからね。『三年毎に位高坊主が襲ってくるから、家から出たら駄目だ』って厳しくいうように決まってます。そして、そんな風に厳しい決まりが生まれたなら、伝承が残っているはずっす。今はなくても、庵下譲治が調査していた頃には間違いなく聞けたと思うんすよ」

しかし、実際は庵下譲治の『赤虫村民俗誌』の位高坊主に関する記述に、そんなN家の伝承は窺えない。ということは、数年に一度説も成立しないのだ。

「それに数年に一度の説の場合も、やっぱり屍体をわざわざ晒すのは不自然っす」

そうだ。その点もあったのだ。数年に一度説でも、やはり屍体を隠さないのはどう考えてもおかしいだろう。

「呻木さん、その村、気を付けた方がいいっすよ」

「どうしてそう思う?」

「これはあたしの勘なんすけど、郷土資料館の学芸員さんも、太夫さんも、意図的に誤った情報を伝えている気がするっす。呻木さん自身、その人たちの話した内容と他の話者とじゃ内容に齟齬があることに気付いたじゃないっすか。でも、あっちだって学芸員と民間宗教者っすよ。自分の話してる内容に整合性がないことくらい、すぐにわかると思うんす」

私も鰐口が何をいわんとしているのかわかった。学芸員のYさんも、太夫のUさんも、幼い頃からA村で暮らしている。その上、それぞれが専門家である。常日頃からA村の伝承については考えてきたはずだ。その二人が、私のような外部の人間がすぐに気付くような矛盾点を見逃すはずがない。

「いいっすか。大の大人が大真面目に嘘を吐いているんすよ。きっと何か途轍もない隠しごとがあるんす」

鰐口は「だから、あんまり深入りしない方がいいっすよ」といって、トマトジュースを飲み干し、噎《む》せた。どうやらタバスコが気管に入りそうになったらしい。いまいち締まらないなぁと思いながらも、これもいつも通りだと妙に安心した。

＊

中須磨権太殺害事件を調べ始めて五日が経過した夜、金剛満瑠は呻木叫子に連絡をした。これまで調べたことを報告し、呻木の感想を聞くためである。事件が起こってからすぐにも一度電話しているから、呻木の声を聞くのはおよそ二週間振りになる。

自室のローテーブルにハンズフリーの状態にしたスマートフォンを乗せて、背中はベッドに預けていた。既にルームウェアのスウェットに着替えて、リラックスモードだ。

満瑠は手帳のメモを見ながら、今まで自分が見聞きしたことを呻木に伝えた。

中須磨家の家族構成と屍体が発見されるまでの家族の行動、第一発見者たちの証言、権太が殺害されたのは離れの寝室であること、死亡推定時刻が午前二時から三時の間だということ、当日雪が止んだのは午前零時五分であること、そして、屍体発見の当日中須磨家の庭で雪掻きをしていた夢太と太平は不審な足跡などは見ていないらしいことを逐一報告した。

「……っていう感じかな」

ひと通り話し終えると、ペットボトルのお茶で喉を潤した。思ったよりも緊張して手汗を掻いている。

呻木は「かなりよく調べたじゃん」と褒めてくれたので、満瑠としては満足だ。

「第一発見者の山本さんって、山本クリさんのお孫さんでしょ？」

呻木が尋ねる。

「うん。多分、そうだと思う」

「そっちにいる時に、クリさんに神隠しに遭った話を聞いたんだよね。その時にお孫さんが郵便局に勤めているっていってたんだ」

「先生はさ、ご隠居さんを殺したのは妖怪だと思う？」

満瑠の質問に、呻木は「まさか」と答えた。

「警察が他殺として捜査しているのなら、それなりの証拠があるはず。だから、権太さんは誰かに殺害されたと考えるのが自然だよ。そもそも今は神隠しが起こってもあんまり位高坊主のせいにはしないみたいよ」

呻木の言葉の前半部分は、満瑠と同じ考えだった。しかし、後半部分には釈然としなかった。

「でも、こっちではみんな、今回の事件は位高坊主の仕業だっていってるよ」

「みんなっていうのは？」

「パートのおばさんたちとか、高校のクラスメートとか……」

「満瑠ちゃんって、隣の市の高校だよね？」

「うん」

「そこでも位高坊主が噂になってるわけ？」

「位高坊主って名前まで出ないこともあるけど、雪の妖怪が人を殺したって話にはなってる。まあ、みんな本気でいってるってよりも、半信半疑って感じだけど」

満瑠がそういうと、電話の向こうの呻木が「う〜ん」と唸った。

「どうして突然、位高坊主の噂がそんなに広まったのかなぁ」

「それってそんなに重要？　あたしは雪の密室の謎の方が気になるけど」

「私は怪談を集めるのが仕事だからね。位高坊主の方が気になるわけよ」

呻木叫子自身は、中須磨権太殺害事件は人間が犯人だと思っている。それにも拘わらず、位高坊主の噂が気になるというのは、どういうことなのだろうか？　呻木が何にこだわっているのか、いまいち満瑠にはわからない。

今、満瑠の興味は中須磨権太殺害事件の密室状況に集中している。足跡一つない現場に、どうやって屍体を遺棄したのか。その謎を解くことこそが、事件の解決に繋がるのではないかと思っている。だから、呻木にも密室について何か考えはないか尋ねてみた。

呻木は矢庭に「第一発見者の二人が怪しいんじゃないの？」という。

「は？」

満瑠にとっては全く予想していなかった返答だったので、間の抜けた声が出てしまった。そんな満瑠の気持ちなど斟酌《しんしゃく》せず、呻木は説明する。

「男性二人なら、老人一人の屍体を担いで行くのも簡単だし、銀杏の木の上に置くのもできるんじゃないの？　死亡推定時刻が午前二時から三時の間なら、死後硬直はまだ全身には起こっていないから、枝に引っ掛けることもできる」

「村上さんと山本さんは違うと思うよ」

満瑠にはあの常連二人組が、犯罪行為に手を染めたとは思えない。それに彼らには権太を殺す動機はないだろう。満瑠がそういうと、呻木はすぐに反論する。

「いや、二人に動機がなくても、状況は変わらないよ。ご隠居さんを殺した犯人は、別にいるって考えればいい。その真犯人が、村上さんと山本さんに屍体の遺棄を依頼したのかもしれないよ。本家の人間が犯人だったら、報酬だってそれなりの金額を出せるんじゃないの。警察もその線で捜査してると思うんだけどな」

「でも、村上さんも山本さんも、あたしが話を聞いた時は、自分が警察に疑われているみたいだなんて一言もいってなかったよ」

「そりゃそうだよ。自分が重要容疑者として扱われてるなんて、満瑠ちゃんには話さないさ」

確かに呻木叫子のいう通りならば、雪密室の謎は解ける。というよりも、最初から密室などなかったことになる。いや、待て。

「でも、それっておかしくない？　もしも村上さんと山本さんが犯人なら、自分たちだけの足跡を残すなんてしないでしょ？　それじゃわざわざ疑って欲しいっていってるのと同じじゃん」

「そうね。その点は満瑠ちゃんのいう通り。だから、権太さんを殺した犯人には、どうしても天狗銀杏に屍体を遺棄しなきゃいけない理由があったんだと思う。で、それを実行した結果として、村上さんと山本さんは足跡を残すことになった。もしかしたら、真犯人は二人に容疑を擦《なす》り付けようとしているのかもしれない」

「あの二人はそんなに馬鹿じゃないと思うけど」

「まあ、あくまで可能性の話だから、あんまりかっかしない。それより満瑠ちゃんも何か考えたんじゃないの？」

呻木の言葉に、満瑠は心の中で「待ってました！」と叫んだ。今回、呻木に連絡した本当の目的は、自分が考えた推理を聞いて貰うためだったのである。

「うん。実はあたしなりに考えたんだぁ」

背筋を伸ばして咳払いすると、満瑠は順を追って話し始めた。

「まず前提として、あたしは村上さんと山本さんの証言を正しいものと考えたの。あの現場には道路から広場へ向かう小道にも、広場にも、足跡やその他の痕跡は一切なかった。この条件で、ご隠居さんの屍体を天狗銀杏の枝に遺棄する方法を考えたの」

「それで?」

「実際に屍体発見現場を調べてみたけど、県道から広場までの道は百メートルくらいあるから、足跡を残さずに移動するのは不可能だと思う。幹の太さを考えると、広場の入口の鳥居から天狗銀杏までは八メートル弱ってところで、これも飛んだり跳ねたりして、どうにかなる距離じゃない。となると、犯人は屍体を天狗銀杏の上空から遺棄したんじゃないかって思うんだ」

「位高坊主みたいに空中を歩いてってこと?」

電話の向こうで呻木が苦笑する。

「ちょっと違うかな。あたしが最初に考えたのはね、でっかい投石機みたいな機械で、ご隠居さんの屍体を飛ばすってアイディアなんだ」

「ああ、そういう意味の上空ね」

「犯人は何度も何度も練習を重ねて、ちょうど天狗銀杏に屍体が落下するように機械を調整したわけ。で、事件当夜にそれを実行した。だけど、よく考えたら、そんな物凄い力で吹っ飛ばされたら、屍体に傷とかできるし、天狗銀杏の枝も折れちゃうよね」

だから、これは正解ではない。呻木もこの推理の弱点を述べる。

「そうだね。それに小柄とはいえ老人一人を飛ばすとなると、結構大掛かりな装置が必要になるから、すぐに近隣にバレると思う」

「だよね。まあ、だからこのアイディアは現実的ではないなって思って却下したの。でもさ、同じ方向性で考えてみると、犯人が使ったトリックがわかったんだ」

満瑠は一度言葉を切って、お茶をごくりと飲んだ。

「ずばり！　犯人はドローンを使って、屍体を運んだんだと思う。ドローンならカメラとかも搭載できるから操作しながら微調整して、ちょうどいい場所に屍体を下ろすこともできるじゃん？」

勢い込んで推理を披露した満瑠に対して、呻木叫子のリアクションは薄かった。

「う〜ん、でも老人一人を運ぶドローンとなると、かなり大型じゃないと無理じゃないの？　そんなの飛んでたら、すぐに気付かれると思うけど」

しかし、その点については、満瑠自身も既に考えていた。

「そう！　多分、村の人の多くは、ドローンが飛んでるのを見てるんだと思う。で、それを位高坊主だって勘違いしてるわけ。だから、ご隠居さんの事件は位高坊主の仕業だって噂が広まっちゃっているんだよ」

「面白い……とは思う。でも、その推理はないな」

「何処が駄目？」

満瑠としては精いっぱい考えた推理だったから、否定されたからといってすぐに納得できるものではない。しかし、呻木はゆっくりとした口調で、満瑠の推理の不備を指摘していく。

「そんなに大きなドローンじゃ、銀杏の木に近付けないと思う。私もそっちにいる時に天狗銀杏は見に行ったけど、結構細かい枝が張り出してるじゃない？　そういう枝を除けつつ、太い枝に屍体を乗せるには、枝と枝の間に潜り込まないといけない。じゃあ、天狗銀杏の上から屍体を投下すればどうかっていうと、これはさっきの投石機の話と同じで、屍体や銀杏の木に痕跡が残るはず。実際の司法解剖の結果は知らないから、何ともいえないけれど、そんな痕跡があったなら警察だって念入りに調べると思うよ」

数秒間、言葉が出てこなかった。いわれてみれば確かにそうで、最新技術のドローンといえども、万能ではない。

「じゃあさ、気球を使ったっていうのはどう？　犯人は被害者を気球に乗せて、天狗銀杏まで行ったの。で、上空で気球を滞空させて、その間に屍体を担いでロープを伝って下りた」

我ながらかなり苦しい推理だと思う。そんな江戸川乱歩の小説に出てくる怪人が使うようなトリックを実行できる犯人が、この村にいるだろうか。だが、現場に足跡が残されていない以上、犯人は何らかの方法で空中を移動したに違いないのだ。

案の定、呻木からは「気球じゃ目立ち過ぎる」とか、「水平方向の移動は風任せなんだから、天狗銀杏まで行くのは難しい」とか、いちいちもっともな反論があった。他人と議論なんてした経験もほとんどないから、段々疲れてくる。

「推理ってなかなか難しいね」

溜息を吐く満瑠を呻木はフォローする。

「まあ、私たちがすぐに思いつくようなことは、警察はとっくに検証してると思うよ。あっちはプロなんだし」

「先生は全然お手上げ？」

「そうだねぇ。怪異の原因を探るのなら得意だけど、殺人事件の捜査は専門じゃないからなぁ。ましてや雪密室となると、私の手には負えないんじゃないかな」

何となくではあるが、呻木叫子に理想の探偵像を見ていたので、満瑠は少しだけがっかりした。しかし、考えてみれば呻木は怪談作家であって、推理の専門家ではないのだ。満瑠が彼女に過度に期待しているだけなのに、一方的に落胆するのは失礼だろう。

「あたし、もう少し考えてみる」

「うん。こっちも何か閃いたら連絡する」

呻木叫子との通話を終えた満瑠は、何となく消化不良だった。こちらが考えた推理は全部否定され、肝心の呻木からはろくな推理を引き出せていない。

「絶対、あたしが先生より先に密室の謎を解いてやるんだから」

金剛満瑠は闘志を燃やしながら、ふとカレンダーに視線を向ける。

「あ……来週は模試か」

密室のことで頭がいっぱいで、全く勉強をしていない。先程燃えたはずの心が急に冷え切ってしまった。だが、「勉強しよ」と口に出してみても、満瑠の重い腰は上がらなかった。

呻木叫子の原稿

私がA村での調査を終えた十日後に、N家の隠居が殺害された。

新聞報道は短いもので、当初は事件の詳細を知ることはできなかった。しかし、A村在住の女子高生のMさんが、かなり細かい情報を教えてくれた。

屍体発見現場は天狗銀杏だった。発見時、天狗銀杏周辺には十センチメートル程度の積雪があったにも拘わらず、その周囲には一切の足跡はなかったという。司法解剖の結果、被害者は雪が降り止んでから殺害されたことが判明している。従って、屍体が遺棄された時には既に雪は止んでいたことになる。

状況から見て、これは雪の密室と呼べるだろう。犯人は自らの足跡を残さずに、どうやって屍体を天狗銀杏まで運んだのだろうか？　そして、どうやって現場から立ち去ったのか？　現在も警察の捜査が続いているようだ。

ただ、私が興味を持ったのは、そうした発見現場の不可解さよりも、この事件を受けてのA村の住民たちの反応である。現地では、N家の隠居の死は、位高坊主の仕業だと噂されているらしい。しかもA村だけではなく、近隣の市町でも位高坊主の噂が語られているという。

これは明らかにおかしい。

A村で現地調査をしていた時、無有や蓮太についてはよく耳にしたが、位高坊主に関しての情報は極端に少なかった。学芸員のYさんがいうように、現在では不可解な失踪事件が起こっても、その原因を天狗や位高坊主だとは解釈しないのが一般的だ。しかし、今回のN家の隠居の殺害事件に関しては、不自然なくらい位高坊主の噂が広まっているという。

別にN家の隠居は神隠しになど遭っていない。前日まで自宅にいることは家族が確認している。だから、本来ならばどんなに屍体遺棄現場が不可思議な状況であっても、A村の住民たちが自然に位高坊主の仕業だと考えるとは思えないのである。

私は、事件に付随する位高坊主の噂は、意図的に流されたものだと考えている。誰がどのような目的でそんなことをしているのかは、現段階では不明である。しかし、位高坊主の噂を流している人物と事件の犯人は、何処かで繋がっているのではないだろうか。

第三章　九頭火《くとうか》の怪談

呪いだの、祟《たた》りだの、そういうオカルトめいたことは、これまで二十六年間生きてきて、一切信じたことはなかった。幼少期にだって、幽霊や妖怪などのいわゆるお化けを全く怖がらなかったし、長じてからは友人たちが怪談話に興じているのを随分と冷めた目で見ていたように思う。殊更《ことさら》に科学を信奉しているわけではないが、目に見えないものを安易に信じる感覚は理解できなかった。

しかし、今、越智《おち》篤孝《あつたか》は祟りというものの存在を信じ始めている。

愛媛県警本部の刑事部捜査一課に所属する越智は、二月の初め、赤虫村で発生した殺人事件の捜査本部に加わることになった。中須磨権太という老人が殺害され、天狗銀杏《いちょう》と呼ばれる神木に遺棄されたという事件である。

被害者が地元の有力者ということで、管轄である西条東《さいじょうひがし》署に設置された捜査本部には、県警からも存外に多くの捜査員が集められた。小耳に挟んだところ、被害者と生前親交のあった地元出身の与党議員から、県警上層部に対して事件解決への強い要望があったようだ。越智の直属の上司である渡部《わたなべ》警部も一緒だったが、会議室に犇《ひし》めくように集まった捜査員たちを見て、

「人員の無駄遣いだよ」とぼやいていた。

渡部警部は五十代前半の痩せ型で、身長もすらりと高い。更にその容貌は切れ長の目に高い鼻梁《びりょう》で、モデル並みに整っている。とても五十を超えているようには見えないし、一見するとかなり女性的な顔立ちをしている。頭髪も長めでサラサラしているから、陰では「王子」と揶《や》揄《ゆ》されることもある。

しかし、対照的なのは声だ。渡部警部はよく通る低い声をしている。外見と声が全く合っていない。越智は初対面の時、誰かが警部の背後で吹き替えをしているのではないかと錯覚した程だ。

捜査本部長は県警本部の刑事部長である白石《しらいし》であったが、多忙であるため最初の捜査会議にだけ出席し、以降の実質的な捜査責任者は、松本《まつもと》管理官が務めることになった。度の強い眼鏡をかけた小柄な男で、検挙率は高いのだが、下の人間には高飛車な態度を取る。越智はかなり苦手な人物だった。

さて、第一発見者である消防団員たちの証言を信じるならば、遺体発見時に雪の降り積もった現場には、一切足跡がなかったという。気象台の発表と司法解剖の結果から、被害者が殺害されたのは、雪が止んでからだというのは間違いない。だから、犯人が現場に遺体を遺棄しようとすれば、足跡なり何らかの痕跡なりが残るはずだ。それが皆無だというならば、ミステリでいうところの密室状況ということになってしまう。ただ、松本管理官はこの点については懐疑的だ。

「はぁ？　雪の密室？　そんな問題は些末だよ。どうせ第一発見者が偽証しているか、何か見落としがあるに違いない」

松本管理官の指示で、第一発見者の村上と山本という消防団員に対して任意の取り調べが行われたが、結局、二人は最初の証言を撤回することはなかった。徹底的に現場検証も行われたが、不審な足跡や痕跡は発見されていない。従って、密室状況の解明については、早くも暗礁《あんしょう》に乗り上げている。

そもそも村上と山本が嘘を吐くメリットは全くない。足跡がなかったと証言したばかりに、二人は疑われてしまっているのだ。仮に彼らが遺体を遺棄したのならば、別の人物が存在した痕跡をでっち上げるのではないだろうか。

松本管理官は早々に屍体遺棄の密室状況からは興味を失い、中須磨権太の殺害そのものに着目している。こうした切り替えの早さが、検挙率の高さを生むのかもしれない。

鑑識の調べから、被害者が殺害されたのは、自宅の離れであることが判明した。二間の和室、トイレ、洗面所のあるこの建物は、渡り廊下で母屋《おもや》と繋がっている。被害者は六畳間の寝室で首を絞められて殺害されたようだ。死亡推定時刻は午前二時から三時。深夜であることから、犯人が外部犯である可能性は低いと思われる（もちろん可能性はゼロではないが）。

捜査本部では中須磨権太の家族である真守、沙羅、夢太、太平、累江の五人に対して、何度も事情聴取を行った。しかし、犯行時刻が夜中だったこともあり、全員にこれといったアリバイはなく、また動機の面から見ても、権太を殺害するような人物は家族の中には見当たらなかった。というよりも、権太が死んだことで、中須磨家の受けた不利益の方が遙かに大きい。

これまで中須磨家の本家は、県内だけではなく中央の政財界とも繋がりがあった。これはひとえに権太の存在によるものだった。権太亡き後、息子の真守はそれらの人脈とは全く疎遠になってしまうことが予想され、今後の会社運営にも影響が出るのは必至である。

また、権太は生前、自身が死んだ後に真守が負担する相続税について危惧していた。そこで馴染みの弁護士と相談し、不動産の生前分与について手続きを進めていたのである。このことは家族だけではなく、中須磨建設の重役たちも知っていた。

相続税対策が行われる前に権太が殺されてしまったので、結果として真守はかなりの金額の相続税を納める必要ができてしまった。保険に関しても、権太が加入していたのは医療保険が手厚い商品で、死亡保障は少額なものであった。真守の個人的な資産から見ても、権太の死によって支払われる生命保険の金額は雀の涙程だといえる。

この他にも大なり小なり、権太の死によって中須磨家の家族たちが被る不利益はあるらしい。直接にしろ、間接にしろ、中須磨家の人々は権太の恩恵の下で生きてきたようだ。従って、家族の中に権太が死んだことで得をするような人間はいないように思える。

金銭的な動機ではないとすると、怨恨による犯行なのだろうか？　しかし、家族の中で権太とトラブルになっていた人物は今のところわかっていない。

「まだ我々が摑んでいない動機があるはずだ」

松本管理官は聞き込みの範囲を家族の周囲の人間に広げるように指示し、見えない動機を追おうとしている。だが、成果は未だ出ていないのが現状だ。表立って権太とトラブルを起こしていた家族はいないというのが、周囲の人々から得られた証言である。

雪の密室や容疑者の特定の困難さなど、ただでさえ厄介な事件なのに、現場検証後に更に異常な事態が発生した。

現場となった神木を囲繞《いにょう》する小さな森は、玻璃《はり》の森と呼ばれ、昔から禁足地であった。といってもフェンスのようなもので立ち入りが禁止されているわけではなく、入ると祟りがあるという迷信が残っているだけだった。それでも地元の住民たちは絶対に森の中に入ることはないそうだ。

そこまで強固に祟りを恐れる心性が、越智には全く理解できなかったし、それは警察関係者の大部分も共通していた。当然捜査本部は、その森に鑑識課を中心としてそれなりの数の捜査員を投入した。被害者や犯人の遺留品が残っている可能性があるからだ。鬱蒼《うっそう》と茂る樹木のおかげで、森の中にはほとんど雪は積もっていなかったから、現場の鑑識作業は比較的容易に行うことができた。撮影機材に若干の不具合が出たと聞くが、作業中に大きな問題は起きていない。

しかし、その直後、森から出た数人の鑑識の人間が突然激しく嘔吐した。頭痛に見舞われる捜査員も出て、その内、西条東署の五十代男性は署に戻るとすぐに高熱を出して意識を失い、救急搬送された。こうした事態から、すぐに何らかの感染症が疑われ、体調不良を訴えた全員が医療機関を受診し、検査を受けることになる。

「玻璃の森が地元で禁足地になっていたのは、有害な生物や物質が存在するからかもしれん。それを昔の人たちは祟りだと誤認して恐れたのかもな」

西条東署の署長は訳知り顔でそんなことをいっていたが、結局、医療機関では原因となる細菌やウィルスが検出されることはなかった。また、念のために現場の土壌《どじょう》や植物も調べたが、化学物質や放射性物質など、人体に有害なものも発見できなかった。

現場検証から三日後、所轄の新人警察官が首を吊った状態で発見される。関係者の話では、自殺する兆候など全くなかったそうだ。

更にその翌日には、捜査中の警察車両に対向車線をはみ出した大型トレーラーが衝突し、三人が生命を失う。また同じ日の夜には、一人が脳溢血のため自宅で死亡した。

これら亡くなった人間は皆、現場検証の際に玻璃の森に入っていることがわかっている。

捜査本部に妙な空気が流れた。特に西条東署の捜査員は、玻璃の森の祟りに怯え出した。というのも、ほぼ全員が実際に森の中に足を踏み入れていたからである。次は自分の身に何か起こるのではないか。そんな不安が捜査員たちの胸にふつふつと湧き上がり出したようだ。

そもそも赤虫村は、県内でも有名な心霊スポットであり、地元ではよく行方不明者が出る忌まわしい場所として認識されていた。現地の住民たちには、今回の玻璃の森の件も深刻に受け止められていたし、中須磨権太殺害事件そのものも妖怪の仕業だという噂まで流れる始末だった。所轄の捜査員たちの怯えは、今回関係者に起こった複数の災禍のみからくるものではなく、元々素地があったからこそ、深刻なものとなったのである。

一方、県警の捜査員は祟りなど全く信じていなかった。西条東署の捜査員たちの不安には一定の理解を示したが、そんな馬鹿な話はあり得ないというのが基本的な立場だ。越智だって体調を崩す者がいたり、自殺者が出たり、交通事故が起こったりしたのは、単なる偶然だと考えていた。

そもそも真冬の雪が降り積もった中での現場検証なのだから、その後に体調を崩す捜査員が出てもおかしくはない。自殺した新人には周囲が知らないだけで何か深刻な悩みがあったのかもしれない。交通事故だって珍しいものではないし、寒い時期なので屋内の寒暖差で脳溢血を起こすことは十分にあり得る。一つ一つの原因は合理的に説明しようと思えば可能なのだ。

露骨に捜査を厭がる捜査員たちに対して、普段は物静かな渡部警部が「それでも警察官か！」と激昂した。その時は越智も上司の言葉に大いに賛同し、所轄の刑事たちに軽蔑の眼差しを送ったのである。

しかし、事態は更に深刻なものとなる。

事件発生から一週間が経過した時点で、玻璃の森に入った捜査員の内、約七割が病気や怪我、身内の不幸に連続して見舞われた。中には所轄の人間だけではなく、当然、県警本部の捜査員も含まれる。既に捜査本部では十三人の死亡者が出ていた。

二、三人に異常が起こったならば、気のせいですむ。しかし、四十人以上の人間に不幸が重なり、その内十人以上も生命を落としたとなると、これはもう偶然では片付けられない。中でも自分自身ではなく、家族に不幸が起きた者は、自分が安易に玻璃の森に足を踏み入れたことを悔いた。

玻璃の森に入ったにも拘《かか》わらず何の異常も訴えなかった捜査員たちは、共通して普段から何処《どこ》かの寺社の厄除けのお守りを身につけていた。しかし、玻璃の森に入って以降、持っていた守り袋は破れたり、腐食したりで、処分するしかない状態になってしまったと聞く。

とにかく、こんな状況では捜査どころではない。そもそも捜査本部の大部分の人間が、自身や身内に不幸が起きて、職場に出るのが困難な状況なのだ。

越智も当初コンビを組んでいた所轄の刑事が体調を崩してしまったので、それ以後は渡部警部と一緒に捜査に当たっていた。一応、捜査本部には県警本部から応援を頼んで捜査員を補充することになっている。しかし、そもそも最初から必要以上の人員を割いていたため、新たな捜査員がいつ加わるのかは不明なままだ。現在、事件の初動から捜査に加わっているのは、十人にも満たない。

その僅《わず》かなメンバーでさえ、進んで事件の捜査をしようというのは、渡部警部くらいなのだ。責任者の松本管理官だって、余りの事態に右往左往するばかりである。越智は部下だから仕方なく渡部警部に従っているが、こんな異常な事件には正直関わり合いになりたくなかった。

祟りのメカニズムは不明瞭だが、玻璃の森に何かがあるのは確かだし、ひょっとしたらこの事件も、その何かによって引き起こされたのではないかとすら思えてしまう。越智としてはものの見方が百八十度変わってしまったような、衝撃的な出来事の連続だったのである。

事件発生から一か月以上が経過した三月のその日、越智は渡部警部と共に、再び天狗銀杏を訪れていた。

渡部警部が「現場をもう一度見に行こう」と提案したのだ。といっても、渡部だって具体的に何か目的があったわけではないのだろう。先程から広場を散策しながら、天狗銀杏を見上げている。越智はその後ろを金魚の糞よろしくついて回っているだけだった。

「これからどうなるんですかね」

越智が漠然とした不安を口にすると、渡部警部は「どうにもならんよ」といった。

「我々は捜査を続け、犯人を検挙するだけだ」

「まあ、それはそうですけど」

「私はね、別に祟りを信じていないわけじゃないんだよ」

「え？　そうなんですか？」

越智は意外に思った。捜査本部での奮闘振りや祟りを恐れる捜査員たちを叱咤する姿を見て、てっきり渡部警部はオカルトめいたことは一切信じていないと思っていたのである。

「私の生まれた町にも、触ると死ぬといわれる岩があってね。海沿いの洞窟の奥にあって、潮が引いている間にしか見られない。由来なんかはもう誰も知らなくて、ただ、危険だから絶対に触るなというい伝えだけが残っている」

渡部警部は足を止めて、こちらを向いた。

「あれは中学二年の夏休みだった。私は四人の仲間たちと、その洞窟に行った。他愛のない肝試しだよ。最初はみんな大人しくしていたが、その内、三人が調子に乗って、岩に触った。一人なんか足蹴にしていたよ。で、翌日、三人共死んだ」

越智は急に背筋が寒くなった。話の内容も怖かったが、それ以上に無表情に淡々と語る渡部警部の口調が恐ろしかった。

「どうして?」

「死因はね、よくわからん。朝になって起きて来ないのを心配した家族が見に行くと、布団の中で全身から血を噴き出して死んでいたらしい」

越智は相槌《あいづち》を打つこともできず、渡部警部を見つめた。

「まあ、そんなことが少年時代にあったからね、祟りは存在しても不思議ではないと思う。だが、祟りが怖いからといって、警察官が職務を放棄するのは許されんよ。既に祟りの原因はこの周りの森にあるとわかっている。ならば、これ以上立ち入らなければいいだけのことじゃないか。入ってしまったなら、お祓いにでも行けばいい。実際、もうかなりの人間が行っているんだろう?」

「そうみたいです」

玻璃の森に入った捜査員はもちろんだが、森に入っていない者も、かなりの数が神社や寺院でお祓いや祈禱を受けていると聞く。越智はまだそこまでする踏ん切りがつかないでいた。

「私だってほら……」

そういって、渡部警部はコートのポケットから守り袋を取り出した。

「ちゃんと災い避けのお守りを持参しているよ。前に持っていたものは駄目になってしまったからね、これは二つ目だ」

渡部警部までそうしたものを身につけているなら、自分もすぐに神社でお祓いをして貰った方がよいのではないだろうか。何の対策もしていないことに、急に焦燥感が湧く。

「この森の祟りは、まあ、本物なんだろうさ。しかし、殺人事件は明らかに人間の手によるものだよ。祟りと事件をごっちゃにして捜査を放棄するのは、怠慢でしかないと思うんだがね」

渡部警部のいい分はもっともだと思う。だが、大概の人間は祟りなんかに遭遇した経験がない。だからこそ、皆不安がっているのだ。そこまで考えて、越智はどうして渡部警部が平常心を保っているのかわかった気がした。

この人は、多分、慣れているのだ。

さっきの郷里での祟り岩の話から推察するに、岩に触れて死んだのは渡部警部の仲間たちだけではないはずだ。思春期の少年少女ならば、大人のいいつけを破って、禁忌を破ってしまうことは珍しくない。

きっと、死んでいるのだ。越智が思っているより、遙かに大勢の人間が。

それに比べると、今回の十三人という死者数は、まだ少ない方なのかもしれない。祟りの度合いを比較するのもどうかとは思うが、渡部警部の基準では今回起きた玻璃の森の状況は、取り立てて騒ぐようなものではないということだろうか。

越智はこの曰《いわ》くがある場所でこれ以上祟り談義をするのが憚られて、話を事件に戻すことにした。

「それにしても、犯人はどうしてこんな場所に遺体を遺棄したのでしょうね」

渡部警部は間髪入れずに、「疑われないためだ」といった。

「どういうことです？」

「犯行現場は自宅の離れだ。遺体をそのままにしておいたら、真っ先に家族が疑われるだろう。だから、犯人は遺体を別の場所に移動させ、少しでも自分への疑いを逸らそうとした」

「つまり、犯人はやはり家族の中にいると？」

「私はそう思うよ。雪の降る深夜に、こっそり外部の者が被害者を訪ねたというのは、やはり無理がある状況だ」

「だとしても、こんな場所に遺棄する必要があったのでしょうか？　家の外に出したいのなら、手っ取り早く何処かの道に転がしておいてもよさそうなものですけど」

「同感だね。だから、犯人にはこの場所でなければならない理由があったんだろうな」

この場所でなければならない理由。

だから、それを調べるために、渡部警部はここへ来たのか？

刹那、僅かな物音がして、越智は振り返った。

石造りの鳥居の下に、コートを着た少女が立っていた。少女は越智たちを見ると驚いたように目を見開いた。こんな場所で他人に遭うとは思わなかったようだ。

まあ、それは越智だって同じである。つい一か月前に老人の遺体が見つかった場所に、少女がたった一人で訪れる理由とは何だろうか？　中須磨家の縁者？　否、聞き込みの際に、こんな子はいなかったはずだ。

あれこれと思案する越智よりも先に、渡部警部が動いた。「こんにちは」と空気を震わせる低音で挨拶する。

「少しお話を聞かせていただけますか？」

渡部警部は警察手帳を見せながら少女へ近寄る。

少女は手帳を見て警戒を解いたようだが、物凄く不思議そうに渡部警部を見ていた。

きっと上司の顔と声が余りにも乖離しているから、戸惑っているに違いない。渡部警部はそんな少女の心中などはお構いなしに、聞き込みを始めていた。

呻木叫子の原稿

昭和四十二年生まれのGさんは、A村の中心街で家族と一緒に飲食店を営んでいる。車が二十台近く駐車できる広い駐車場のある店舗で、営業時間は昼が午前十一時から午後二時まで、夜が午後六時から午後十時までとなっている。

十年程前のことである。その日は土曜日ということもあり、常連客のグループが遅くまで飲んでいて、閉店できたのは、いつもより一時間も遅くなってからだった。

Gさんはレジ締めの作業を妻に任せ、自身は駐車場の見回りに出た。忘れ物や落とし物、それからゴミがないかチェックするためである。

「時々、お客が塀に車ぶつけてたりするけんね、一応、その日の内に様子は見とかんと」

特に異状もないので、店舗の中に引き上げようとした時、頭の上を明るい光が横切った。

「一瞬、昼間かってくらい明るくなったんだ」

Gさんが空を見上げると、丸い発光体が飛び去って行くのが見えた。飛んでいる間、奇妙な音というか声のようなものも聞こえたらしい。

一体何だろうと思っていると、再び人の声のようなものが聞こえて、間を空けずにさっきよりも小さな光球が、Gさんの頭上を通過して行った。まるで先程の大きな光を小さな光が追っているように見えたという。

慌てて店内に入って、後片付けをしている妻と両親に、今見たものを伝えた。

妻は「それってUFO?」と驚いていたが、両親はつまらなそうな顔をして「九頭火《くとうか》じゃ」というと、厨房から塩を持ってきて、Gさんにパラパラと振りかけた。

両親がいうには、Gさんの見た光は九頭火という怪火であり、昔からA村では見かけることがあるという。九頭火はA村で行き倒れた遍路《へんろ》のなれの果てといわれ、成仏できずに今も彷徨《さまよ》っているのだという。九頭火を目にすることは縁起が悪いとされているので、両親はGさんに清めの塩を振りかけたそうだ。

三十代の会社員Rさんは、子供の頃から天体観測を趣味としている。主に自宅のベランダに天体望遠鏡を置いて、夜空を眺めているのだそうだ。Rさんの自宅は高台にあるので、天体観測に適した立地といえる。

「最近では、小学生の息子も一緒に星を見るようになりました」

Rさんは天体観測の際に、何度も九頭火らしき発光体を見ている。それは突如上空に出現すると、A村を旋回するように飛行し、大抵は高度を落として見えなくなるという。九頭火は季節に関係なく出現するが、殊更に夏の間に多く見かける。

「村では九頭火は火事を起こすといわれていますが、九頭火が出たからといって、必ず火事になるわけではありません」

その反対に、九頭火が出現しなくても、当然のことながら火の不始末などで火災は発生する。従って、九頭火と火災がどの程度の因果関係があるのかはわからない。しかし、現在でもA村では原因不明の火災に対しての説明として、九頭火が持ち出されるのは事実である。

Rさんは、九頭火の撮影にも成功している。

一つ目の動画は、二年前に自宅のベランダから撮影したものである。夜のA村の上空を幾つもの光が飛んでいる。存外に離れているためか、映像では光の大きさはどれも同じに見えた。私が見せて貰った映像は途中で終わっているが、一時間以上、発光体は飛行を続けたという。

二つ目の動画は、去年公園で天体観測をしていた時に撮影したものだ。Rさんはスマートフォンを上空に向けて撮影している。赤っぽくて丸い発光体とそれを取り巻くように飛び交う小さな発光体が映っていた。それらは画面の左側から右側へ向けて移動し、再び左側へ戻っていく。

「恐らく、上空で時計とは逆回りで回転していたのだと思います」

映像を見ながらRさんが説明してくれた。

その内、一番大きな発光体が画面の手前に向けて飛んできた。「うおっ！」というRさんの声が入る。そして、発光体群はRさんの頭上を通り過ぎて、飛び去って行った。

「この後、事故で足を骨折しまして。まあ、偶然だとは思いますが、何となく気持ちが悪いので、それ以降は九頭火を見ても撮影はしないようにしています」

私もA村の滞在中には何度も夜空を眺めてみたが、生憎《あいにく》九頭火を目撃することはできなかった。


建設会社に勤務する二十代のFさんは、A村の出身者ではない。実家は今治で、N家の経営する建設会社への就職を期に、一人暮らしを始めた。

Fさんが住んでいるのは、会社が社員寮として用意している木造二階建てのアパートである。これは本家の持っている土地に建てられたもので、全部で十二部屋あり、主に独身男性の社員が暮らしている（ちなみに少し離れた場所には、同じ規模の女子寮もある。こちらもN家の本家の土地に立っている）。Fさんの部屋は二階の西の角部屋で、窓の外から隣家の庭が見えるという。

一昨年の夏の夜のことである。ふと目が覚めたFさんは部屋が妙に明るいことに気付いた。

「最初はもう朝かって思いました」

しかし、時間を確認すると、まだ午前二時である。怪訝に思って窓を見ると、どうやらカーテンを透かして、外から強い光が差し込んでいるようだった。

Fさんは光の正体を確かめようと、カーテンを開けた。

隣家の庭に、くるくると火の玉が飛び交っているのが見えたという。大きな火の玉が一つと、それを取り巻くように小さな火の玉が飛行している。

「UFOにしては低い位置を飛んでいるし、その時は九頭火なんてものは知らなかったんで、ただただびっくりって感じでした」

その時、Fさんはもう一つ奇妙なものを目撃している。

「その飛び回る火の玉の下に、小学生くらいの女の子が立っていたんです」

少女は火の玉を見上げながら、何故《なぜ》か満面の笑みを浮かべていたという。

「はっきりいって火の玉よりも、その子の顔の方が怖かったです」

私は現地でFさんが九頭火の飛んでいるのを見たという住宅を調べてみた。すると、その家には太夫《たゆう》の一家が暮らしていることがわかった。家族構成は、太夫とその妻、息子夫婦とその娘という五人家族だという。

もちろん私は取材を申し込んだのだが、あっさりと拒否されてしまった。

一体その家の少女は、どうして九頭火を見て笑っていたのだろうか。

＊

中須磨権太の殺害から四か月が経過した六月半ば未明、中須磨家の本家で火災が発生した。連絡を受けた越智篤孝と渡部警部が現場に到着した時には、既に大方の火は消し止められていたが、辺りには酷い臭気が漂っていた。単に焦げ臭いのではなく、化学物質が燃えたような悪臭で、現場の消防隊員たちもマスクを着用していた。

梅雨《つゆ》時期のどんよりとした天気の中、若干の小雨がちらついている。

越智と渡部警部が門から敷地内に入ると、庭には消防車両と警察車両が何台も駐車されていた。それでもまだ若干のスペースが残っていたのだから、相当に広い。中須磨家の車は庭の一画にある車庫——というよりも、倉庫に近い建物に停めてある。天井の高い空間に、越智の給料では手の届かない高級車が並ぶだけではなく、軽トラック、中型トラック、油圧ショベル、フォークリフトなど如何《いか》にも建設業らしい車両も見えた。

越智たちは玄関前で、西条東署の高橋《たかはし》警部補を見つけた。平素は髭が濃い熊のような見た目の高橋警部補だが、今は口許をハンカチで押さえているので、いつもよりもワイルドさに欠ける。

渡部警部が挨拶もそこそこに状況を尋ねると、高橋警部補は二人を母屋の中の応接間へ誘った。既に延焼の可能性はないので、警察関係者は中須磨家に許可を得て、応接間を待機場所として使わせて貰っているという。

広い応接間である。中央に長細いローテーブルが置かれ、それをコの字に囲むようにアンティークらしいソファーが置かれている。六人から八人はゆったり座れるスペースがあるだろう。

渡部警部と高橋警部補はテーブルを挟んで、向かい合って座った。越智はその傍《かたわ》らに立ったまま話を聞くことにする。別に渡部警部の隣に座ってもいいのだが、何となく衣服に外の悪臭がついているような気がして、高そうなソファーに臭いが移るのが怖かったのだ。

高橋警部補の話では、火元は屋敷の裏庭にある石蔵だそうだ。

「あの蔵が燃えたのですか？」

渡部警部は怪訝な表情を浮かべた。

中須磨権太が殺害された時、越智も現場検証をしているから、裏庭の石蔵の存在は知っている。白っぽい凝灰岩を積んで造られた二階建てで、すぐに燃え落ちるような建築物ではない。否、むしろ火災の際に燃えては困るようなものを納めるための場所として建てられたはずだ。

元々石蔵には中須磨家の所蔵する美術品や骨董品、古文書の類が収められていたという。しかし、十数年前に権太の意向で、収容されていた品々の大部分は、母屋の南西に新たに増築したコレクションルームに移動された。これは収蔵品の劣化を防ぐための措置だそうだ。また、歴史的に価値のある古文書は、郷土資料館に寄贈された。

現在の石蔵には、特撮怪獣のソフトビニール人形が膨大に収蔵されている。これは真守が趣味で収集したもので、中には数十万円の値が付くものもあるらしい。

石蔵の正面、南側には金属製の観音開きの扉がある。通常、ここは南京錠で施錠されている。

かつてはその扉を開けると、金網の嵌まった木製の格子戸があったのだが、真守がコレクションルームとして改装した時に、金属製の戸に交換している。この扉は内側から閂《かんぬき》で施錠できるようになっていて、真守は自身が中にいる時には閂を掛けていたという。余程コレクションを愛でる時間を邪魔されたくなかったのだろう。

石蔵は南北に長い直方体をしている。奥行きは十メートル程度だろうか。幅はその三分の二くらいだが、左右の壁に棚が並んでいるので、実際よりも狭く感じる。以前は土間だったが、改装時にフローリングを敷いていた。

一階には向かって左手に二階へ続く木造の階段がある。ちなみに一階の天井部分は引き戸になっていて、これを閉めると完全に一階と二階が隔《へだ》てられる。二階には南向きに格子の嵌まった窓が二つある。格子の内側には、改修前は金網が張ってあるだけの戸が嵌まっていたが、現在は強化ガラスの嵌まった堅牢なサッシとなっていた。

越智も二月の事件の捜査の際に、一度だけ蔵に足を踏み入れたことがある。内部には整然と金属製の棚が並び、怪獣たちが所狭しと並んでいた。子供の頃の朧《おぼろ》げな記憶から、バルタン星人、ゴモラ、ゼットン、エレキング、キングジョー、くらいは思い出せたが、その他の膨大な怪獣たちに関しては全く名前が浮かんでこなかった。傍らには警察関係者を見張るように真守が同行していて、少しでもコレクションに触ろうとすると怒鳴り声を上げたのを覚えている。

ちなみに、真守のソフビコレクションは母屋の書斎にも、中須磨建設の社長室にも、かなりの数が並んでいる。一体一体の価値は正直よくわからないものの、その物量を見れば、集めるのに時間も金もかかっているのは確かだ。

越智は今まで熱中して何か特定の品物を蒐集した経験がないので、コレクターの気持ちはよくわからなかった。しかし、真守のソフビ人形にかける情熱は恐ろしい程に伝わってきた。

「消防の話ですと、火は蔵の外側と内側の両方から上がっていたようです」

それでこんなに悪臭がするのか。あれだけ大量のソフビ怪獣たちが燃えたとなると、人体に有毒な物質もかなり発生しただろう。

「現場は見られますか？」

渡部警部の言葉に、高橋警部補は首を振った。

「まだ消防から許可が下りていません。というのも、どうも蔵の入口に内側から鍵が掛かっているらしいのです。今は家族の許可を得て、扉を壊す作業を進めています」

確かに先程からギュイーンという機械音が響いている。

「えっと、じゃあ、中に誰かいるってことですか？」

越智が尋ねると、高橋警部補は「どうも真守がいるようなんだ」という。

中須磨家の人々の証言によれば、最初に火事に気付いたのは次男の太平だそうだ。時刻は四時少し前のことである。尿意で目を覚ました太平は、トイレから部屋に戻る途中に、裏庭に面した窓から妙な光を見たそうだ。それで石蔵が燃えているのを確認したという。太平は「火事だ！」と大声を上げると、自らは庭へ避難した。

沙羅は既に目を覚ましていたらしい。隣の布団に夫がいないので不思議に思っていると、太平の「火事だ！」という声が聞こえた。慌てて布団から飛び出して廊下へ出ると、夢太がいた。沙羅が夢太に真守がいない旨を伝えると、自分が探すから先に外に避難しろといわれたそうだ。

長男の夢太は、祖父の権太の四十九日の法要が終わった後、離れで寝起きするようになった。太平の声で目を覚ました夢太は、渡り廊下から母屋へ移動する時に、裏庭に炎を見たという。母屋で沙羅から真守の所在がわからないことを聞いたので、急いで家の中を探し回った。しかし、真守の姿は発見できなかった。その最中で、妹の累江と合流。二人は父親を探すのを諦めて、庭に出ることにした。

「先程少し消防に話を聞けたのですが、石蔵の外側に灯油のようなものが撒かれていたようなのです」

「じゃあ、真守の自殺ってことですか？」

越智がそういうと、高橋警部補は「遺書はまだ見つかってないが、その可能性が高いと思われる」と答えた。つまり、現時点では真守が石蔵の外と中に灯油のようなものを撒き、内側から閂を掛けて焼身自殺を遂げたと考えられているようだ。

「二月の事件との関わりは？」

渡部警部は中須磨権太殺害事件との関連を疑っているようだ。

「まだ、はっきりしたことはわかりません。しかし、無関係と考える方が不自然でしょう？」

それは越智も同意するところだ。

もしも真守が自殺したのならば、権太を殺害したためではないだろうか。父親を殺害し、良心の呵責《かしやく》に耐えられなくなって自殺したというのは、十分に考えられる。しかも、最期の場として選んだのは、自身のコレクションルームである。これまで心血注いで集めた怪獣たちに囲まれて最期の時を迎えたいと考えるのは、不自然ではない。

だが、真守が権太殺害の犯人である具体的な証拠はない。これで遺書でも見つかって、犯行に関する一部始終が記されていれば話が早いのだが。

その後、石蔵の内部から男性の焼屍体が発見された。詳しい鑑定はこれからだが、状況から見て真守の可能性が高いようだ。

消火作業が完全に終わり、消防の現場検証が一段落したので、警察関係者も現場の石蔵を調べることになった。

母屋から石蔵までは二十メートル程離れている。裏庭は鬱蒼と茂る竹藪になっていた。母屋の西側に砂利の敷かれた道があり、石蔵まで続いている。石蔵の更に奥――竹藪を抜けた先には岩山があり、その岸壁に穿《うが》たれた洞窟の中には、中須磨一族が祀《まつ》る小さな社が建っている。

現場に近付けば近付く程に、悪臭は酷くなった。越智も渡部警部も、今は所轄から渡された不織布のマスクを着用しているが、とても臭いを防ぐことはできない。まあ、ないよりマシといったところだ。

「うわっ、結構焼けてますね」

石蔵の外壁は、一階の部分はすっかり黒く変色していた。それより上は燃料が撒かれなかったようで、白い石肌のままである。開け放たれた観音開きの扉は、外側は煤けていたが、内側には目立った焼け跡はない。その内側の金属の戸には左側に穴が開けられていた。そこから器具を入れて、金属製の閂を切断したそうだ。

内部は放水作業の名残でびしょびしょに濡れ、溶けたビニールが混ざり合って、黒いヘドロのようなオブジェになっている。辛うじて怪獣らしき姿を垣間見せる人形もあったが、特撮怪獣に明るくないので、それが何なのかよくわからない。

二階へ続く階段は焼け落ちているものの、一階の天井は抜けていない。今は消防が用意した梯子が掛けられている。越智は慎重にそれを上って二階の様子も確認した。

一階の惨状と比較すると、二階は然程《さほど》酷い状態ではない。焼けたような痕跡はないので、こちらには火は付けられなかったようだ。ただ、陳列棚に置かれたコレクションの多くは、熱で変形してしまっていた。

「これって結構な損失ですよね」

生前の真守からコレクションの貴重さを厭という程聞かされたので、自然とそんな言葉が出た。渡部警部は「火災保険には入っているだろうさ」と素っ気ない。

二階の格子が嵌まった窓は、どちらも開け放たれていた。もしもこの窓が閉まっていたなら、石蔵は密閉状態で火の手もそれ程広がらなかっただろう。明らかに酸素を供給するために開けられたと考えられる。

消防の話では火元は一階で、着火に使用されたと思しきオイルライターが見つかっていた。

遺体は一階の床の真ん中に倒れていた。全身が黒く焼けているから、頭から灯油を被った可能性が高いようだ。

「やっぱり自殺ですね」

越智の言葉に、渡部警部は曖昧に頷いた。

その後の家族への事情聴取によると、前日までの真守の様子に殊更変わったところはなかったという。むしろネット通販で注文した新しいソフビ人形が届いて、機嫌はよかったらしい。周囲の人間も真守が何かに思い悩むような素振りはなかったと供述している。

真守が遺書を残していないか、石蔵の中をはじめ、母屋、中須磨建設の社長室と徹底的に捜査が行われたが、書面でも、データでも、それらしいものは発見できなかった。ただ、突発的な自殺という場合も考えられるから、捜査本部は然程遺書の有無に頓着しているわけではなかった。

動機は不明だが、今回の真守の死は自殺……そう捜査関係者の誰もが思い始めていた矢先、司法解剖の結果が出た。それはこれまでの捜査方針を転換せざるを得ない程の重大な発見だった。

歯形やDNA鑑定の結果から、遺体は間違いなく中須磨真守と判明した。死亡した原因は、火災による重度の火傷である。全身が灯油に塗れていたようで、遺体の表面はかなりの部分が炭化していた。ここまではよい。

しかし、詳しい解剖の結果、真守は他殺の可能性が高いことがわかった。真守の肺には余り熱傷が見られないことから、どうも意識を失っている間に焼け死んだと考えられる。加えて、後頭部には強い打撃を受けたような痕跡も見つかった。生活反応が出ているから、明らかに生前につけられたものである。つまり、誰かが真守を殴って昏倒させ、火を放って焼き殺したわけだ。

だが、遺体の発見現場である石蔵からは、真守の遺体しか見つかっていない。現場は内側から金属製の閂が掛けられていた。二階の窓はサッシこそ開いていたが、金属製の格子があって人間が出入りすることはできない。それにも拘わらず、真守を殺害した犯人はどうやって石蔵から脱出したのだろうか。

「また密室か」

越智のその言葉に、渡部警部は整った顔を歪ませて、不快な表情を浮かべた。

呻木叫子の原稿

A村で自動車整備工場を経営する五十代のDさんは、間近で九頭火を観察したことがある。

それはDさんが二十代の頃のことである。九月のある日、Dさんは五人の友人たちと村の飲食店で、飲み会を開いていた。何でも大阪の大学に進学した同級生が久々に帰省したので、地元の仲間たちが集まったのだという。

酔いが進むにつれて、Dさんたちは旧雲外寺で肝試しをしようという話になった。というのも、かつて高校生の頃に同じメンバーで同様の肝試しを試みたのだが、境内《けいだい》に向かう石段で引き返してしまった過去があったからだ。

「そん時は、仲間の一人が急に怖気づいて、『帰ろう。帰ろう』いっとってな。その内、俺らにも臆病風がうつってしもうたんじゃわい」

かつてのリベンジに燃えて、Dさんたちはぞろぞろと旧雲外寺へ向かった。

酒を飲んで気が大きくなっていたせいもあって、今回は誰も引き返そうとはいわなかった。ただ、突発的に決まった肝試しだから、懐中電灯は用意していない。月明かりに照らされた夜道は暗く、気を付けないと躓《つまず》きそうになる。

無事に旧雲外寺の境内に辿り着いたDさんたちは、三人ずつに分かれて、寺の中を探検することになった。Dさんたちのグループは本堂、別グループは庫裏《くり》へ向かう。

本堂の中は真っ暗だった。Dさんは持っていたオイルライターをつける。これといって変わった出来事はなかったものの、何かが這い回るような不気味な空気は肌で感じていた。

しばらく本堂を見回っていると、庫裏に向かった友人たちの悲鳴が聞こえた。

Dさんたちは慌てて本堂から外へ出た。

すると、庫裏から友人たちが飛び出してくるところだった。その内の一人がこちらへ向かって、「な、無有《ないある》が出た！」と叫んだ。彼らはそのまま境内から逃げるようにして、石段へ走っていく。

Dさんたちはその様子をぼうっと眺めていた。友人たちの過剰な反応が、何となく非現実的に思えたのだそうだ。

程なくして、庫裏から黒い人影が現れた。

その人影は走り去る友人たちを見送ってから、くるりとこちらを向いた。元より暗いから相手の顔なんてわかるはずがない。しかし、Dさんは何故かその人物に顔がないということが直感的にわかったという。

「女だと思った」

Dさんと二人の友人たちは、相手に圧倒されるように動けなくなった。頭では「逃げよう」と思っているのだが、どうしても手足を動かすことができない。

人影がこちらに近付いてきて、Dさんは焦燥した。このままではヤバい。あいつに——無有にこれ以上近付かれたら、憑かれてしまう。

その時、境内に幾つもの火の玉が飛び込んできた。

「大きさは、一番大きいのが一メートルくらい。小さいのがその半分ってとこかな。滅茶苦茶明るかったし、熱かった」

昼間のように明るくなった境内で、いつの間にか人影は消えてしまった。

助かったと思ったのも束の間、Dさんはその火の玉たちの中に恐ろしいものを目にした。

人の顔だった。それも憤怒の形相の。

「ああ、これが九頭火かって思ったよ。何か念仏っていうか、呪文みたいなもんが聞こえてた」

九頭火はしばらくの間、境内をぐるぐると旋回していた。九頭火の位置は、地上から二メートル程の高さだったという。Dさんたちは逃げることもできず、かといって真っ暗な本堂に戻ることもできずに、その様子を眺めていた。

大きな火の玉が全体を率いる形で飛び、その後を小さな火の玉が追いかける。小さな火の玉に浮かんだ顔は表情を保ったままなのだが、大きな火の玉の顔は何か叫ぶように口をぱくぱくさせていたという。

三十分くらいが経過して、ようやく九頭火は何処かへ飛び去って行ったそうだ。

「その後、無有をまともに見た三人は、みんな調子悪うなったけん、太夫さんに診て貰っとったなぁ」

Dさんは、顔の前で指を回す仕草をした。恐らく、先に逃げた三人の友人たちは、帰宅してから何かで顔を黒く塗り潰す行動をしたのだろう。Dさんによれば、幸い三人共すぐに元通りの生活に戻れたらしい。


当時、Dさんと一緒に肝試しに参加したOさんにも話を聞くことができた。

Oさんは肝試しの際に、Dさんと同じグループだった。そのため、九頭火のこともよく覚えているという。

「大きな火の玉の中に男の顔があった。ずっと念仏のようなものを唱えてた」

Dさんとほぼ同様の証言をする一方で、小さな火の玉に浮かんだ顔は男女の区別はわからなかったものの、やはり怒りを感じさせるような物凄い形相をして、寺の境内を飛び回っていたという。

「最初は俺らに対して怒っとるんじゃと思っとったけど、ありゃどうも違ぁわい」

Oさんの感覚では、九頭火の怒りの矛先は、無有ではないかというのだ。

「これは俺の考えなんだが……」

Oさんはそう前置きしてから、自らの意見を語った。

幼い頃からOさんは、九頭火は行き倒れた遍路や旅人だと教えられて育った。実際、遍路は身近な存在で、A村でも頻繁に見かける。だから、そうした人々が無念の死を迎えれば怪火になって出るのも、不思議だとは思わないそうだ。

ただ、Oさんが知っている限り、A村の周辺に遍路や旅人が生命を落とすような難所はない。本人が病でも抱えていない限り、A村で死ぬようなことは稀《まれ》だったのではないかというのだ。しかし、九頭火は九つもの火の玉の集合体である。伝承が本当ならば、最低でも過去に九人の人間が死んだということになる。

Oさんはその死の原因が、無有ではなかったかと考えている。何も知らない遍路や旅人が無有に遭遇し、取り憑かれる。精神を蝕まれた彼らは、やがて生命を落とした。

「だから、九頭火は無有を憎んどるんじゃわい」

Oさんの解釈は非常に興味深い。ただ、九頭火は単に遍路や旅人だったという伝承以外に、貧しい境遇の人々の霊魂という説がある。そして、生前貧しかったからこそ、富を持つものを憎んで、その家に火災を引き起こすというのである。

郷土資料館の学芸員であるYさんの生家は、N家の本家だ。かつてN家の本家の屋敷は、九頭火によって火災に見舞われたことがあるそうだ。

現在のN家は三十年程前に建て替えられたもので、それ以前は江戸時代から続く大きな古民家だった。Yさんも幼い頃の記憶に、当時のN家の様子が残っているという。

「昼間でも家の中は薄暗かったですね。柱も梁《はり》も太くて、黒ずんでいました。祖父母が寝起きしていた納戸《なんど》なんかは、一人で入るのが怖かったですよ」

火災があったのは、まだYさんが生まれる前、間もなく還暦を迎えるYさんの父親が、小学生だった頃の話である。

それは夏の夜のことだった。田舎であるから、暑い季節は夜間でも窓を開け放ち、蚊帳《かや》を吊って眠っていた。Yさんの父親も、弟妹たちと座敷で眠っていたらしい。すると、「火事だー！」という声が聞こえたのだそうだ。

慌てて飛び起きると、弟と妹を起こした。裸足のまま縁側《えんがわ》から庭へ出ると、母屋の脇にある厩舎から火の手が上がっていた。既に数人の大人たちが消火作業を行っていて、火の勢いは然程大きくはなかったらしい。鎮火までの時間も余りかからなかった。

Yさんの父親は両親に「もう大丈夫」といわれるまで、庭に佇んでいたそうだ。

厩舎は屋根が三分の一程焼けてしまったが、馬は無事だった。というのも、火事の発見が早かったからである。

「父の話では、火事を知らせてくれたのは、近所の男性数人だったそうです。何でも夜回りの最中に九頭火を見つけて、それを追って我が家へ来たというのですね」

九頭火はN家の上空で旋回すると、その内の一つの火の玉が厩舎に落ちたという話だ。

Yさんは祖父からも九頭火について話を聞いている。

「祖父がいうには、それ以前にも九頭火によるボヤ騒ぎがあったようです。その時は母屋の茅《かや》葺《ぶき》屋根が燃えて、かなり大きな騒ぎになったみたいです。だから、近所の人たちには、九頭火を見たら早めに知らせて欲しいと頼んでいたそうですよ」

つまり、Yさんの祖父は、近くに九頭火が出現した場合、N家に被害が出ることを予想していたことになる。ただ、Yさん自身は九頭火が火災を引き起こすという伝承には懐疑的である。

「確かにA村の素封家では、度々原因のよくわからない火災が発生します。待田医院なんかも数回火災に遭っていますし、和多津美神社の宮司の家も一度全焼しています。旧雲外寺でも山門が焼けることがあったらしい。しかし、これらの原因はもっと別にあるのではないでしょうか」

Yさんは明瞭には口に出さなかったが、放火を疑っているようであった。A村の資産家の家で不可解な火災が起こるのは、彼らを快く思わない住民たちによる犯行ではないかと考えているようだ。

「位高坊主《いだかぼうず》や九頭火を隠れ蓑《みの》にして、N家に対する鬱憤《うっぷん》を晴らしていた連中がいたんだと思いますよ」

Yさんは存外に穏やかな口調でそういった。

＊

中須磨真守の死亡推定時刻は、午前二時から四時の間である。一応、家族への事情聴取の際に、各々のアリバイを尋ねたが、案の定、その時間は沙羅、夢太、太平、累江、全員が自室で眠っていたと証言した。怪しい物音などを聞いた者もなく、これといった手掛かりは得られなかった。

真守の死が他殺である可能性が高いと判明してすぐに、石蔵の再調査が行われた。遺体が発見されるまで、石蔵には内側から金属製の閂がなされており、中に入ることはできなかった。これは消火活動を行った消防隊員が複数証言しているのだから間違いない。

二階には二つの窓があり、それぞれ火災当時は開いた状態だった。このせいで蔵の内部は密封状態にならずに、延焼が続いたのである。ただ、この窓には鉄格子が嵌まっていて、人間が出入りすることは不可能だ。というか、そもそも窓の開口部が小さく、鉄格子がなくとも幼児や小学校低学年くらいの子供でなくては窓から出入りはできない。

他殺の場合、この状況で犯人は真守を昏倒させ、蔵の内部に火を放ち、自身は外へ脱出したことになる。

隠し通路のようなものはないかと床下も壁も念入りに調べたが、焼け焦げていたこともあり、表面からは傷などの異常は発見できなかった。ちなみに、その後、別の遺体が石蔵の内部から発見されたというような事態にも発展はしていない。あくまで死んだのは真守一人なのだ。

「やっぱり犯人は自殺に見せかけるために、現場を密室にしたんですかね」

越智篤孝は真守の殺害現場である石蔵の正面にいた。

上司の渡部警部は、先程から出入口の金属の引き戸を調べている。渡部のビジュアルが整い過ぎていて、現実感が異様に稀薄になる。まるで刑事ドラマのワンシーンのようだ。

「自殺に見せかける以外に、密室なんて馬鹿げた状況にするメリットがあるのかね?」

「だって、天狗銀杏の時は明らかに他殺なのに、密室状況だったじゃないですか。犯人は密室に何か強いこだわりがあるのかもしれません」

「二時間サスペンスじゃあるまいし」

渡部警部はそういった。しかし、事件の雰囲気をまさに二時間サスペンス風に変えている一因は、渡部警部の容貌にもあると思う。甘いマスクに渋い声なのだから、どうしたって俳優めいて見えてしまうのだ。

「この密室について、自分、考えてみたんです」

思い切ってそういったが、上司は「ほう」と相槌を打っただけだった。全く興味を示していない。だが、これでめげる越智ではない。果敢に自らの推理を説明し出した。

「例えば、閂に糸を結び付けて、二階の窓まで伸ばして、糸の端を外へ出すんです。そして、犯人は外に出てから糸を操作して、閂を動かした」

　渡部警部は溜息を吐いた。

「中は火災の真っ只中だよ。糸なんか燃えてしまうだろう」

「いや、そこは針金やピアノ線みたいな燃えない素材を使ってですね……」

「そんな硬い素材を使ったなら、閂や窓枠に何か痕跡が残るはずだ」

　しかし、実際には閂に不自然な傷は見当たらないし、二階の窓枠のどちらにも不可解な痕跡は残っていない。

「そもそも君は糸で閂を動かしたというが、具体的にどう糸を使えば閂をスライドさせられるんだね？　いいかい、あの扉に付いていた閂は、外側から見て右にスライドさせなくてはならない。しかし、君のいうように二階の窓まで糸を伸ばすとすると、階段は向かって左側についているわけだから、そのまま引っ張っただけでは閂には左側へ動く力しか与えられないんじゃないか？」

「えっと、じゃあ、犯人は途中で力の方向を変えるような器具を置いておいたんです。その器具は火災で焼失して残っていないわけですけれど」

　結局、越智の思い付きは、何の根拠もないのである。かつて読んだミステリ小説に出てきた方法を捏《こ》ね繰り回した机上の空論なのだ。しかも糸を使った古典的なトリックである。

　渡部警部はもう何もいってくれなかった。何となく悔しいので、「警部は何か考えがあるんですか？」と訊いてみた。

「これといったアイディアはないさ。だが、この扉に金属製の閂が掛けられ、二階の窓には格子が嵌まっていたとすると、誰もここからは出入りできなかったと考えるしかないじゃないか」

「でも、それじゃ犯人は何処へ消えたっていうんですか？」

「私はね、真守は自殺したと考えた方が自然だと思うよ」

「警部は解剖結果を疑っているんですか？」

「まさか。それを疑ったら、捜査にならんじゃないか。真守は頭に衝撃を受けて昏倒し、その後に焼死した。この事実は動かせないが、自分で転んだ可能性だって否定できない」

「えっと、つまり、警部は真守が自殺しようとしていた最中に、何かの拍子で転んで頭をぶつけて、意識を失っている間に死んでしまった、と？」

「あくまで可能性だがね、密室から犯人が抜け出したと考えるよりも、あり得ると思うけどな。真守は全身灯油塗れだったようだし、床にも灯油が撒かれていたんだから、滑って転倒する危険性は十分あったはずだ」

「そんな単純な話なんでしょうか」

「真実は得てして単純なものだと思うよ。天狗銀杏の現場だって、我々が気付かないだけで、もっと簡単に状況を説明できるのかもしれない」

渡部警部のいうことは、理解できる。しかし、越智は釈然としなかった。この事件の背後には、もっと悍《おぞ》ましい何かが潜んでいるように感じる。中須磨権太も、真守も、同じ人間によって殺害されたのではないか。越智はそう考えている。その犯人は、雪上に足跡を残さずに遺体を遺棄し、密室と化した石蔵から脱出しているのである。まるでお化けのように。

そういえば、今回の真守の事件でも、赤虫村では奇妙な噂が流れているという。なんでも昔から伝わっている怪火が、真守を焼き殺したのだそうだ。松本管理官や渡部警部はまるで相手にしていないようだが、越智は気になっている。祟りが実際にあるのなら、人を焼き殺す火の妖怪もいるのではないだろうか。これまでの自分では絶対に考えないような発想だが、今の越智は赤虫村の住民たちを頭から否定する気にはなれなかった。


真守の死後、一週間が経過して、中須磨建設で騒動が持ち上がった。

新たに会長兼社長に就任したのは、中須磨沙羅である。これは周囲から見ても頷けることだった。しかし、空いた副社長の椅子に指名されたのは、長男の夢太だったのだ。郷土資料館を退職して、中須磨建設に再就職しろというのが、沙羅新社長の指示だったのである。

夢太は殊更に母親に逆らうことはなかったという。気は進まない様子だったそうだが、既に館長に退職する旨を伝えたという。とはいっても、急に辞めるわけにもいかないので、後任の学芸員が採用になるまでは、郷土資料館に勤めるそうだ。

だが、次男の太平は猛烈に反発した。順当に行けば、専務の自分が副社長になるはずだ。それが幾ら兄だとはいえ、どうして部外者の夢太が副社長に選ばれるのか。いずれ中須磨建設を継ぐのは自分ではないのか。

太平のいい分はもっともである。社員たちもこの人事には驚いているのだ。ただ、太平の言葉に対して、沙羅はあくまでも冷静にこういったという。

「あなたを跡継ぎにしたいと思っていたのは、お祖父様とお父様であって、私はずっと反対してきたのよ。この会社は中須磨権太っていう信用で成り立っていたの。それがなくなった今、新たに会社を託すには、何よりもクリーンな経営者じゃなきゃ駄目なのよ。そして、それは太平、あなたじゃない。いっちゃ悪いけど、周囲から見たあなたのイメージ、最悪だからね」

太平の過去の横暴は、自身にとっては若気の至りでも、会社にとっては大きなマイナスポイントとなる。沙羅はそう判断したようだ。

更に、娘の累江を部署移動させ、社長秘書にした。表向きは沙羅の仕事をサポートさせるためだが、実際は累江にも間近で自分の培《つちか》ってきたノウハウを教え込み、行く行くは夢太が社長、累江が副社長という体制を築こうとしているとの噂である。恐らく、そのことも太平は面白くないと思っているのではないか。

これまで中須磨家の本家では、権太や真守の殺害に繋がる明確な動機は見つからなかった。しかし、二人が亡くなった途端に、家族間に不穏な空気が流れ出したのである。

「なんか面倒臭いことになりそうですね」

越智は率直な感想を漏らした。つい先程の捜査会議で、中須磨建設内部のごたごたについて、所轄の刑事から報告があったのだ。

「そうかね。私は別に捜査には支障はないと思うよ。家族内で揉めていれば、案外、我々が知らなかった事実をうっかり吐露するようなこともあるかもしれんし」

捜査本部が置かれている会議室には、越智と渡部警部しか残っていない。他の担当刑事たちは既に捜査に出てしまった。だが、それはポーズだけで、実際、彼らは身を入れて事件の捜査をしているとはいい難い。やはり、怖いのである。

今回も真守が不可解な状況で死んだために、西条東署の捜査員たちからは「また祟りがあるんじゃないか」という声が出始めている。できれば中須磨家の事件には関わりたくない。当たり障《さわ》りのない聞き込みだけして、あとは県警の渡部警部に丸投げしてしまいたい。そんな思惑が見え見えだった。

中須磨権太殺害事件から四か月以上が経過して、越智もようやく捜査本部の空気に慣れた。ここで本当に事件を解決しようと真剣に取り組んでいるのは、渡部警部だけなのだ。否、越智だってそれなりに努力はしている。しているが、どうにも空回りしてしまう。

「ちょっと考えたんですけど……」

越智が思い付きを口にしようとすると、渡部警部はあからさまに眉を顰《ひそ》めた。

「ちょっとではなくて、ちゃんと考えてから発言して欲しいんだがね」

「じゃあ、いい直します。ちゃんと考えたんですけど、権太と真守を殺害した犯人は、太平を中須磨建設の後継者にしたくなかったんじゃないですかね」

「二人を殺害した動機が、会社の後継者を巡る問題だと?」

「はい」

「それはあり得ないだろう。もしも太平に跡を継がせたくないなら、太平を殺せばいい」

この反論は想定内のものだった。

「それができないから、犯人は権太と真守を殺したんですよ」

「どうして犯人には太平が殺せないんだね？」

渡部警部は首を傾げた。

「自分たちから見ても、太平はかなり屈強に見えます」

「そうだな」

「しかも若い時は相当のワルだったらしいですし。自分だって喧嘩したら勝てる気がしません。でも、老人の権太やオタクの真守なら、簡単に殺せそうじゃないですか」

「仮にそうだとして、君は誰を疑っているんだ？」

「もちろん、中須磨沙羅です」

越智が明瞭に断言すると、一瞬、渡部警部は動きを止めた。何となく視線が痛い。

「ないと思うぞ、私は。考えてみたまえよ。権太が亡くなった時点で、中須磨家にも中須磨建設にも多大な損失が生じたんだ。会社を思って太平を後継者から外したのに、会社そのものに損失を出したのでは、本末転倒じゃないか」

「それはそうかもしれませんが、世の中の人間が全員、警部みたいに損得勘定が得意とは限らないじゃないですか」

「しかし、中須磨沙羅は損得勘定が得意なはずだ」

「あ……」

確かにそうだ。だからこそ、中須磨建設は現在も健全な経営状態を保っていられるのである。どうやらちょっと考えたくらいでは、事件の動機を見つけることは無理だと痛感した。

渡部警部は「まあ、焦らないことだ」といつになく優しい言葉をかけてくれた。

一応、笑って「そうですね」と応えたが、越智はいい知れぬ焦燥感を抱いている。

これで中須磨家の事件は終わったのか？　早く事件を解決しないと、また新たな被害者が出るのではないだろうか？

これまで虫の知らせなんて非科学的なものを気にしたことはなかった。馬鹿馬鹿しいとすら思っていた。しかし、今は自分のこの予感が正しいような気がするのだ。

呻木叫子の原稿

怪談としての九頭火は、死んだ遍路や行き倒れた旅人のなれの果て、或いは貧困や飢饉《ききん》で死んだ者の霊とされている。しかし、実際に映像にも捉えられているのだから、何らかの自然現象である可能性もある。九頭火は至近距離で見ると、顔が浮かんでいるという。だが、遠距離で見る限りは単なる発光体であり、一種の未確認飛行物体——ＵＦＯ（Unidentified Flying Object）といえるだろう。

これに関連して、Ａ村から然程遠くない高知県吾川《あがわ》郡いの町には、ＵＦＯラインと呼ばれる道がある。正式名は町道瓶ヶ森《かめがもり》線・町道瓶ヶ森西線であり、石鎚山系の尾根を走る天空へと続く道路である。ＵＦＯラインの呼び名は、ＵＦＯの目撃情報が多いことと、「雄峰《ゆうほう》」をかけてつけられているのだそうだ。Ａ村周辺は、元々ＵＦＯに縁のある土地なのである。

私は怪談や妖怪、或いは心霊現象に関してはそれなりに知識があるものの、ことＵＦＯや地球外生命体となると、余り詳しくない（もちろん、一般人よりは知識はあるが）。そこで、この手の現象に精通した知り合いに話を聞くことにした。

田宮美空《たみやみそら》はギャラクシー・ファントムというオカルト系アイドルグループのメンバーである。彼女はＵＦＯや地球外生命体を専門に研究している。田宮はセミロングの髪に、いつも銀色のベレー帽を被っているが、もしかしたら、ベレー帽はＵＦＯを意識したアイテムなのかもしれない。メンバーで唯一の大学生で、一人暮らしをしながら都内の私立大学に通っている。専攻はイギリス文学だそうだ。専攻分野を選択した理由について、田宮はこう話していた。

「フランスのジャック・ヴァレーいう人が指摘してはるんですけど、イギリスの妖精伝承には、現代の地球外生命体との遭遇譚に似とる話があるんです。ウチがイギリス文学を専攻したのも、そういう共通点を探りたい思ったからです」

ギャラファンのメンバーの中には、デビュー直前に自分の専門分野について学び始めたという娘もいる。しかし、田宮美空はアイドル活動をする前から、ＵＦＯに関して独自に研究していた。素人時代から続けているブログは、ファンの間よりも、ＵＦＯ研究家たちに有名である。

私は田宮が通う大学の談話スペースで、ＵＦＯという観点から九頭火について意見を聞くことにした。田宮は「叫子さんがＵＦＯに興味示してくれはるなんて、何か嬉しいわぁ」とインタビューに快く応じてくれた（念のためだが、事前にきちんと事務所には話を通してある）。

「ＵＦＯ学のガリレオて呼ばれとるＪ・アレン・ハイネックの分類でいえば、九頭火は夜間発光体に分類可能や思います。また情報提供者《インフォーマント》の話から判断すると、基本的には第一種接近遭遇やと思いますけど、火事を引き起こすなら、第二種接近遭遇ともいえますね」

補足しよう。

天文学者であるＪ・アレン・ハイネックは、一九四八年から一九六九年までアメリカ空軍のＵＦＯ研究機関の顧問を務めた人物である。当初はＵＦＯに否定的な立場だったが、自ら膨大な事例の研究・分析を通して、肯定論者に転向し、ＵＦＯ研究の第一人者となった。一九七三年にはＵＦＯ研究団体のＣＵＦＯＳ（ＵＦＯ研究センター）を創設し、ＵＦＯ学に多大な貢献を果たした。

ハイネックはＵＦＯに関する報告を、①遠距離から観察された目撃報告と②近距離からの目撃報告――接近遭遇《クロース・エンカウンター》の二つに分類する。さらに①は夜間発光体、日中円盤体、レーダー＝眼視の三つのカテゴリーに、②は第一種接近遭遇（単純な接近遭遇）、第二種接近遭遇（生物、無生物双方に物理的影響を与える）、第三種接近遭遇（ＵＦＯの内部、あるいはそばに搭乗者の存在が報告される）の三つのカテゴリーにわけた。ちなみに、ＵＦＯ搭乗者による誘拐の事例――いわゆるアブダクションは、現在、第四種接近遭遇とカテゴライズされることもある。

この内、九頭火の事例は、遠距離からは夜間発光体と分類される。また近距離では、九頭火を見ただけの話は第一種接近遭遇、九頭火が火災を引き起こす瞬間を見た場合は第二種接近遭遇ということになるそうだ。

「ハイネックは典型的な夜間発光体は光点ではなくて、曖昧な形をしとるというてます。色は黄色がかったオレンジが多いそうです。お話を聞く限り、遠距離から見た九頭火も夜間発光体で多く見られる特徴に近いと思います。ただ、ウチがおもろいなぁと思ったんは、九頭火が一つの大きな発光体と幾つもの小さな発光体の集合体ってところですね」

田宮がいうには、九頭火はＵＦＯ連隊と呼ぶべき事例であり、類似の事例は日本でも目撃されている。また、九頭火のように、特定の地域で夜間発光体が反復して目撃されることもしばしばあるという。殊に火の玉に関しては、アメリカ、フランス、ノルウェーなど世界中からの報告も確認できる。

これは当然といえば当然で、日本でも各地に怪火の伝承は残っており、その内の幾つかは繰り返し目撃されている。代表的なものは、海上に無数の火が並列して出現する不知火《しらぬい》だろう。九州有明《ありあけ》海、八代《やつしろ》海が有名であるが、愛媛県にも不知火の伝承は残っている。

また、『ゲゲゲの鬼太郎』にも登場した姥火《うばがび》は、大阪府の枚岡《ひらおか》神社から近くの村まで飛び回ると伝わっている。枚岡神社の灯油を毎晩盗んだ老婆が、姥火になったとされている（ちなみに、姥火に似た来歴を持つ怪火に、滋賀県大津《おおつ》辻《つじ》の地蔵の油を盗んで売っていた油売りが死後に火の玉になった油盗みの火や比叡山の灯油料を盗んだ僧の亡魂である油坊《あぶらぼう》がある。油坊は火炎の中に多くの僧形が見えるという）。

「九頭火が自然現象だと仮定したら、正体は何だと思う？」

私が尋ねると、田宮は逆に質問してきた。

「九頭火が現れる前に、何か前兆ってありません？　例えば、地震とか、雷とか」

「いいえ。そういう話は聞いたことない」

「じゃあ、天気はどうです？　雨が降っとったり、雨の直後だったりしませんか？」

「どうかな。誰もその点は話してなかった。でも、九頭火が火災を起こすっていうんだから、雨で湿ったりはしてなかったんだと思う。Rさんって会社員の人に九頭火の動画を見せて貰ったけど、その映像では晴れてたよ」

「そうですか。う〜ん、話を聞く限りは、ウチは球電の可能性が高いかなぁて思うんですけど」

球電とは雷の電気によって起こる放電現象である。一般的には稀な現象といわれているが、実際は頻繁に起こっているらしい。ただ、球電発生の原因に関しては、未だ解明されていない。普通は直径三十センチメートルくらいだが、中には数百メートルになる球電もあるとのことだ。

「球電は雷雨の後に発生しますが、晴天の場合にも発生した事例はあるんです。赤く輝くボール状の発光体なんで、九頭火に近いかなとは思います。それから球電は飛行中にハミングのような音を発することもあるので、九頭火が呪文を唱えとったっていう話とも合致します」

球電は急停止、急発進、突然の方向転換など、ＵＦＯに似た飛行もするらしい。

個人的には田宮の球電説には、かなり説得力があるように思えた。ＤさんとＯさんのように、至近距離で九頭火を見た事例は別物だと考えるしかないが、Ａ村の上空で目撃される発光体は球電だと考えてもいいのではないか。ただ、私が球電説に感心しているのとは対照的に、田宮は釈然としない表情を浮かべていた。

「どうしたの？」

「九頭火が球電だとすると、ちょっと明る過ぎる気がするんです。インフォーマントの話では、九頭火の近くだと昼間くらい明るうなるんですよね？」

「そうみたいね」

「だとすると、火球並みの明るさや思います。でも、飛行パターンは球電に近い」

火球というのは、流星の中で殊更に明るいものだ。近年はスマートフォンやドライブレコーダーの普及で、実際に夜空を火球が通過する様子が捉えられ、翌日のニュース番組で報道される機会も増えた。確かに火球の光はかなり明るい。九頭火の遭遇譚とも似ているとは思う。ただ、火球はあくまで流星であり、滞空したり、村の上を旋回したりはしないのだ。

やはり、九頭火は単純な球電と考えるのは難しいようだ。自然現象の範疇で説明できるかと思ったが、やはり怪異として捉えるべきなのかもしれない。

田宮美空も「九頭火は心霊現象なんかもしれません」といった。

「ＵＦＯ現象は心霊現象ちゃうんかという仮説は、ＵＦＯ学側からも、心霊研究側からも、指摘されとるんです。例えば、ポルターガイスト現象では閃光が見られる事例がありますし、物体が移動する場合も、ジグザグに飛行したり、空中で急に軌道を変えたりって、ＵＦＯと同じ動きをすることが指摘されとります。ウチはＵＦＯ現象の全部が心霊現象だとは思いませんけど、九頭火に関してはサイキックな存在である可能性は否定できません」

ポルターガイスト現象は、特定の人物の周辺で起こることの多い超常現象である。具体的には家具がひとりでに移動したり、物体が飛んだり、原因不明の物音がしたりする。こうした現象は生者や死者のサイコキネシス（念力）が原因だと考えられている。そのため、超心理学ではポルターガイスト現象が反復的偶発的であることから、反復性偶発性念力とも呼ばれている。

ＵＦＯ現象とポルターガイスト現象に共通の特徴があるとすると、ＵＦＯ現象にも人間の精神が関与している可能性がある。心理学者のカール・グスタフ・ユングも、空飛ぶ円盤は集合的無意識が投影されたものだと考えていたようだ。ＵＦＯを考えるには、単純に自然現象か超常現象かを考えるだけではなく、心理学的なアプローチも必要なのだろう。

そう考えると、A村に九頭火が目撃されるのは、もしかしたら住民たちが無意識に九頭火の出現を願っているからかもしれない。

その出自は遍路や旅人だとされているが、九頭火は裕福な家に火災を引き起こすと伝わっている。これはA村の住民の一部が富裕層に対して敵愾心《てきがいしん》を持っていることと関係している気がする。ただ、学芸員のYさんがいうように、九頭火の伝承を隠れ蓑にして、放火をしている住民がいたということではない。あくまで九頭火は超常現象として出現していると思うのだ。

つまり、N家を始めとする素封家に対する嫉妬や羨望などの複雑な感情が投影されたものこそが、九頭火なのではないか。そして、今尚、九頭火が目撃され続けているということは、A村の内部では現在も住民間で複雑な感情のやりとりが発生していることを意味するのではないだろうか。

＊

中須磨真守の死から一か月半程度が経過した七月の終わりに、越智篤孝は渡部警部と共に再び中須磨家を訪れた。現場となった石蔵をもう一度調べるためである。

捜査本部では関係者の幅を広げて、中須磨権太と真守を殺害する動機のある者を探したが、結局はこれといった人物は出てこなかった。権太が殺害されたのが離れであり、真守の遺体が発見されたのが石蔵だから、やはり犯人は家族の中にいる可能性が高いと思われる。

ただ、そこで捜査が止まってしまった。権太の殺害の時から、表立っては知られていない家庭の事情があるのではないかと、継続して聞き込み捜査が行われたものの、現在も殺害の動機に繋がるような証言は得られていない。家族の誰かが個人的に怨恨を抱いていることもあるだろうが、本人がそれを気取られないようにしていたとすると、こちらとしてはどうしようもない。

そこで捜査本部では、二件について密室状況の解明を優先する方向に方針を転換した。積極的な方針転換ではなく、もう犯行手段を解き明かす他に犯人に迫る道を見出すことができないのだ。

越智は渡部警部と共に、まず母屋へ挨拶に向かった。

梅雨が終わった途端に、蒸し暑い日が続いている。越智は半袖のワイシャツで、ノーネクタイのクールビズスタイルである。一方の渡部警部は夏用とはいえ上衣を着ているし、ネクタイまで締めている。それで涼しい顔をしているのだから、本当に役者のようだと思う。

今日の訪問については、事前にアポイントはとってあった。今日は日曜日で、郷土資料館に勤める夢太以外の家族は、仕事は休みのはずだ。

応対に出てきたのは、沙羅だった。事前に越智たちの来訪を知っていたためか、休日だというのにスカートスーツであった。きちんと化粧もしているから、今すぐにでも出勤できそうな格好である。

「どうぞご自由に捜査なさってください。家にはわたくしと累江がおりますので、何かございましたらお声がけください」

「太平さんは、お仕事ですか？」

「まさか。太平は、休日はほとんどこちらにはいません」

実はそのことは捜査本部では把握していた。中須磨太平は休日には新居浜にいる交際相手の許に通っている。月曜日の朝も、その女性の自宅マンションから出社するらしい。

越智たちが裏庭の事件現場に行くと、そこには先客がいた。

黒く焼け焦げた石蔵の前に、二人の女性が立っている。一人は長い黒髪の中須磨累江である。

越智はもう一人の少女を見て、少なからず驚いた。それはかつて天狗銀杏の前で出会った女子高生だった。確か名前は、金剛満瑠だ。赤虫村唯一の温泉旅館ぎやまん館の一人娘である。

「こんにちは」

渡部警部が幾分余所行《よそ》きの口調で挨拶した。相変わらず、低いのによく響く声だ。

累江と満瑠は揃って頭を下げる。

「お二人はお知り合いだったのですね」

「満瑠ちゃんは、祖父と父の事件について調べてくれているんです。警察の皆さんがなかなか解決してくださらないので」

累江は嫌みの籠もった口調でそういった。

それで以前、金剛満瑠は天狗銀杏にいたのか。あの時は事件に興味があってとだけいっていたので、単なる野次馬の一人だと思っていたが、まさか事件について調査しているとは。素人《しろうと》——しかも女子高生が自分たちの仕事に首を突っ込んできたことに対して、越智は苦々しい気持ちになった。どれ程本気かわからないが、高校生如きが調べたところで、事件が解決するとは思えない。

渡部警部の様子を見ると、ポーカーフェイスのままである。しかし、内心は越智同様に不愉快に思っているに違いない。

「実は刑事さんたちに聞いていただきたい話があるんです。ね、満瑠ちゃん」

累江にそういわれて、満瑠は戸惑っているようだ。

「どのようなお話ですか?」

「満瑠ちゃん、この石蔵で起きた事件の密室の謎を解いたんですよ」

渡部警部は「それはそれは」とさも興味があるようなリアクションを取った。もちろん社交辞令だろう。

「参考までに是非ともお聞かせください」

「ほら、満瑠ちゃん」

そう累江に促されて、満瑠は早速自分の推理を話し出した。

「えっとですね、犯人は糸を使って密室を作ったんです。まず閂に糸を巻いて、その先っぽを二階の窓から外へ出します。そして、外から糸を操作して、閂を掛けたんだと思います」

越智は金剛満瑠の推理が自分と同じだったので、苦笑した。そして、渡部警部が反論する前に、自身が指摘されたことを口にした。

「いや、現場は火事だったんだから、糸なんて使ったら燃えてしまうじゃないか」

少し意地悪な口調になってしまったかもしれない。きっと満瑠は針金やピアノ線を使用した可能性に言及するぞと思っていたら、あっさりと「いいえ」と否定されてしまった。どういうことだ？

「その時点では、現場は火事ではなかったのだと思います。犯人は現場に灯油を撒いて、時限式の着火装置——これは蠟燭で十分だと思いますけど——を使って、後から火をつけたんです」

「しかし、現場からはオイルライターが見つかっているよ」

「それはダミーの証拠品でしょう。犯人が実際に火をつけるために使用したのは、別のものだと思います」

なるほど。そうきたか。素人は素人なりに考えているということだろう。しかし、糸を使って門を操作する方法には、別の欠点がある。越智は渡部警部にいわれたことを思い出しながら、満瑠の推理にケチをつけた。

「二階の窓から糸を出して引っ張るといっても、石蔵の階段の位置は門を動かすのとは逆方向じゃないか。普通に引っ張っても、門を動かす方向に力がかからないんじゃないかな」

少しは慌てるかと思ったが、満瑠は平然と「そうですね」と頷いた。

「ですから、犯人は石蔵にあったソフビ人形を二体使って、その問題をクリアしたんだと思います」

「どういうことですか?」

渡部警部が興味を示した。越智も俄然推理の内容が気になった。

「犯人は門から伸ばした糸を一旦ソフビの怪獣に引っ掛けて、方向を変えます。更に階段の下あたりでもう一体の怪獣を使って、また糸の方向を変えて、二階まで伸ばしたんです。この時選ばれたのは、ゴジラみたいに背鰭《せびれ》がある怪獣だと思います。背鰭と背鰭の間に糸を引っ掛ければ、途中で糸が滑ってしまうことはありません。あと、犯人は糸を引っ張っている間にソフビ人形が動かないように、足を接着剤のようなもので固定したんじゃないでしょうか」

確かに糸の方向を変えるのにソフビ人形を使用すれば、現場にその残骸が残っていても不自然ではない。

「犯人は外から糸を引いて門を掛け、更に強く引っ張って、糸そのものを切って回収します。多少門に糸が残ってしまうかもしれませんが、火事によって焼けてしまいます。そして、ソフビ人形も他の焼けたコレクションと混ざってしまって、カモフラージュできます」

越智には金剛満瑠の推理は、かなり現実的なものに思えた。悔しいのは、かつて自分が思い付きで口にした推理とほぼ同じだということだ。越智の推理には、満瑠の推理程に具体性がなかった。糸の方向を変えるのにソフビ人形が使われた可能性など、全く考えてもみなかったのだから、明らかに満瑠の方が上手《うわて》である。さっきまで素人だと馬鹿にしていた自分が恥ずかしい。というよりも、女子高生に負けた自分が恥ずかしい。

渡部警部も感心した様子で、「大変参考になりました」と礼をいっていた。

「実際にそのトリックが可能かどうか、後日、こちらで検証してみます」

金剛満瑠は上気した顔で「お願いします」と頭を下げた。こちらが思っていたよりも、随分と緊張していたのかもしれない。越智は意地悪な態度を取ってしまったことを反省した。

渡部警部は、「ちなみに、天狗銀杏の事件については、どうお考えですか?」と尋ねた。

確かに、石蔵の密室にこれだけの推理をしたのだから、天狗銀杏の雪密室についても何か考えているに違いない。

しかし、渡部警部の言葉に、満瑠は表情を曇らせた。

「あっちはまだわかりません。幾つかアイディアはあったんですけど、知り合いの先生にダメ出しされちゃいました」

知り合いの先生というのは、学校の教師や塾の講師ではなく、怪談作家だという。呻木叫子というその女性は、中須磨権太が殺害される少し前に赤虫村に滞在し、取材を行っていたらしい。呻木叫子については初期の聞き込みで報告があったものの、事件発生時には既に赤虫村にいなかったことから、無関係と判断されていた。

渡部警部は「それでも参考までにお話を聞かせてください」といって、満瑠から天狗銀杏の雪の密室についての推理を聞き出した。

金剛満瑠は自身がボツにした投石機を使ったアイディアから、ドローンを使用した遺体の運搬の可能性、そして、気球を使った犯行などを披露した。どの推理も難点があることは確かだが、越智は満瑠を見直した。所轄の捜査員たちが祟りに怯えてろくに捜査もしないのに、地元の女子高生が冷静に事件の謎を解明しようとしている。その満瑠の真摯な姿勢に、徐々に好感を持つようになった。

渡部警部も「なるほど。空ですか」と満瑠の着眼点に、何か得るものがあったようだ。


それから一週間後の八月のお盆休みの直前、中須磨家の石蔵で金剛満瑠の推理の実証実験が行われた。

この一週間、越智は実験のための準備に奔走した。犯行を再現するためには、当然ながら閂が必要である。しかし、証拠品の閂は消防隊が現場に入る際に切断してしまっているので、使い物にはならない。そこで中須磨建設に問い合わせて、真守が石蔵を改装した際に取り寄せた閂と同じ型番の品物を取り寄せて貰った。閂の取り付けについては、中須磨太平が無償で協力してくれたので、スムーズに事は運んだ。

実験に使う二体のソフビ人形については、改めて購入することになった。ソフビ人形の足を接着することから、さすがに真守のコレクションを使用するわけにはいかないからだ。

金剛満瑠からは余り小さいサイズでは糸を支えられない可能性があるといわれたので、二十センチから三十センチ程度のソフビ人形を探した。越智は最初人形の購入を簡単に考えていたが、いざ探してみると適当なサイズの怪獣はなかなか売っていないものである。大きさはクリアしているのに背鰭がないとか、そもそも大きなサイズは置いていないとか、何度も空振りに遭った。

結局、五軒目に入った玩具店で手頃な大きさのゴジラを二体発見し、何とか購入に漕ぎ着けた。ただ、領収書の宛名を伝えると、店員からはかなり怪訝な顔で見られた。「税金を何に使っているんだ?」と思われたかもしれない。こんなことならネット通販で買えばよかったと後悔した。

実証実験当日は平日だったが、石蔵には中須磨累江が立ち会うことになっていた。金剛満瑠も一緒である。

「ホントは夏休み期間中も授業があるんですけど、今日は休んじゃいました」

満瑠はそういって舌を出した。

渡部警部が主導して行われた実証実験は、存外に早く終わった。結果からいうと、満瑠の推理を実行するのは、かなり困難だということが判明した。

金属製の閂を動かすためには、細い糸ではすぐに切れてしまった。徐々に糸を太くして実験してみたが、きちんと閂を動かすには凧糸のように強度のある糸でなければならなかった。しかし、凧糸を使った実験では、二階の窓枠に糸が擦れて、繊維の一部が残ってしまうのだ。火災発生当時、二階に火の手は上がっていない。従って、窓枠に繊維が残っていれば、既に発見されているはずだ。

また、ソフビ人形を使って糸の方向を変えるのにも、かなり苦心した。人形の位置によっては巧く糸の力が閂に伝わらないのである。そこで何度も何度も位置を調整して、やっと外から閂を掛けることができた。つまり、これを犯人が実行しようとすると、事前に何度も実験を繰り返して、ソフビ人形の位置を決めておかなければならないことになる。

しかし、真守に気付かれずに、石蔵を使って密室を作る実験ができたとは思えない。石蔵の南京錠は家族ならば持ち出せただろうが、フローリングの床に接着剤でソフビ人形を固定していたら痕跡が残る。その時点で真守は誰かが石蔵に侵入したことを悟るだろう。

「もしもそんなことになったら、大騒ぎだったと思います。父はコレクションに関しては本当に誰にも触らせなかったので」

累江はその様子を想像したのか、眉を顰めていた。

自らの推理が破綻したことに対して、満瑠は意気消沈の様子だった。

「折角、準備までしていただいたのに、すみません」

「お気になさらずに、こうやって可能性を一つずつ潰していくのも大切ですから。また何か思いついたら、遠慮なくご連絡ください」

渡部警部はそういって満瑠を慰めていた。

中須磨累江と金剛満瑠が立ち去ってから、越智篤孝は自分のことは棚に上げて、「所詮《しょせん》は素人の浅知恵だったってことですかね」と感想を漏らした。

すると渡部警部は「そんなことはない」といった。

「あの子のおかげで、条件さえ整えば密室は作れることはわかった。あとはその細かい条件をどうやってクリアするのか、誰ならクリアできるのかを考えればいいんだ」

「どういうことです?」

「閂を動かすには太くて可燃性の糸が必要だ。しかし、窓枠に繊維が残ってはならない。こうした材質が存在するか否か調べる必要がある。それから、真守に気取られずに、石蔵を使って事前に犯行の準備ができた人物がいなかったのかも、改めて調べた方がいい」

渡部警部は「取り敢えず、やることが見つかったのはいいことだよ」といって、珍しく微笑んだ。

第四章　苦取《くとる》の怪談

波の音が聞こえる。

どーんどーんとうるさいくらいに、磯に海水が叩きつけられ、その度に白い波飛沫《しぶき》が上がる。ごつごつした黒い岩場の向こうの海は、鈍色である。その様子は一月に見た碧い瀬戸内海とは全く違っていて、私は拒絶されているような感覚を覚えた。

波はやたらと高い。空もどんよりとしているから、天候が崩れるのかもしれない。先週も大きな台風が来て、各地に甚大な被害が出ていた。荒涼とした雰囲気の海岸から目を転じれば、遙か遠くを巨大な貨物船が横切っていく。同じ海なのに、なんだかそちらは別の時間が流れているように、ゆったりとして見えた。

十月半ばのその日、私は海岸に近い駐車場から、海を見下ろしていた。場所は茨城県東部にある阿上《あかみ》町という港町である。眼下の磯には、人影はない。海岸から三百メートルくらい先には、鳥居を乗せた岩が海面から飛び出していた。その岩にも容赦なく波が叩きつけられている。

吹き付ける潮風の有機的な臭いに、思わず眉を顰《ひそ》めてしまう。海なし県で生まれ育った私は、海岸を漂う臭いが余り好きではない。

そもそも子供の頃から、海に入るのが怖かった。理由は単純で、人喰い鮫がいると思い込んでいたからである。正確には思い出せないが、かなり幼い時分にテレビで放送されていたスティーブン・スピルバーグ監督の『ジョーズ』を見た影響で（しかもシリーズを全部見た記憶がある）、海といえば巨大な人喰い鮫というイメージがついてしまった。加えて、嗅ぎ慣れない海の臭いは殊更《ことさら》に生臭く感じてしまい、海の近くに行くと気分が悪くなるのがしばしばだった。

もちろん両親に連れられて、海水浴に行ったことはある。あれは同じ茨城県の大洗《おおあらい》だったと思う。浮き輪を付けて波打ち際ではしゃぐ弟を眺めながら、早く旅館に戻りたいと思いつつ、砂山を築いていたことを覚えている。

私は軽い偏頭痛を感じながら、海岸へ続く階段を下りる。コンクリート製の階段はしっかりしていたが、手摺がないので少し不安だった。慎重に下りたつもりが、案の定、最後に躓《つまず》いてしまった。転びこそしなかったが、酷く不格好な体勢で岩場に着地することになった。

潮溜まりには、小さな蟹や寄居虫《やどかり》が蠢《うごめ》いている。私は衣服が濡れるのを注意しながら、海面から顔を出す特徴的な岩を観察する。正面から見ると、上部が丸く、下の方が若干括《くび》れているので、てるてる坊主のようなシルエットをしている。この位置からならば、岩にへばりつくようにして、ささやかな社らしきものがあるのも見えた。

地元では古くから蛸岩と呼ばれている。そして、あそこには苦取神が祀《まつ》られているらしい。

どうして私がこの阿上町を訪れることになったのか。その理由を説明するには、赤虫村から戻ってから私の身に起きた幾つかのできごとについて話す必要がある。

図書館の天使をご存じだろうか。別に天使のように愛らしい司書のことではない。ある種の超常現象と考えられている現象である。

例えば、作家や研究者が調べたい資料があるのに、その所在がわからないとする。探すのに時間がかかるだろうと思っていたのに、偶然にもすぐに発見できてしまう。或いは、これは私自身の体験だが、どうしても必要なのに絶版になった文献が、行きつけの古書店にたまたま入荷していたというケースがある。このように、入手が難しい資料が必要な者の前に、絶妙なタイミングで出現することを図書館の天使という。

赤虫村から東京に戻った私は、この図書館の天使に類似した、怪談の天使ともいうべき奇妙な現象に遭遇したのである。

最初に不思議な縁を感じたのは、首都圏で怪談の蒐集をしているにも拘《かか》わらず、何故《なぜ》か幾人もの赤虫村出身者と遭遇したことだ。

例えば、埼玉在住の四十代の女性は、中須磨家の分家の出身であった。彼女が語ってくれた怪談は、その年代などから判断すると、赤虫村で中須磨夢太から聞いた神隠し譚の真相を語ってくれるものだった。赤虫村では神隠しの原因といえば、天狗か位高坊主《いだかぼうず》である。しかし、どうやら苦取神もまた、神隠しを引き起こすことがあるようだ。とはいえ、その実態を知っているのは、中須磨家の人間だけらしい。

赤虫村出身者から別の出身者を紹介されることもあったが、大抵は人伝《ひとづて》に紹介された相手が、偶然にも赤虫村の人間だったということが多かった。現地から大きく隔たった場所で、無有《ないある》や蓮太《はすた》の話を聞くのは、なかなか不思議な心地がしたものだ。

二つ目に感じた縁は、苦取神に関するものである。怪談を聞いて回っていると、何故か苦取神が関わっている話ばかりに遭遇する。もちろんそれらは赤虫村とは全く別の場所に祭祀されている苦取神のことである。

中須磨家同様に、太平洋沿岸では苦取神を祀っている一族は幾つか存在する。当然、首都圏にもその一族の人間が暮らしている。殊に千葉県では複数の箇所で、別々の一族の祭祀場が認められる。

彼らから話を聞いたことにより、私は苦取神が単に一族を救済するような同族神ではなく、もっと禍々《まがまが》しい存在であることに気付いた。赤虫村での神隠し事件もそうだが、どうやら苦取神は激しく祟《たた》るような性質を持ち、しばしば怪異を引き起こす存在のようなのだ。

そして、その最たる存在が、阿上町の苦取神なのである。阿上町の苦取神は、現地住民たちに対して、現在も激しい祟りの影響を及ぼしている。何故なら、この苦取神は既に祭祀する一族の血脈が絶えてしまい、以来、放置されているからだ。

阿上町で苦取神を祀っていたのは、印増《いんます》家という一族である。印増家の先祖は、もともと網元であり、阿上町でも指折りの旧家の一つだった。本家も分家もほとんどが漁業従事者で、漁業組合での発言力も大きかったと聞く。

しかし、今から三十年程前の一九八〇年代の終わりに、本家の当主及び長男の乗った船が海難事故に遭い、乗組員全員が死亡するという悲劇に襲われた。それ以来、印増家の人間に次から次へと不幸が続き、十年もしない内に一族全員が死に絶えたという。そして、蛸岩の苦取神だけが残された。

一族が滅んだ原因について、印増家の分家と交流のあった人はこう聞いているらしい。

「本家が亡くなっちまったから、苦取様のお祭りができなくなった。俺らじゃどうやったらいいかわかんね。だから、印増のもんが死ぬのは、苦取様の祟りなんだ」

苦取神の祭祀を取り仕切っていた本家の当主と跡継ぎが突然生命を落としたことで、苦取神に対する儀礼の方法がわからなくなってしまい、結果として祟りを引き起こしてしまったというのである。

ただ、苦取神の祟りは印増家の人々だけにもたらされたわけではない。私は阿上町出身者たちから、蛸岩に棲む喰取《くうとる》というかつて神だったモノが、現在も怪異を引き起こしていると聞いて、こうして現場を訪れることになったのである。

東京で怪談の蒐集を続けていた間も、度々金剛満瑠から連絡があった。

私が去った後の赤虫村では、不可解な事件が連続して起きたらしい。二月には中須磨家の本家の隠居である権太が、天狗銀杏《いちょう》で屍体となって発見された。現場は雪の密室ともいうべき状況であり、地元では位高坊主の仕業ではないかと噂が立ったという。

更に六月、今度は中須磨家当主の真守の焼屍体が、自宅の石蔵から発見された。当初は自殺かと思われたようだが、屍体の状況から警察は他殺の線を追っていた。ただ、これが他殺だとすると、石蔵は密室状況であり、犯人が如何《いか》にして現場から脱出したのかがわからないのだそうだ。そして、真守の死も九頭火《くとうか》の仕業だと噂されていた。

権太の事件で満瑠は幾つか推理を披露してくれたが、真守の事件についても密室の謎を解明しようと奮闘したそうだ。糸とソフビ人形を使用した物理トリックで、実際に石蔵の閂《かんぬき》を掛けることには成功したらしい。しかし、物的証拠や諸々の状況から考えて、満瑠の考案した方法は、実際には使われなかったと判断されたようだ。

「警察が実験までしてくれたんだけど、結局、駄目だったよ」

残念そうに満瑠はいっていた。

「いやいや、実際に警察が動いてくれただけ凄いって。それだけ満瑠ちゃんの推理に説得力があったんだよ」

それは本心だった。正直、私には石蔵の密室の謎について、何のアイディアもなかったし、余り関心もなかった。何か偶発的な要因が重なって、自殺が他殺に見えてしまうような状況になってしまったのではないかと思う。

満瑠は「もうちょっと考えてみる」といっていたが、私は「あんまり首を突っ込まない方がいいよ」と軽く忠告しておいた。

今回の二件の事件がどのような意思の下に行われたのかはわからない。しかし、密室状況という不可解な点と何故か位高坊主や九頭火という妖怪に関する噂が流れている点から考えて、背後には赤虫村ならではの特殊な事情があるのではないだろうか。頭の中では、以前神保町の喫茶店で鰐口にいわれた「あんまり深入りしない方がいいっすよ」という言葉が渦を巻いていた。だからこそ、満瑠にも老婆心ながら忠告をしたのである。

私は今でも、あの旧雲外寺の後戸に祀られた顔のない神像を思い出すことがある。中須磨夢太は絶対にあの像の存在を知っていたはずだ。それなのに、敢えて嘘を吐いた。太夫《たゆう》の上似鳥団市も無有や位高坊主について、虚偽と疑える発言をしている。鰐口が指摘した通り、彼らは何かを隠している。その何かは殊更に中須磨家に深い関わりがあるように思えてならない。だとしたら、中須磨権太と真守の死も、その隠蔽されるべき何かに関係している可能性もある。

直《ただ》ちに満瑠に危険が及ぶとは思えないものの、あの村では何が起こっても不思議ではない。赤虫村では人が消えたり、不可思議な状況で屍体が発見されたり、精神に異常をきたしたりするのは、珍しいことではないのだから。

私は持参したデジタルカメラで蛸岩の写真を撮影した。旧雲外寺の時のようにカメラが異常を起こさないか危惧していたが、幸い杞憂《きゆう》に終わった。海岸の様子も角度を変えて何パターンか収めておく。

この場所は、数年前から磯釣りの穴場として知られるようになった。殊にクロダイとスズキがよく釣れるのだそうだ。ＳＮＳが広まってからは、県外から少なからぬ人数の釣り客がここを訪れている。

しかし、地元の人間は絶対にここで釣りはしない。別に禁止されているわけではないのだが、阿上町の人々はこの場所に立ち入ることすら忌避する。

理由は蛸岩に祀られた苦取神である。阿上町では蛸岩を訪れた者には、苦取神――喰取の祟りがあると信じられているのである。

呻木叫子の原稿

都内在住の会社員Hさんは、三十代前半。中学二年までの十四年間をA村で過ごした。

「父の仕事の都合で関東に引っ越してきました。祖父母が健在の頃はあちらにも年に一度は行っていましたが、二人が施設に入ってからは全然ですね。父だけが月に一度、西条の施設に顔を出しています」

そんなHさんが、中学一年生の頃の話である。

同じクラスにKさんという女子がいた。N家の分家の娘で、Hさんとは保育園からずっと一緒の幼馴染みであった。

そのKさんが、ある日の放課後に改まった口調で「相談がある」という。

Hさんと Kさんは、放課後の図書室の片隅で話をすることにした。

「Rのことなんだけど……」

Kさんは声を潜めて切り出した。Hさんは内心やっぱりなと思いながら話に耳を傾けた。

Rさんという男子は、HさんとKさんの共通の友人である。実はKさんとは小学生の頃から友達以上恋人未満のような関係だったそうだ。しかし、中学に入ってからRさんは別の女子と付き合うようになり、Kさんとの関係は疎遠になった。

「まあ、Kにとっては失恋だったんです」

きちんと付き合ってはいないものの、KさんはRさんしか見ていなかった。それは傍から見ていたHさんだってわかっていた。二人の関係はしばらくこのままだろうと思っていたから、Rさんに彼女ができたと報告された時は、本当に驚いたという。

ただ、その後十日程度が経過した頃から、唐突にRさんが学校に来なくなった。以来三か月以上も欠席したままになっていたのだそうだ。

「Rが学校来ないの、あたしのせいかもしれない」

Kさんはそういった。

「どういうことだ?」

「あのね、Nの家では苦取様っていって、苦しみを取ってくれる神様を祀っているの」

「それは何となく聞いたことがある」

「本家の後ろにある洞窟の中に神社っていうか、小さな祠みたいなものがあってね、そこに苦取様が祀られているんだけど」

「うん」

「あたし、Rとのことが辛くて、ホントに辛くてさ、苦取様にお願いしたの。この苦しみを救って欲しいって」

その時のKさんの顔をHさんはよく覚えているという。涙を目に溜めて、声を震わせて、何か大きなものに圧し潰されそうに見えたそうだ。

ただ、HさんにはKさんが苦取神に願ったことと、Rさんの不登校の間にある因果関係がいま一つわからなかった。そこで丁寧に話を聞いてみると、Kさんは自分が苦取神に願ったせいで、Rさんという苦しみの根源がなくなってしまったのではないかと考えていたようだ。

「でも、お前は別に『Rにいなくなって欲しい』とは願ってないんだろ？」

「う、うん」

「だったら考え過ぎじゃないか？　別にRが行方不明になったわけでもないし」

「それはそうなんだけど……」

「あんま気にすんなよ」

Hさんはそういって、Kさんを慰めたそうだ。

それからHさんが転校するまでの間、遂にRさんが学校へ戻ってくることはなかったという。

「引っ越す間際に聞いたんですけど、どうもRの奴、無有に憑かれたらしいんですよね」

あくまで伝聞だが、Rさんは無有に取り憑かれ、部屋に引き籠ったまま、しばらく自分の顔を黒く塗り潰していたそうだ。事態を重く見た両親が太夫に診せたらしいが、全く効果がなく、そのまま精神科病院に入院したという話だった。

「俺は今でもKが苦取様に願ったこととRのことは関係ないとは思っているんですけどね……」

Kさんは高校卒業の目前で、自殺してしまったそうだ。遺書は見つかったようだが、内容は公になっていない。しかし、HさんはKさんがRさんのことを気に病んで死を選んでしまったのではないかと考えている。

「俺が側にいてやれたらよかったんですけど」

Hさんは寂しそうにそういった。


神奈川県に住む三十代の主婦Iさんの実家は、N家の分家である。

Iさんが実家を出たのは、大学進学の時だった。都内にある私立大学に合格し、卒業後も地元には戻らなかった。横浜の会社に就職し、そこで現在の夫と知り合ったそうだ。

Iさんの実家は、N家の本家から比較的近い場所にある。親戚ということもあって、幼い頃のIさんはよく本家の屋敷を訪れていたという。

「あそこのY兄ちゃんがよく遊んでくれたのよ」

Y兄ちゃんというのは、現在A村の郷土資料館で学芸員をしているYさんのことだ。IさんにとってYさんは非常に親しみのある存在だという。ただ、Yさんの弟のTさんは粗暴な性格だったので、余り好きではなかったそうだ。私がYさんの近況を知らせると、Iさんは懐かしそうな表情で、非常に喜んでくれた。

そんなIさんが本家で一番好きな場所は、苦取神の祀られた洞窟だったという。

「あの場所ってなんか神秘的で、とっても居心地が良かったんだよねぇ。奥に池があってね、その水が物凄く透き通ってるの」

池には丸い浮島のようなものがあり、苦取神と欲外神《よくそと》の小さな社が立っていた。Iさんにとって二つの社はまさに守り神で、洞窟の中にいると、包み込まれるような安堵感があったそうだ。

そんなIさんには忘れられない出来事がある。それは彼女が小学六年生の頃のことだ。

当時、Iさんには A さんという親友がいた。家が近かったので、幼い頃から一緒に遊び、両親同士も非常に親しかったそうだ。

その夏、Iさんは A さんにどうしても本家の洞窟を見せたいと思った。

「自分が好きな場所をその子にも見て欲しかったの」

洞窟にN家以外の人間が入ることは、原則として禁じられている。それはIさんも子供ながらに知っていた。しかし、どうしてもAさんにあの洞窟を体感して欲しかった。一緒に共有したかった。だから、こっそりとAさんを連れて行ったのだそうだ。

IさんとAさんは並んで洞窟の中に入った。Aさんは最初こそおっかなびっくりだったが、薄暗く静謐な空間に徐々に順応して、Iさんと一緒に池を眺めていた。

「ね、綺麗でしょ？」

Iさんがそういって、横にいたAさんの方を向いた瞬間、Aさんが忽然と消えたのだという。

「そっちを見たらいなかったっていうんじゃなくて、消える寸前まで確かにあの子はそこにいたの」

　Iさんはわけがわからなくなった。無駄だとわかっていても、洞窟内でAさんを求めて探し回った。しかし、何処《どこ》にもAさんの姿はない。その時、Iさんはこう思ったそうだ。

「Aちゃんは N家の人間じゃないから、神様たちが怒って消しちゃったんだ」

　そこでIさんはすぐに社の前で土下座して謝った。何度も、何度も、謝った。悪いのは彼女を連れてきた自分だ。彼女に責任はない。そうした意味のことをいいながら、「ごめんなさい。ごめんなさい」と泣きながら詫びた。それでも、洞窟にAさんが戻ってくることはなかった。

　意気消沈して帰路に就いたIさんは、自宅ではなくAさんの家に向かった。とにかくAさんが消えてしまったことを、Aさんの家族に伝えなければならないと思ったのだ。

　Aさんの家に着いたIさんは、驚くべきものを見つける。

「玄関先に、Aちゃんがいたの」

　Aさんは何故か全身ずぶ濡れの状態で、自分の家の玄関の前に立っていたのだそうだ。

　AさんはIさんを見ると不思議そうな表情をして、「何であたし帰っとるの?」といったそうだ。聞けば、AさんはIさんと一緒にN家の本家に向かった記憶はあるものの、その後のことは何も覚えていないという。

　Iさんは「良かった。良かった」とAさんを抱き締めたが、その体からは強い潮の香りがしたという。

やはりN家の洞窟内での行動が原因で、災いが引き起こされた話がある。

千葉県の大学に通うDさんの去年の夏の体験談だ。

Dさんも N家の分家の出身で、大学進学と同時に引っ越してきた。本当は都内の私立大学を第一志望にしていたが、経済的な理由から今通っている大学を選んだそうだ。

夏休みになって、Dさんはいつものように実家に帰省した。

A村に帰ると、連日地元の友人たちと遊び回るのだが、中でもJさんとOさんとは共に過ごす時間が多い。というのも、JさんもOさんも同級生で、尚且《なおか》つN家の分家なのだ。Dさんを含めた三人は、まるで兄弟のように生まれ育ったらしい。ちなみに、Jさんは県内の大学、Oさんは大阪の大学に進学したという。

その日、三人はDさんの家で昼間から飲んでいた。その内、話題がどういうわけか苦取神に及んだそうだ。

大学生になって外の世界を知った彼らにとって、これまで当たり前だった同族神の存在が稀有なものだということがわかった。それなら、あの神は一体何なのだろうと、改めて疑問に思ったそうだ。

「本家に行こう」

そういい出したのは、Oさんだった。今から本家の洞窟に行って、一体あそこに何が祀られているのか確認しようというのだ。Dさんも、Jさんも、酒が入っていたから「よし! 行こう!」と即決して、三人は本家に向かった。

時刻は夕方の三時くらいだった。当然、日はまだ高く、蒸し暑い。三人は途中の自動販売機で飲み物を買って、それを飲みながら本家の洞窟に続く私道を歩いた。

「肝試しとかそういう感覚ではなかったです。ただ、苦取様と欲外様がどんな神様なのかを確かめようという好奇心でしたね」

そもそもN家の三人は、苦取神と欲外神に対して悪い感情を持っていない。その二柱の神は、長年自分たちの一族を守護してきた存在なのだ。だから当然、怖いという感情は皆無だった。

洞窟の中に入ると、持ってきた懐中電灯で社を照らした。小さな石の社は、観音開きの扉がぴったりと閉ざされている。酔った勢いから、三人はサンダルを脱いで池に入ると、そのまま社の扉を開けたそうだ。

そこまで話を聞いていた私は、思わず「何が入っていたの?」と身を乗り出してしまった。

「苦取様の方には、不思議な像が入っていました。黒水晶の結晶に龍みたいなものが巻き付いているんですけど、頭が蛸みたいなんです。髭が触手みたいに生えていて。欲外様の方には、水晶玉みたいな球体が入っていました。でも、単なる水晶玉じゃなくて、虹色に見えるっていうか、全然透き通っていないんです」

本家から戻った翌日、三人は高熱を出した。

病院には行ったものの、原因は不明である。Dさんの祖父母が心配して、太夫に相談に行ったという。

太夫の許から帰った祖父母は、Dさんを叱りつけた。なんでも太夫から「お前らの孫は、苦取神と欲外神の社を荒らした罰を受けている」といわれたらしい。

「僕としてはどうしてバレたのか全くわからないし、そのくらいのことで神様の祟りに遭うとも思ってなかったんで、二重にびっくりしました」

結局、Dさんたち三人は高熱で怠《だる》い体に鞭打って、本家の洞窟を再訪し、丁重に謝罪した。この時、Dさんの祖父母が呼んだ太夫が同行し、儀礼めいたことも行ってくれたという（どうやらN家の縁者ではなくとも、太夫ならば洞窟への立ち入りは許可されるようだ）。

その日の夜には、すっかり熱は下がって、以来体に異常はないという。

＊

阿上町での二日目の午前中、私は滞在している民宿の駐車場に車を置いて、海辺の集落を歩いて回ることにした。

前日とは打って変わって空が青く、高い。僅《わず》かに吹く風には、やはり潮の香りが漂っている。この辺りも二〇一一年に起きた東日本大震災の際には、津波の影響で多くの家屋が浸水被害に遭ったという。

栃木県出身の私にとっても、東日本大震災と福島第一原子力発電所の事故は、忘れられない体験である。とはいえ、私が同じ県民以外に震災の体験を話すことはほとんどない。それというのも、やはり東北で津波による甚大な被害を被った人々と比較すると、自分たちの体験が些細なものに思えてしまうからだ。

実際、私の実家の被害は小さなものだった。散らかった家の中の掃除は大変だったが、母屋は基礎部分にひびが入っただけである。庭では石灯籠が倒れ、大谷石でできた蔵の壁の一部が抜け落ちて二階に穴が開いたものの、怪我人は出ていない。この程度の被害で済んだので、敢えて被災した話をするのは憚られる。だが、それでも東日本大震災という言葉を聞くと、たくさんの記憶が蘇る。あれは忘れようと思っても、忘れられない出来事だった。

あの日、ほんの僅かな時間で、近所の住宅ではブロック塀がすべて崩れてしまった。隣の市にある母の実家は、近くの道路が崩落し、停電と断水が続いた。その影響で一時祖父母と伯父叔母が我が家に避難していた。仙台にいる友人とは全く連絡が取れなくなったし、ガソリンは手に入らなくて車が使えなくなった。指定された時間に計画停電が始まった直後、家の前を通る国道では交通事故が起こったことも印象に残っている。計画停電の影響で唐突に信号が消えてしまったことが影響した事故だった。

実家は兼業農家なので、放射性物質の影響はダイレクトに収入にも響いた。田圃には塩化カリウムを撒いて、なんとか稲作を行ったが、畑で収穫された作物は直売所に卸すことはできなかった。裏庭で栽培していた椎茸《しいたけ》も全部廃棄した。収穫した野菜は家で食べることになったが、両親は私と弟には「お前らは若いから食べるな」といって、しばらくは放射性物質を気にしていた。

私の体験はその程度の苦労話で済むが、この阿上町の被害はもっと深刻だったそうだ。死者こそ出なかったが、ここまで復興するにもかなりの時間を要したらしい。

印増家の本家の屋敷があった土地は、現在は人手に渡り、コンビニが建っていた。大型トラックが四、五台は停められる大きな駐車場を有していることから、印増家の敷地がかなり広かったことが窺える。離れた位置から写真を撮影してから、店内でミックスサンドとペットボトルのお茶を購入した。これが今日の私のランチになる。

事前に手に入れた古い住宅地図によれば、印増家の分家もこの近隣に点在していたようだ。取り敢えず、徒歩で回れる範囲は回ってみようと思っている。殊更に何かが見つかるとは思っていないが、怪談の舞台となっている場所の息遣いを感じておくことは、原稿を書く上では重要だ。

平日の中途半端な時間だから、人影は疎《まば》らである。見かける住民の多くは高齢者、それも女性ばかりだった。皆一様に日に焼けた肌をしていて、実に健康そうだ。

単調な道を歩いていると、私の意識は自然と赤虫村で起こった事件に向かっていった。

二月の半ばに中須磨家の隠居である権太が、自宅の離れで殺害された。屍体はわざわざ天狗銀杏まで運ばれ、そこに遺棄された。その日は雪が降り積もり、辺り一帯が銀世界だったそうだ。しかし、天狗銀杏へ至る小道にも、天狗銀杏が立つ広場にも、足跡は一切なかった。否、足跡だけではない。不自然な痕跡は一切なく、そこには綺麗な新雪が広がっていたのである。

一体どのような方法を使えば、足跡を残さずに天狗銀杏に権太の屍体を遺棄できるのだろうか？　金剛満瑠はドローンを用いたと推理した。しかし、大型のドローンで空中から屍体を遺棄するというのは、やはり現実的ではないだろう。それに屍体にも、銀杏にも、痕跡が残るのは必至である。

ただ、犯人が宙を移動したという発想は面白いと思う。例えば、天狗銀杏から小道の上を通って県道に抜けるまでに、上空に橋のようなものは架けられないだろうか。あの広場の入口には石でできた鳥居が立っている。例えば、天狗銀杏の枝と鳥居の上部、そして、小道の入口辺りに何か台のようなものを用意し、その間に橋を渡す。

「無理か……」

県道から広場までの小道の長さは百メートル以上ある。そんな長い橋を架けるには、少なくとも中継点が必要だろう。それにこの方法を実行するには、犯人は犯行直前の雪が降っている間に、橋を用意しなくてはならない。というのも、犯行時よりかなり早い時間帯にそんなものを用意していたら、誰かに目撃されてしまう危険性が高いからだ。

「なら、橋じゃなくてロープをかけただけなら？」

天狗銀杏、鳥居の上部、小道の入口の三点で、長いロープを留め、犯人はそれを伝って移動したというのはどうだろうか。イメージとしては消防隊や自衛隊が訓練で行っているような、両手を使ってロープを水平に移動する方法である。

犯人一人なら何とか移動できるかもしれない。しかし、屍体を担いでとなると、かなり難しいのではないか？　それこそ相当の訓練が必要だ。それに夜中の犯行であり、普段から人けがない場所とはいえ、そんな時間のかかる方法で屍体を遺棄していたら、誰かに見つかる可能性もある。加えて、犯人の体重と被害者の体重をロープで長時間支えていたら、天狗銀杏に痕跡が残ってしまうだろう。

足跡がない場所が天狗銀杏の周囲だけなら、即席の橋を架けるなり、ロープを使うなり、幾つか方法はある。しかし、百メートル以上の小道に足跡を付けず移動するとなると、現時点では何も浮かんでこない。

「いっそ玻璃《はり》の森の中を移動するっていうのは？」

それは……不可能ではないだろう。だが、満瑠の話では、警察は玻璃の森の中も捜査している。もしも森の中を犯人が移動したのなら、そちらには足跡が残っているのではないだろうか。加えてあの森は侵入者に対して甚《はなは》だしい祟りをもたらす。状況からして間違いなく地元の人間の犯行と思われるし、そうであれば、まずあんな場所に立ち入ろうとすら思わないだろう。また、入ったとしたら、無事でいられるとも思えない。現時点で中須磨権太の屍体が発見された前後に祟りらしき影響を受けているのは、森に侵入した捜査関係者に限られている。

これ以上は具体的な推理が思い浮かばないので、次に中須磨真守の焼死について考えることにした。

六月の梅雨《つゆ》に入ってから、中須磨家の裏庭にある石蔵が火事になった。蔵の外と中に灯油が撒かれ、火がつけられたのである。火災があった時、石蔵には内側から閂が掛けられ、後に中から真守の焼屍体が発見されている。二階の二つの窓は開いていたが、格子が嵌まっているので、出入りすることはできない。この窓は内側に空気を取り込んで火の勢いを保つために開けられたものだと考えられた。

真守は自殺したというのが私の見解だ。自殺の動機は、権太の死である。この場合、中須磨権太を殺害した犯人は、息子の真守ということになる。動機はわからないが、親子喧嘩がエスカレートして殺害に至るとか、日頃の鬱憤《うっぷん》が長年蓄積した結果殺意となって発露したとか、そうした可能性は十分あると思うのだ。

真守は父親を殺してしまった良心の呵責《かしゃく》に耐え兼ねて、自らのコレクションルームで焼身自殺を図った。しかし、その際に足下にこぼれた灯油で足を滑らせて、コレクションの並んだ棚の角にでも頭部を強打し、意識を失う。手にしていたオイルライターが床に落ちて着火して、真守は当初の目的通りに焼け死ぬことになった。

ただ、一点だけ不自然だと思うのは、どうして外側の壁にまで灯油を撒いて火をつけたのかということだ。焼身自殺するならば、内側だけでいいはずだ。この点に納得いく説明ができれば、自殺説で決まりだと思う。

ただ、金剛満瑠の推理を聞いて、実際に石蔵を密室にする方法があるのならば、他殺の可能性を少しだけ考慮してみるのも悪くないとは思う。満瑠の推理は糸とソフビ人形を使用して閂を掛けるというシンプルなものである。この推理の難点として挙げられるのは、実際にこの方法を行うと、窓枠に繊維が残ってしまうのと、事前に何度も実験を重ねなくてはソフビ人形の位置を決められないことが挙げられるという。逆にいえば、この難点をクリアできれば、満瑠の推理は活かされるわけだ。

「特別な糸を使ったらどうか」

否、そんなことをしたら、入手経路から足が付くだろう。実際、警察だって満瑠の推理を実験した後に、同じことを考えて捜査を行った可能性は高い。中須磨家の石蔵で密室作成の実験が行われたのが八月だから、二か月も前の話だ。その後に警察が糸について調べたのなら、もう商品の特定や購入者の割り出しが行われていてもいいはずだ。

事件関係者の買い物履歴を徹底的に調べるのは、そんなに難しいことではない。しかし、満瑠から何の連絡もないことから、依然としてその線から犯人が特定されてはいないということだろう。

「なら、ありふれた道具を使う前提で、満瑠ちゃんの推理を修正するしかないか」

窓枠にトリックで使用した糸の繊維が残るのは、窓の外からそれなりの力で引っ張らないと閂が掛からないからだと考えられる。糸をビニールにしてしまうと、繊維は残らないが火災による証拠隠滅が難しくなる。閂に溶けたビニールが残るからだ。

そこで私は一つの仮説を閃いた。閂を掛けることと糸を回収することを二度に分けたらどうだろうか。

仮説の内容はこうだ。犯人は予《あらかじ》めソフビ人形と小型のモーターを使った巻き取り装置で、石蔵の外から遠隔操作で閂を掛ける。次に、窓の外からその巻き取り装置につけていた糸を引っ張って、装置を回収するのだ。これなら糸を引く力は少なくてすむから、窓枠に繊維が残る可能性は低い。或いは、釣り糸のようなビニール製の糸を使えば、更にリスクは減るだろう。巻き取り装置を回収するための糸ならば現場から持ち出せるから、ビニール製を使用しても何の問題もない。

密室にする方法は思いついた。次に考えるべきは、誰なら犯行が可能になるかである。この方法を使ったとしても、ソフビ人形の位置は何度も実験しなければならないだろう。その度にソフビ人形を接着剤で固定するわけにはいかない。

「でも、両面テープとか使ったとしたら？」

それなら接着剤よりは痕跡は残さずにすむ。心配ならば実験には真守のコレクションではなく、自分で怪獣のソフビ人形を購入しておけばいい。

あとは実験を行える人物が誰かということだが、この点によって一人に限定できる。

「中須磨夢太……」

彼しかいないだろう。真守、沙羅、太平、累江の四人は、同じ中須磨建設に勤務していた。しかし、中須磨夢太は村の郷土資料館に勤めているので、閉館日の月曜日は必ず休日になる。この時、中須磨家には誰もいないのだ。こっそり石蔵で密室を作る実験をしていたとしても、誰かに見咎められることはないだろう。

もしも真守を殺害した犯人が夢太だとしたら（私は基本的に真守自殺説を支持しているが）、権太を殺害したのも夢太である可能性が高い。だが、私には夢太が老人を担いで天狗銀杏に屍体を遺棄する姿が想像できない。彼にそんな体力があるとは思えないのだ。もちろん、数日間顔を合わせただけの印象だ。もしかしたら密かに鍛えていたりするかもしれないが、私の主観では夢太に然程《さほど》の筋力はないと考えている。

雪の密室も、石蔵の密室も、密室自体を作る手段はないわけではない。雪の密室は玻璃の森を通り抜け、天狗銀杏と鳥居との間にロープでも結んでおけば、移動が不可能というわけではない。しかし、玻璃の森を通過する心理的な抵抗とその後にもたらされる祟りから考えて、これが現実に行われたのか訝《いぶか》しく思う。石蔵の密室は金剛満瑠の推理を修正すれば、トリックを行うことは可能である。しかし、その際に最有力容疑者となるのは夢太である。

「中須磨夢太が二つの事件の犯人なのか？」

自分で推理しておいて、何となく釈然としない。

確かに私が赤虫村で現地調査している間、夢太は何かを隠していたり、虚偽の発言をしていたりと、奇妙な言動を取っていたと思う。しかし、それは赤虫村で起こる怪異と中須磨家との関係について、何かをごまかすためだったと理解している。そして、ごまかさなければならない対象は、余所者《よそもの》である私なのだ。

むしろ夢太は中須磨家を守るために、隠しごとをしているのだと思う。そんな人物が、自ら祖父や父親を殺害するだろうか。自分が守るべき家を自分で滅ぼすようなことをするだろうか。

もやもやした気持ちを抱えたまま、私は集落を巡っていく。

印増家の分家があった場所には、ほとんど新しい住宅が建っていた。恐らくは印増家とは関わりのない家族が住んでいるのだろう。庭で若い母親と幼児が遊んでいるのも見かけた。こうして見ると、かつてこの地で一族の滅亡などという禍々しいできごとが起こったと想像するのは難しいだろう。そのくらい平穏な日常がそこここに溢れていた。一か所だけを除いては。

そこは私が最後に訪れた場所だった。やはり印増家の分家が存在したところなのだが、既に更地になっていて、砂利が敷かれていた。短い雑草が繁茂する中に、売地という看板が顔を出している。そして、その真ん中に何故か真新しい石地蔵が立っていた。供えられた花は萎れ、水も濁っている。

私は直感的に、この場所で何かが起きたことを悟った。これもまた苦取神の祟りの余波なのだろうか。

呻木叫子の原稿

埼玉県に住む英語講師のPさんは、釣りが趣味である。一人で出掛けることもあるが、大抵は友人たちと連れ立って海や川を訪れる。A町に磯釣りに向かった際も、二人の友人と一緒だった。

そもそもA町を選んだきっかけは、SNSでA町に穴場があることを知ったからだ。以前からフォローしていた人物が、かなり大物のクロダイの写真をアップして、「A町でゲット！」と書き込んでいた。ポイントの詳細は記載されていなかったものの、「蛸のような形の岩が見える海岸」とも書いてあったから、きっと場所を特定するのは難しくないだろうと考えたそうだ。

Pさんが運転する車に、友人のLさんとQさんを乗せて、早速A町へ向かった。

A町に入ると、詳しい場所を知るために、現地の人に道を聞くことにした。丁度よいタイミングでコンビニを見つけたので、軽食や飲み物を買うついでに、「蛸みたいな形の岩のある海岸って何処ですか？」と尋ねた。中年女性の店員は、一瞬、動きを止めてから「知りません」と答えたそうだ。

仕方がないので、海沿いにあった釣具店に寄って、店主に再び場所を尋ねると、やはり知らないといわれた。

Pさんたちは、「これは余所者に穴場を教えたくないんだな」と思ったそうだ。それならそれで、自分たちで場所を探せばよい。蛸の形の岩なんて特徴的な目印があるのだから、すぐに場所はわかるはずだ。

案の定、車で海岸通りを十五分程走っていると、助手席のLさんが海からそれらしい岩が顔を覗かせているのを見つけた。近くにあった駐車場に車を停めて改めて確認すると、やはり蛸のような形の岩がある。SNSに書いてある通り、岩には鳥居もあったから、この場所で間違いないことがわかった。

「こんなにあっさり見つかるなら、隠す必要なんてないと思うけどな」

Qさんは両手を上に挙げるジェスチャーをする。

「まあ、ここの人たちにはここの人たちの事情があるんだろうさ」

三人は道具を用意して、早速磯釣りを始めた。

よく晴れた休日だというのに、海岸にはPさんたち三人以外は、誰もいない。貸し切り状態だったから、とても気楽に釣りを楽しむことができた。SNSの情報は本当で、とにかく面白いように魚が釣れる。しかもどれも思った以上の大物ばかりだ。

「こんな場所があるとはな」

三人は上機嫌で釣りを続けた。

異変は唐突に訪れた。開始から一時間半程が経過した時、何の前触れもなくLさんが海に落ちた。ライフジャケットのおかげで沈んだりはしないが、Lさんはあれよあれよという間にどんどん沖に流されていく。

Pさんは何が起こっているのか、理解できなかった。

「あれは潮の流れとかそんな感じじゃなかった。まるで何かがLを引っ張っているようだったよ」

Lさんは「ヘルプ！　ヘルプ！」と必死に叫んで手足をばたつかせていたが、沖へ向かう力には抗えないようだった。PさんとQさんが呆然と見つめる中、Lさんは蛸岩の陰に隠れて見えなくなった。

二人はすぐに警察に連絡を入れたという。ただ、現場に到着した救助隊は、駐車場で相談をするだけで、全く海に入る気配がなかった。自分たちが余所者だからきちんと対応してくれないのかと思い、PさんとQさんは猛烈に抗議した。すると、責任者らしき中年男性がこういった。

「この場所は潮の流れが複雑で、直接ボートを出すことはできないんですよ。特に蛸岩の周りは幾つも渦があって、簡単には近づけない。もう少し潮が引かないと、どうにもならないんです」

事故があっても救助が困難なので、地元の人間はこの磯には近付かないようにしているというのだ。

「だから地元の人間に場所を訊いても教えてくれなかったのかって、その時は思いました」

危険な場所とは知らずに釣りをしていたのだから、自分たちにも非はある。Pさんたちはそれ以上、救助隊には文句はいわなかった。

結局、その日、Lさんは見つからなかった。というよりも、Pさんたちが現場にいる間には、救助活動は行われなかったらしい。

Lさんの屍体が見つかったという連絡を受けたのは、翌日のことだ。

「あの磯の近くの浜に、屍体が打ち上げられていたそうです。ただ……」

Lさんの屍体には、四肢がなかったそうだ。否、四肢だけではなく、胴体も三分の一程度が損傷して、失われていた。

「身許確認のために実際にLを見ましたが、あれはまるで何かに食い千切られたみたいな傷口でしたよ」

Pさんは屍体の確認をしている間、同行した警察官が「くうとる」という言葉を発するのを聞いた。

「後でネットを検索してみたら、あの蛸岩の近くには喰取って化物が出るって話がありました」

本当にLさんが喰取の犠牲になったのか、Pさんにはわからない。しかし、あの海岸付近に危険な生物がいるのは間違いないと思っている。


A町の役場に勤める二十代のMさんが、小学生の頃の話だ。

七月の半ば、間もなく夏休みという時期だった。部活動が終わった帰り道、Mさんは数人の友人たちと遠回りして、蛸岩の見える海岸を訪れた。

「Wっていう友人が、前の日にそこで変な生き物を見たっていうんで、みんなで見に行ったんです」

Wさんの話では、その生き物は岩場に腰かけて、沖の方を眺めていたらしい。最初は人間かと思ったそうだが、よく見ると、全身が緑色で鱗《うろこ》のようなもので覆われていた。それはWさんに気付くと、すぐに海に飛び込んでしまったそうだ。Wさんはそれが喰取だと主張した。

蛸岩で異常な出来事が起こることは、Mさんたちはよく知っていた。近くの浜に釣り客の屍体が上がるのも事実で、そうした屍体には必ず何処か欠損した箇所がある。地元の人間は喰取に食われたと考えているそうだ。

Mさんも蛸岩周辺に近づくことは、正直、怖かった。しかし、喰取を見てみたいという好奇心が勝ったという。

駐車場に自転車を停めて、全員で磯へ下りた。Wさんが喰取を見たという場所の近くで十五分くらい待ってみたが何も現れる兆しはなかった。そろそろ陽が沈み出して、誰とはなしに帰ろうかという空気になった時、Wさんが「蛸岩から何かが聞こえる」といい出した。

Mさんたち他のメンバーもじっと耳を澄ましてみたが、波音と海鳥の声以外は、何も聞こえない。「気のせいじゃないのか?」といったのだが、逆にWさんの方が不思議そうにMさんたちを見て、「こんなにはっきり聞こえてるのに、どうしてお前らには聞こえないんだ?」と首を傾げていた。

結局、その日はそれで解散になった。

「次の日、登校したら、Wが行方不明になったって聞きました」

Mさんが聞いた話はこうだ。朝になってもWさんが起きてこない。心配した両親が部屋を見に行ったら、Wさんの姿がなかった。玄関の鍵が内側から開いていたから、どうやら夜中に一人で何処かに出掛けたらしい。

「後で蛸岩のところの駐車場で、Wの自転車が見つかりました」

しかし、Wさん自身はそのまま姿を消して、十五年近くが経過した今も、屍体すら見つかっていない。

「もしかしたらあいつは、喰取に気に入られたのかもしれません」

Mさんはなんとなく、Wさんは今でも蛸岩にいるような気がするそうだ。

蛸岩の周辺で奇妙な生き物を見たという証言は、A町ではしばしば耳にすることができる。

私が聞いた目撃談をいくつか紹介しよう。

Sさんは日課の散歩で、蛸岩のある海岸沿いの道を毎日通る。

ある日、近所に住む小学生が海岸を見下ろして騒いでいた。そちらを見ると、海岸の岩場に全身がぬめぬめした緑色の生き物がいた。

それはすぐに海の中に消えてしまったので、詳しい外観はわからないそうだが、人間に近い形状だったような気がするそうだ。

Uさんはボランティアで、海岸のゴミ拾いをしている。

蛸岩の近くは地元の人間は近寄らないが、存外に外から釣り客が来るので、ペットボトルやビニール袋のようなゴミが散乱しているそうだ。Uさんは三日に一回、蛸岩のある海岸の見回りに来る。

Uさんが絡まった釣り糸を拾っていると、背後で波音とは違った水音がした。踵《きびす》を返すと、そこには全身が緑色の鱗で覆われた奇怪な生き物が立っていたという。太陽を背にしていたので顔はわからないが、人間のように二足歩行で、手には鋭い爪が生えていた。

「一番近いイメージは河童《かっぱ》ですかね」

別に頭に皿があったわけではないが、手には水掻きがあったと思うとUさんはいっていた。

漁師のCさんは、漁船の上から蛸岩を見た時に、社の前で何かが踊っているのを見たそうだ。距離があったので相手の様子は判然としなかったというが、二足で立っているのに、人間には見えなかったという。

「頭の形とか腕とかのバランスが人間じゃねぇんだよ」

その何かはCさんが見ている間、ずっと踊り続けていたそうだ。

このように怪談という程の筋はないのだが、断片的な目撃情報は多く、蛸岩の喰取はリアルな存在として恐れられている。

ただ、蛸岩周辺で目撃されているのは、全身が緑色の二足歩行の生物であり、その姿は頭足類の頭を持つ龍という苦取神とは大きく異なっている。従って、目撃証言の生物が直ちに喰取だと断定することはできないだろう。


最後に、これも怪談とは異なるのだが、A町の苦取神に関係している可能性が高いので、記しておきたい事件がある。

一九九〇年代半ばのことである。I家の分家で猟奇的な殺人事件が発生した。その家には若い夫婦と小学校低学年の息子、それに夫の両親の三世代が暮らしていた。

まだ梅雨の明けきっていない七月のある日、路上で血塗れの少年が発見された。第一発見者は新聞配達員の男性で、バイクで走行中に気付いたそうだ。

「私が確認した時は、その子は既に亡くなっていました。両腕が、こう、不自然な形で曲がっていましたから、最初は『交通事故に遭ったのかな』と思いました。ただ、目立った傷は腕の骨折くらいなのに、全身が血に塗れて真っ赤だったので、『あれ?』とは思ったんですけど、深く考える余裕はありませんでしたね」

通報を受けた警察が現場に行くと、既に数人の野次馬が集まっていた。警察で屍体の身許がわかる人間を探すと、すぐに被害者はⅠ家の分家の一人息子だと判明した。

朝日が昇って間もなく、捜査員たちが被害者の自宅を訪れたのだが、そこには更なる惨状が広がっていた。四人の家族全員が殺害されていたのである。しかも屍体は無残に損壊されていたという。

私は現場を実際に見たという元警察官から話を聞くことができた。

「現場は酷いものでした。まず襖も障子も滅茶苦茶に破られて、壁や天井にも穴が開いていました。何をどうやったら、家の中があんな風になるのか、今でも全くわかりません」

屍体も相当に惨たらしい状態で、首を切断されたり、内臓を引き出されたりと、酸鼻《さんび》を極めていた。中でも当時七十代だった老婆の屍体は、両目を潰され舌を抜かれた挙げ句、大きな仏壇の中にぎゅうぎゅうに押し込められていた。

「長い警察官人生の中で、あんなに凄惨な現場を経験したのは、後にも先にもあの事件だけです。そもそもこの辺は田舎で、隣近所も日頃から付き合いがありますからね、殺人なんてそうそう起きるものじゃない。それなのに、あんな現場でしたから、当時捜査に関わった人間は皆、相当にショックを受けていましたよ」

現在もこの一家殺しについては、未解決のままになっている。だが、現場に残された指紋や返り血などの証拠から判断すると、その家の少年が家族全員を殺害した後、路上でショック死したというのが、真相に近いようだ。

もちろん小学校低学年の少年が、大人四人を惨殺するというのは、物理的に困難である。家の中を破壊し、祖母の屍体を仏壇に詰め込むには、かなりの力が必要だ。少年の腕力でそれを実行することが果たして可能だったのか、大いに疑問が残る。当時の捜査本部が少年を犯人だと断定しなかった理由も、その疑問が解消されなかったからだろう。

事件のあった土地は、その後何度か人手に渡った。しかし、買った人間は次々に不幸に見舞われたらしい。さすがに生命を落とした者はいないが、原因不明の病に悩まされたり、あり得ない場所や状況で事故に遭遇したりと、連続して災難が降りかかった。

そして、遂に現在の土地所有者は、更地の真ん中に石地蔵を立てた。以来、目立った厄災は起こっていないという。

＊

三つ目の不思議な縁は、阿上町から戻ってからのことだった。瀬島囁《せじまささや》との出会いである。

十一月の最初の週末に、私は所属する学会が主催する研究会に出席した。

そもそも私は滅多に学会の研究会に参加することはない。あくまで私は怪談作家であっても研究者ではないとか、苦手な研究者がいてできれば顔を合わせたくないとか、理由は色々あるのだが、私の腰が重くなる最も大きい理由は、興味のそそられるテーマが余りないからだ。

私のように怪談だの妖怪だのを追い掛けている人間は、民俗学専攻者の中では少数派である。従って、研究会の内容も、もっと真っ当なというか、中心的なというか、先進的なというか、とにかく私が好むような妖怪や憑き物を扱うことは、本当に稀《まれ》なことなのだ――もちろん皆無ではないのだが。

その日もヴァナキュラー文化研究をテーマにしていて、いつもなら顔を出すことはまずないのだが（基本的に横文字は苦手である）、発表者の一人が学生時代の同期だったので、無理矢理誘われたのだった。

できるだけ目立ちたくないので、気配を消しつつ、後ろの方の席に座った。その時、隣の席だったのが、瀬島囁である。

瀬島は四十代半ばの男性で、都内の小田急《おだきゅう》線沿線にある私立大学の准教授である。きちんとオールバックに撫でつけられた髪に、シャープなデザインの銀縁眼鏡、そして比較的ラフな服装の多い研究会の中で、スーツとネクタイ姿である。民俗学者の中でもここまで几帳面さが服装から滲み出ている人間は珍しい。私のようないい加減な人間とは対照的な存在だ。眼鏡の奥の瞳は、爬虫類《はちゅうるい》的な冷徹さを湛えていた。

瀬島囁は主に住居研究の分野で論文を発表している。中でも、竈《かまど》神、便所神、納戸《なんど》神、オシラ様など、家の神と住居空間との関係についての研究でよく知られていた。ここ数年は東北地方から関東地方を主なフィールドとし、震災や台風被害、豪雨被害によって元々の自宅を失った被災者が新しく建てた住居や災害公営住宅を回り、神棚や仏壇の位置、これまで祀っていた家の神がどのように扱われているのかを調査している。

そして、彼こそは、あの『赤虫村民俗誌』の著者である庵下譲治の愛弟子として有名な研究者なのだ。これまで学会の総会などで直接目にする機会はあった。修士論文では瀬島の書いた論文も引用している。しかし、直接言葉を交わしたのはその時が初めてだった。

瀬島は見た目こそ厳しい雰囲気で威圧感があるのだが、話してみると存外に穏やかな人柄だった。まあ、当然といえば当然で、民俗学者は人当たりがよくないと、現地調査ができない。一人で調査していると、ただでさえ宗教の勧誘や不審者と間違えられる。そんな余所者に警戒する地元住民に対して、プライベートな内容の話を聞くのだから、初対面の人間と短時間で信頼関係を築くのは大切なスキルだ。

研究会が始まる前に、十五分程度雑談をしたのだが、私が赤虫村を訪れたことを話すと、途端に瀬島は眉間に皺《しわ》を寄せた。もともと目つきが険しく不機嫌そうに見えるから、怒っているように見える。

「あの村には関わらない方がいいですよ」

その言葉が余りにも真摯で重かったので、私は返す言葉を失ってしまった。どうやら瀬島も赤虫村について、それなりに深く知っているようだ。

研究会自体はかなり活発な議論が交わされ、私の同期も突っ込んだ質問をされていた。瀬島も発表の内容とアメリカ民俗学の事例を比較したコメントを述べ、それが更なる議論へ発展する場面があった。しかし、私の頭の中は、瀬島から受けた忠告が何度も再生されて、全く研究会には意識を向けることができなかった。

研究会が終わった直後、私は思い切って瀬島囁に声を掛けた。

「これから少しだけお時間いただくことってできますか？」

瀬島は「ええ」と応じてくれた。相変わらずの無表情だが、冷たい口調ではない。

研究会の参加者の多くは、これから別の場所で懇親会を行う予定になっている。

「懇親会は出なくて大丈夫ですか？」

「ええ。ああいう場は苦手ですから」

本音なのか、私に気を遣ってくれたのか、瀬島はそういった。

私たちは会場となった大学近くのカフェに入った。店内には学生らしきグループが一組だけで、空いている。こうした学生相手の店は、休日よりも平日に混み合うのだろう。私たちは奥の二人掛けのテーブルに落ち着いて、お互いブレンドを注文した。

私はこれまで自分が取材した赤虫村の怪談や苦取神の怪談について報告した。存外に時間がかかってしまったが、瀬島は静かに耳を傾けていた。時折、相槌《あいづち》は打ってくれるのだが、自ら質問したり、確認したりすることはない。私は瀬島がこの内容に関心があるのか否かわからず、落ち着かない心地になった。

ひと通り話し終えると、私は基本的なことを尋ねた。

「そもそも苦取っていうのは、どういう神なんでしょうか？　庵下先生の『クトル信仰の研究』にも、苦取神の出自についてはよくわからないとしか書かれていませんでしたね。個人的には、龍というか、蛇体から考えて、夜刀神《やとのかみ》のようなものかなぁと思ったのですが」

夜刀神は『常陸国風土記《ひたちのくにふどき》』行方郡《なめかた》の条に載る神である。頭に角のある蛇で、姿を見た者の家は滅びるという。夜刀神は継体《けいたい》朝の時代に、人々が葦原を開墾するのを妨害した。そのため、箭括氏麻多智《やはずのうじまたち》が追い払ったと記されている。その後、夜刀神に神地を与えて祀ったところ、開発が可能になったという。それ以降は、麻多智の子孫が夜刀神の社を継いだ。

瀬島は「夜刀神とは違いますね」というと、指先で眼鏡を上げる。

「苦取神については、ここ数年で幾つか新しい資料が見つかっています。江戸時代初期の個人の日記に、断片的に苦取神の記述が出てくる程度なのですが、それによれば、クトル信仰は日本で発生した信仰ではなく、外来宗教が土着化したものと考えられるようです。時期的には、室町時代末期の南蛮貿易の際に、日本にもたらされたようですね」

南蛮貿易と聞いて、意外な気がした。私はクトル信仰が外来宗教と聞いた時点では、仏教同様に中国経由で大陸からもたらされたものだと思ったからだ。

「来日した宣教師の日記にクトル信仰に関する記述がないか調べている研究者もいます。しかし、クトル信仰の元になった信仰がどのようなものだったのかは、今もわかっていません。南太平洋や北米に似たような信仰があるようですが、比較するには調査が不足しています。庵下先生がご存命だったなら、躍起になって調査したでしょうね」

そこで私は素朴な疑問を口にした。

「瀬島さんはクトル信仰についてはお調べにならないんですか?」

「ええ」

「どうしてです?」

瀬島は僅かな間の後、「私は庵下先生のようにはなりたくないので」といった。

「え?」

「さっき呻木さんは苦取神に纏《まつ》わる怪談を幾つも話してくれましたね。私も庵下先生と一緒に各地を調査した時には、同様の怪談めいた話を聞きました。もっとも庵下先生自身は、クトル信仰の研究が色眼鏡で見られるのを防ぐために、そうした事例は余り紹介しませんでしたが……。しかし、実情として苦取神は特定の一族に恩恵を与える他は、厄災を引き起こすだけの存在——邪神なのですよ。そして、信仰する一族以外が苦取神に関わると、ろくな死に方をしない」

「庵下先生の死は、苦取神のせいだったとお考えですか?」

確か庵下譲治の死は病死だったはずだ。

「庵下先生はご自宅の書斎で亡くなっていました。見つけたのは奥様です。死因は急性心不全だったそうですが、その時の庵下先生の顔は、真っ黒だったというんです」

「それって……」

「現場の状況から、先生がご自身で墨汁と筆を使って、顔面を真っ黒く染めたらしいですけど」

「無有に憑かれた?」

「私もそう思いました」

「でも、庵下先生が調べていたのは、中須磨家のクトル信仰だったんですよね?」

「それはもちろん調べていましたが、他にも色々と聞き書きを続けていました。今の呻木さんのようにね」

「じゃあ、無有についても?」

「ええ」

庵下譲治は無有についても調査していて、不可解な死に見舞われることになったのだろうか。そういえば、赤虫村の苦取神について聞いた怪談の中で、苦取神に願ったら相手に無有が取り憑いたというものがあった。やはり中須磨家の本家に祀られた苦取神と無有は繋がりがあると考えた方がよいだろう。

「亡くなる直前は、庵下先生はどのようなことを調べていらしたんですか?」

「論文にして公にはされていませんが、赤虫村の太夫たちの調査をしていたようです」

「太夫の……」

もしかして庵下譲治は、赤虫村で起き続けている怪異のかなり深い部分にまで触れてしまったのかもしれない。

「悪いことはいいませんから、呻木さんもこれ以上は赤虫村やクトル信仰には関わらない方がいいですよ」

瀬島囁は再び私に忠告した。

しかし、ここで「はい。わかりました」と引き下がる程、私は素直ではない。私の恐怖心というのは、時折麻痺することがあって、自分の身が危険だとか、他人の生命が危ういだとか、そうしたことに無頓着になることがある。私の中で最も強い思いは「知りたい」という欲求である。

「あの、庵下先生の現地調査ノートや調査カードって何処にあるんでしょうか？」

「それは、私が譲り受けましたが……」

「見せていただくことってできますか？」

私がそういうと、しばらく瀬島囁は黙ってこちらを見返してきた。近くで見ると蛇のような目は、愁《うれ》いを帯びているように見えた。彼の中で師の死は大きな爪痕になって残っているに違いない。

「お願いします」

私は何度も頼んだのだが、瀬島からよい返事を貰うことはできなかった。

呻木叫子の原稿

愛媛県A村や茨城県A町以外にも、苦取神が祭祀されている場所では、奇妙な現象が起こるという。

千葉県I町に住むMさんの一族は、代々苦取神を祀っている。Mさんの家は分家に当たるので、年に一度行われる七月の祭りにのみ参加している。苦取神が祀られた堂宇は、海に面した高台にある。そこは不名誉なことに、自殺の名所として知られているという。

「ご存じのように、I町は海水浴場や水族館があって、観光地として知られています。苦取様の祀られているお堂の近くも、遊歩道になっていて、地元の人間だけではなく、多くの観光客がそこを通るんです」

時折、その観光客が高台から海に飛び込むのだそうだ。それも決まって満月の夜に。

身を投げた人々の多くには、全く自殺の兆候が見られなかった。同行していた家族や友人たちも、何故その人物が突然自ら生命を絶ったのかわからず、大いに戸惑うらしい。

しかし、Mさんは彼らが海に飛び込んだ理由を知っていた。

「満月の夜に、苦取様のお堂から歌が聞こえるんです」

それは明らかに日本語ではない言語で（かといって、英語でも中国語でもないらしいのだが）、笛が鳴るような歌声なのだそうだ。この歌はMさんの一族が聞く分には何の問題もない。しかし、一族以外の人間が聞くと、海に飛び込んでしまうのだそうだ。

「理由はわかりません。ただ、稀に自殺を図って助かった人がいて、そういう人たちは『誰かに呼ばれた』というそうです。苦取様の本体は海の向こうにいらっしゃると伝えられていますから、もしかしたら苦取様が呼んでいらっしゃるのかもしれません」

同じ千葉県でも旧K村では、苦取神の祀られている社はささやかだ。海岸の岩場に青い鳥居が立っていて、小さな石の社がある。代々苦取神を祭祀してきたKさんの話では、御神体は小さなアンモナイトの化石だそうだ。

「年に一回、祭りの時に御開帳して、一族全員で拝むんです」

この小さな社にも、不気味な噂がある。黄昏時《たそがれどき》に子供がそこに行くと、神隠しに遭うのだそうだ。

「ですから、わたくしどもの家系では、幼い頃から祖父母や両親から、『日が暮れたら苦取様のところに行ってはならない』と耳に胼胝《たこ》ができる程聞かされました」

小学生の頃、Kさんの同級生の女子が行方不明になった。それも四人一遍に。苦取神の社の近くで、一人の靴が発見されたことから、当時は神隠しに遭ったと噂されたそうだ。ちなみに、四十年以上経過した現在も、その子たちは発見されていない。


千葉県の旧K村の苦取神の御神体が、一族全員に開帳されるのに対して、神奈川県M町の苦取神の御神体は、本家の当主かその嫡男しか見ることが許されないという。

「もしも、それ以外の人間が御神体を目にしたら、死にます」

本家の現当主であるOさんはそういった。

「また当主やその跡継ぎであっても、御神体のことを他人に話した場合は、やはり生命を落とすことになります」

非常に強い禁忌である。

M町の苦取神は、海岸近くの洞窟の奥に祀られている。その洞窟自体が神域であり、O家の一族以外の立ち入りは固く禁じられている。ただ、平素は入口に注連縄《しめなわ》が渡されているものの、扉があるわけではない。入ろうと思えば、誰でも入ることはできる。

「地元の若者が肝試しと称して侵入することもありますが、大抵は手酷いしっぺ返しに遭います」

私が具体的にどのようなしっぺ返しなのかと尋ねると、Oさんは「死にます」と即答した。

「ですから、時々、洞窟に見回りに行かないと、中で何人も死んでいることがあるんですよ」

Oさんはまるで定期的にゴミ拾いでもしているかのように、そう語った。つまり、洞窟に侵入した部外者は、僅かな間も空けずに、その場で死ぬということだ。一体如何なる作用でそうなるのかは不明だが、例外はないというのだから、凄まじいことである。

洞窟で発見される者たち（Oさんは不心得者という言葉で表現した）の死因は一定していない。互いに殺し合ったような形跡が残っていることもあれば、単純に急性心不全や脳卒中のように病死の場合もあるそうだ。

苦取神の御神体は、洞窟の奥にある祠に祀られている。そして、御神体自体は蛸壺に似た形状の陶器の壺の中に納められているらしい。ここまでの特徴は、ある程度まで人口に膾炙しているそうだ。

ある時、分家の一人が好奇心から御神体を見たことがあった。夜中に洞窟に入って、祠から壺を取り出し、中を覗き込んだそうだ。

「そいつは御神体を見たという話を嫁にしたそうです」

翌日、その人物は死んだ。

「屍体は庭で見つかったんですが、首がなかったんです」

庭には夥《おびただ》しい量の血痕が残っていたそうだが、切断された頭部は遂に発見されなかった。

地元の警察は殺人事件として捜査しているが、現在も未解決のままだ。

「実は私の兄も御神体のことを他人に喋ってしまって、死んだんですよ」

Oさんはまるで身内の恥を話すかのように控え目にそういった。

現在、M町の苦取神が祀られた洞窟は、ネット上では「絶対に行ってはいけない場所」として、有名になっている。SNSで洞窟に行くと書いた人物が、その後行方不明になるのも一度や二度ではないようだ。ただ、そこまで危険な存在にも拘わらず、否、そこまで危険だからこそ、怖いもの知らずの人間を呼び込んでしまうようになっている。

一人でも被害者が減ることを祈るばかりである。

*

年が明けて二〇一八年、一月最終週の月曜日、私は赤虫村を訪問するために新幹線に乗っていた。

赤虫村に行くのは一年振りなのだが、ここ一年、現地調査の内容を原稿に起こしたり、複数の赤虫村出身者から話を聞いていたりしたので、余り久々という感覚はなかった。金剛満瑠と頻繁に連絡を取り合っていたことも、赤虫村を身近に感じさせる一因かもしれない。

今回は赤虫村に二週間滞在する。目的は二つだ。一つは、前回十分に調べきれなかった無有以外の妖怪種目についての怪談を追加で採集すること、もう一つは赤虫村で起こった中須磨家の事件に付随する位高坊主と九頭火の噂を実際に聞いて回ることである。

隣の窓際の席には、鰐口が座っていた。赤いニット帽に風神雷神のプリントされたスカジャンを着て、いつも通りの厚化粧をしている。

さすがの私も、今回は一人で赤虫村に乗り込むのには不安があった。中須磨夢太や上似鳥団市のように何かを隠している住民がいたり、瀬島囁から忠告を受けたりと、このまま進めば身の危険に晒《さら》される可能性もなくはない。恐怖感はないのだが、目的が達成できないのは困る。そこで鰐口に同行してもらうことにした。本音をいえば、もっと屈強な相棒の方が安心ではある。しかし、二週間もの間私と一緒に愛媛旅行ができる相手となると、鰐口しかいない。

ぎやまん館の宿泊予約を金剛満瑠経由で行ったのだが、「二名でお願い」といったら、「今回は彼氏同伴なの？」とやや興奮気味に尋ねられた。私はきちんと否定したのだが、既に満瑠の頭の中では私が交際相手と宿泊するという構図ができ上がっているようで、無闇にテンションが高かった。あちらに到着してから鰐口を見たら、満瑠はどんなリアクションをするのだろうか。少しだけ楽しみだ。

「無理いって仕事休んで貰って悪かったね」

「別にいいっすよ。有休も溜まってたし。それにうちの社長に赤虫村の話をしたら、めっちゃ興味示したんで、あっさり休みは取れたんす」

鰐口が勤める映像制作会社「白骨庵《しらほねあん》」の社長は、蟻沢《ありさわ》という変わり者である。私も何度か会ったことがあるが、年齢も性別もよくわからない小柄な人物で、少年にも老人にも少女にも見える。常に白衣みたいな白くて長めのジャケットを着ているから、理系の研究者のような雰囲気だ。

私と同じように怪異をこよなく愛する人物で、人魚のミイラや件《くだん》の剝製などを所有している。社長室にはそれらのコレクションが陳列し、さながら驚異の部屋《ヴンダーカンマー》の様相を呈している。最も衝撃的なのは、部屋の奥にある大きなデスクの周囲である。そこには人体模型と骨格標本が林立しているのだが（もうそれだけで鬼気迫るものがある）、それらはどれも学校で怪異を引き起こした人形なのだという。白骨庵で制作される映像作品の多くがオカルト系なのは、社長のこの趣味が大いに影響している。

「帰ったら、呻木さんに色々聞きたいっていってましたよ」

「無事に帰れたらね」

「不吉なことというのは、やめて欲しいっす」

鰐口はうんざりしたような表情をした。

移動中、鰐口はほとんど口を半開きにして眠っていた。唾液が垂れていたが、指摘して起こしてしまうのも悪いので、そのまま放置する。映像制作の仕事はとにかくハードで、作品によっては昼も夜もないのだと前に愚痴《ぐち》っていたのを思い出す。鰐口も日頃の疲れが相当溜まっているのだろう。私は新幹線にいる間はノートパソコンを広げて、原稿の執筆を行っていた。

岡山で特急に乗り換え、伊予西条駅に到着したのは、午後一時半頃だった。遅い昼食を済ませてから、レンタカーで赤虫村へ向かった。

現地が近づくにつれ、鰐口は「温泉、温泉」と鼻歌混じりに呟いて、上機嫌な様子であった。しかし、私がぎやまん館にチェックインする前に、天狗銀杏と旧雲外寺に寄るというと、矢庭に厭そうな表情になった。

「えー、いきなりそんな縁起でもない場所に行くんすか」

「鰐口さんにはね、しっかり現場を見ておいて欲しいの」

玻璃の森の近くの路肩に車を停めると、私たちは県道から広場へ続く道を進んだ。鳥居へと続く未舗装の小道は、一年前と同じようにひっそりとしている。鰐口は口では不平不満を垂れ流していたが、持参したビデオカメラでしっかりと周囲を撮影し始めた。こういう抜け目のないところは、見習いたいものである。

広場に人けはない。まあ、誰も好き好んでこんな場所には来ないだろう。玻璃の森は禁足地だし、天狗銀杏はその名の通り天狗が出現するとされる老木だ。しかも今ではここは屍体の遺棄現場なのだから、地元住民にとっておどろおどろしさは半端ないだろう。

鰐口は広場をぐるりと歩きながら、森の様子と銀杏の木の様子をしっかりカメラに収めていた。私は鰐口が撮影を終えた時点で、声を掛ける。

「ねぇ、何か閃いた?」

「何かって、雪の密室の話っすか?」

「もちろん」

学生時代から、鰐口は謎解きが得意だった。一緒に推理ドラマを見ていると、早い段階で犯人やトリックを見抜いてしまう。私にはその程度の体験しかないが、なんでも所属していたサークル（鰐口は映画研究会と鉱物愛好会に入っていた）でトラブルが起きた際に、見事解決に導いた経験があるらしい（「らしい」というのは、鰐口本人から聞いたわけではなく、あくまで噂を耳にしただけだからだ）。その時は死人も出たという話だから、もしかしたら殺人事件にでも巻き込まれたのかもしれない。

今回鰐口を連れてきた理由の一つには、その推理力を借りるという目的もあった。あわよくば昨年この天狗銀杏で発生した足跡のない屍体遺棄事件の真相を明らかにできるのではないか。私はそう考えている。

「どう？」

私は下から見上げるようにわざとらしく視線を送る。

鰐口はつまらなそうな顔で、「大体わかったっすよ」といった。

「え？　え？　もうわかったの？」

「あい」

余りのことに、私は戸惑いを隠し切れなかった。もっとドラマチックな展開で、鰐口が「謎は解けました」的な科白《せりふ》をいうものと期待していたのだが。

「だって、まだここへ来て十分くらいじゃない？」

「でも、事前に呻木さんから事件の話は聞いてましたからね、漠然と考えてはいたんすよ。実際に現場を確認したら、犯人がどうやって屍体を運んだのか具体的なイメージは摑めました。まあ、私が気付くぐらいっすから、とっくに警察はわかってると思うんすけど」

「いや、警察はまだ何もわかってないと思う。だって、まだ犯人捕まえてないもん」

私はすぐに推理を聞かせて欲しいと頼んだのだが、鍔口は拒否した。

「何で勿体ぶる？　ミステリ小説の名探偵気取りか」

「いいえ、勿体ぶってはいないっす。ただこんな禍々しい場所で、ここで起きた事件について話したくないだけっす」

鍔口は「祟りとか怖いじゃないっすか」といった。いわれて見てみれば、既に鍔口は若干涙目になっている。

ついつい忘れがちになるが、彼女は怖がりなのだ。今日だって魔除けの意味を込めて赤いニット帽を被っているし、ポケットには厄除けのお守りを持っている。聞けば小さな赤いショルダーバッグの中には、もう三つお守りが入っているらしい。そんなに違う寺社のお守りを同居させたら、私などは神仏が喧嘩しないものか逆に心配である。

鍔口が臍《へそ》を曲げるのを避けるため、余りしつこい態度に出ることは控えた。どうせぎやまん館に着けば、入浴中でも食事中でも話を聞き出す機会はある。

私たちは天狗銀杏を後にして、次の目的地に移動した。

無有がよく出現するという旧雲外寺の前の道は、相変わらず陰気な雰囲気である。私は事前に中須磨夢太に連絡して、寺への立ち入りの許可を得ていた。相変わらず「厭だ」とか「行きたくないっす」と駄々を捏ねる鰐口を促して、山門を潜った。ここでも鰐口はしっかりとカメラを回している。カメラのファインダー越しに現場と対峙した方が、恐怖感が和らぐのかもしれない。

両脇を雑木林に囲まれた石段は、やはり何度来ても不気味だった。私が案内の意味も込めて少し先に歩き、その後を鰐口が続く。

背後から聞こえるのが鰐口の足音だとはわかっているのだが、微妙に落ち着かなくなる。これまではいつも一人だったので、自分のたてた物音しかしなかった。しかし、今は鰐口の衣擦れの音や足音がやけに耳につく。鰐口が撮影に集中して無言だったことも、私を不安にさせた原因だろう。二人なのに、一人でいるような中途半端な感覚のせいだ。

まだ昼間ということもあって、さすがに肝試しを行う輩は見当たらなかった。境内《けいだい》には私たち二人しかいない。私は鰐口の撮影のペースに合わせて移動することにした。別に口を利いてはいけないわけではないが、ビデオカメラが回っているとなると、どうしても口数が少なくなってしまう。

「まずは本堂に行こう」

私がそういうと、鰐口は黙って頷いた。

昨年ここを訪れた時、私は本堂の後戸に顔のない神が祀られているのを発見した。あの神像は、まだここにあるのだろうか。

本堂の入口は開け放たれていた。中に入らなくても、外からの光が差し込んでいるから、ある程度は内部が見渡せる。

本尊の前に、誰かが倒れていた。

スカートスーツを着た女性のように見える。

こちらから見て頭が左側、足が右側の横向きだった。脱げた片方のハイヒールが、傍《かたわ》らに転がっている。血の付いたナイフ。そして、大量の血飛沫が床を濡らしていた。

「鰐口さん」

咄嗟《とっさ》に私は相棒の名を呼ぶ。

鰐口は動けないでいる私を追い越して、カメラを構えたまま、本堂に入る。そのまま膝をついて、横たわった女性を確認した。

「死んでるっす。呻木さん、警察に通報してください」

「わかった」

私は携帯電話で警察に通報している間、屍体から目が離せなかった。

誰なのかは、わからない。

私が会ったことのない人物だ。

ただ、屍体の顔面は墨で塗り潰されたように、真っ黒だった。

呻木叫子の原稿

一体苦取神とは、どのような神なのだろうか。
クトル信仰研究の第一人者である庵下譲治は、その著書『クトル信仰の研究』において、「苦取神の姿は、頭足類の頭部に、龍や蛇の胴体で、手足には鋭い爪がある。稀に蝙蝠《こうもり》のような羽根を有する像もある。苦取神を信仰する一族では、海神《わたつみ》、或いは、海の向こうからの来訪神だと考えられている」としながらも、その由来については不明だと述べている。

当初、私は苦取神が海神や来訪神ということから、単に恵比寿同様に現世利益的な存在だと思っていた。しかし、苦取神について話を聞いている内に、この神が信奉する一族に救いをもたらすだけの存在ではないことがわかってきた。

苦取神は基本的に激しい祟りを引き起こす神である。その祟りの影響は、時に守護されるべき祭祀者一族にまで及ぶことがある。また、現在でも怪異を引き起こすことがある超自然的な存在という側面も持つ。

これは個人的感覚だが、愛媛県のA村では、無有、位高坊主、九頭火、蓮太などの妖怪種目と苦取神は、余り差がないように思われた。もちろんA村では祭祀されているか否かで、妖怪と苦取神は区別されるが、茨城県A町では既に祭祀する一族が滅んだために、苦取神は喰取という妖怪に近い存在となり果てている。

先日、民俗学者の瀬島囁氏のご教示で、近年、苦取神の由来を探る上で重要な資料が発見されていたことを知った。私は早速それらの資料について書かれた論文や博物館の紀要に当たってみた。結論からいえば、どの資料もかなり断片的に苦取神や苦取神を祀る一族について記述しているに過ぎず、纏《まと》まった量の文献はまだ見つかっていない。

ただ、その中でも長崎で発見された商人の日記には「馬首《ましゅ》家乃一族神ハ苦取也。此神、永禄ノ頃に南蛮より渡り而候《てそうろう》。当主乃 某《なにがし》 神使ト契り而富を得也」と書かれていた。即ち、馬首家という一族の神は苦取神であり、この神は永禄（一五五八年～一五七〇年）の頃に南蛮からもたらされたというのである。論文では「当主乃某神使ト契り而富を得也」の部分について「馬首家当主の某が神の使いと契約して富を得た」と現代語に訳していたが、私はもっと素直に読んだ方がよいと思う。すなわち、その馬首家の当主はこの神を信奉し、日本へ伝えた南蛮人と契りを結んだ――婚姻関係を結んだのではないだろうか。馬首家に関して、論文の著者はかなり調べたようだが、現在その所在は不明だそうだ。

同じく長崎で発見された武士の日記には「南蛮商人より苦取と云ふ神像 貰受《もらいうけ》候。之祭らハヾ富貴自在也とぞ申《まうし》候」とある。南蛮商人から苦取という神の像を貰い受け、この神を祀れば富貴自在だといわれたと記されていることからも、やはり苦取神が南蛮貿易の際に、日本に渡ってきたことがわかる。この苦取神の像を受け取ったという武士は、後の合戦で死亡しており、像の行方はわからなくなっている。

さて、我が国のクトル信仰が外来宗教の土着化したものであり、苦取神が室町時代末期に渡来したことまではわかった。一方で、苦取神の起源については、まだわからないようだ。

現在、南太平洋のポーンペイ島や北米のインスマスに、類似した神を祀る信仰はあるものの、そのCthulhuという神が苦取神であると断定するのは難しいようだ。というのも、クトル信仰は我が国独自に発展しているので、既に渡来した頃の信仰とは別物になっている可能性が高いからだ。これは丁度、隠れキリシタンの信仰がカトリックそのままではなく、それぞれの地域の習俗や神仏への信仰の影響を受けて変化していることに近いのかもしれない。

私はこれからも苦取神の原型を求めて調査を継続しようと思う。しかし、それには大きなリスクが伴う可能性がある。

庵下譲治の死は、A村の苦取神によってもたらされたかもしれない——そんな話を聞いた。ご家族への配慮もあるので、詳しい状況は書けないが、庵下の死には不可解な点があったそうだ。また、今回紹介した苦取神に関する文献資料を長崎で発見した学芸員は、論文が学会誌に掲載された直後に、行方不明となっているらしい。

もしもこれから私の身に何か異変があったとしたら(具体的には、顔を真っ黒に塗り潰して正気を失っていたり、あり得ない状況で神隠しに遭ったりすることが想定される)、それは苦取神の祟りである可能性が高いだろう。もちろんこれが杞憂であることを望む。

第五章　蓮太《はすた》の怪談

　私と鰐口が警察の事情聴取から解放され、ようやくぎやまん館へ到着したのは、午後六時のことだった。

　辺りはすっかり暗くなり、ぎやまん館の駐車場も地元客の車で混雑していた。この村でこんなに自動車が一箇所に停まっているのは、村役場かこの旅館でしか見たことがない。

「やっと到着っすか」

　鰐口は明らかに疲労感の籠もった声である。

　私も車を駐車させると、思わず溜息を漏らした。

　予想はしていたが、案の定、私たちは所轄の刑事たちから不審者扱いされた。高橋という名の髭面の警部補が中須磨夢太に連絡して、私たちが不法侵入者ではないことは理解して貰ったものの、捜査員たちにとって、余所者《よそもの》の怪談作家と金髪厚化粧の相棒は、依然として胡散《うさん》臭い人物として映っていたようだ。

　旧雲外寺には照明が設置され、作業服姿の鑑識課らしき人々が現場検証を行っていた。現場で待機を余儀なくされた私たちは、その様子をぼんやりと眺めていたのだが、鑑識作業の速度が異様に早いことに気付いた。「夜になる前には撤収するぞ」という声が漏れ聞こえてきて、捜査員たちも旧雲外寺に長居することを厭《いと》うているのがわかった。

まあ、地元でも有名な心霊スポットだし、所轄の人間たちならば無有《ないある》に取り憑かれた被害者たちの生々しい体験談も耳にした機会があるのだろう。

私と鰐口は二度ばかり同じ話をさせられた後は、境内《けいだい》の片隅で放置された。聞くことがないなら解放して欲しいのだが、ピリピリした捜査員たちの空気の中では、クレームは入れ難《にく》い雰囲気だった。そもそも本堂で死んでいたのが誰なのか、私たちは知らされていない。ただ、私は漠然とこれも去年から続く中須磨家の一連の事件と繋がっているのではないかと予想していた。

その後、愛媛県警から渡部警部という異様に整った面立ちの中年刑事がやってきて、三度目の事情聴取が行われた。ただ、渡部警部とその部下の越智刑事の態度は、所轄の刑事たちとは違って、かなり紳士的というか、友好的なものだった。

「呻木先生のお話は、金剛満瑠さんから伺っています」

ひと通り私と鰐口から話を聞いた後、渡部警部はそういった。満瑠がどんな風に私のことを刑事たちに伝えていたのかは知らないが、そのお陰で私が旧雲外寺にいた理由については、殊《こと》更《さら》に不審がられることはなかった。

そして、「また後日お話を伺うことがあると思いますが、今日はもう結構ですよ」と存外に早く聴取を終わらせてくれた。鰐口が事件の証拠としてカメラのＳＤカードを提出して、私たちは解放されたのである。

ぎやまん館への道程で、鰐口は「呻木さんが初日から飛ばし過ぎるから、こういうことになるんすよ」と不満を口にした。全くその通りなので、返す言葉もない。

ぎやまん館のエントランスでは、金剛満瑠が私たちを出迎えてくれた。

「先生、久し振り！」

私としてはつい先日電話で話したので、そんなに久々な気はしなかったのだが、一応「久し振り」と満瑠の科白《せりふ》に合わせておいた。

満瑠の見た目は、一年前と余り変化がなかった。身長も体重も特に増えたようには見えない。満瑠は現在高校三年生である。受験学年ではあるが、既に年が明ける前に地元の国立大学の推薦入試に合格して、進路は確定している。四月からは、経営について学ぶのだそうだ。

「あ、ホントに彼氏じゃないんだ」

満瑠は鰐口を見て、少し残念そうにそういった。

「だから違うっていったじゃない」

満瑠と鰐口はお互いに簡単な挨拶を交わした。

私が満瑠の父親を前に、フロントでチェックインを済ませる間、鰐口は満瑠から質問攻めにあっていた。最初は「先生とはどういう関係ですか？」とか、「お仕事は何されてるんですか？」とか、鰐口自身についての質問だったが、最終的に「先生って彼氏いるんですか？」のように、私に対する好奇心を満たすものになっていた。

さすがに鰐口も私のプライベートは話さないだろうと思っていたが、「呻木さんはここ三年はフリーっすね」とあっさり答えたので、「鰐口さん！」と思い切り睨んでやった。

満瑠に案内されたのは、去年宿泊したのと同じ部屋だった。二人でも十分過ぎる広さである。ひと通り部屋についての紋切り型の説明をすると、満瑠は「じゃあ、また後で」と部屋を出て行った。私は到着早々に満瑠に捕まって長時間お喋りが続くかと思ったので、少し安堵した。

全身に疲労を感じて、座椅子に沈み込むように座る。思えば移動も含めてなかなかハードな一日だった。一方の鰐口は早速クローゼットから浴衣を引っ張り出して、着替え始める。

「あたしは温泉行くっすけど、呻木さんはどうします？」

浴場がまだ常連客で混雑している時間帯なので、「少し休んでからにするよ」と答えた。鰐口は「温泉、温泉」と鼻歌を歌いながら、大浴場へ向かって行く。

一人になって携帯電話を確認すると、中須磨夢太からメールが届いていた。旧雲外寺で発見された屍体は、夢太の母親の沙羅だそうだ。私は「お悔やみ申し上げます」と簡素なメールを返信してから、釈然としない思いに駆られていた。

旧雲外寺の本堂で見た屍体は、顔面が黒く塗り潰されていたが、自ら刃物で首を切りつけて死んだように見えた。また無有の被害者が出たと思っていたのだが、あの屍体が中須磨沙羅だとすると話は違ってくる。何故《なぜ》なら、今まで聞き取った怪談の法則性を鑑《かんが》みると、中須磨家の人間は、無有に襲われたり、取り憑かれたりすることはないからだ。

自殺なのか、他殺なのか、今のところ情報が乏しいので判断のしようがない。近い内に中須磨夢太にでも話を聞きに行くか。否、母親が亡くなって間もなくだから、私の相手などしている暇はないだろう。中須磨建設だって、社長の沙羅を失ったら、大変なことになるのではないか。相次いで経営者が死んでしまったのでは、商売上も余りよい影響は出ないだろう。

それにしても中須磨家の事件は不可解だ。権太は位高坊主《いだかぼうず》の仕業に見せ掛けられ、真守の焼死は九頭火《くとうか》の仕業だと噂され、今回の沙羅の死も無有が関与しているように見える。こうも連続して本家の人間が妖怪に害されるように見えるのは、何故なのだろうか?

もちろん私はこれらの事件はあくまで人為的なものだと考えている。しかし、犯行を行っている人間が赤虫村の妖怪伝承を意識しているのは明らかだろう。ただ、どうしてそんなことをするのか、その理由がわからない。

村の住民の中には、彼らの死は怪異だと考えている者もいるかもしれない。しかし、警察はそんな迷信深い発想にはならないだろう。事実、玻璃《はり》の森の祟《たた》りを被っても尚、事件そのものの捜査はきちんと行われているのだ。

そんな答えの出ないことを考えている内に、酷く瞼が重くなって……。


「お～い。呻木さん」

唐突に声を掛けられて、私は目を覚ました。いつの間にか眠ってしまったようだ。座ったままの姿勢だったから、首が痛い。

風呂から戻った鰐口は、上気した顔でこちらを見下ろしていた。思えば彼女のすっぴんを見るのは、随分久し振りな気がする。最後に一緒に旅行に行ったのは、何年前だっただろうか。お互い仕事が忙しくて（まあ、特に鰐口が多忙過ぎるのだが）、なかなか遊びに行くこともできなかった。

鰐口は血管が透けて見えるくらい、肌の色が白い。コンタクトレンズも外しているので、瞳の光彩の色も本来の碧い輝きを放っている。金髪も染めているわけではなく、地毛である。鰐口はアメリカ出身の日本文学研究者の父親と日本生まれの宗教学者の母親の間に生まれた。また母方の祖母はロシア人で、鰐口の母親もかなり色白なのだそうだ。

鰐口は常々厚化粧の理由として、皮膚が日光に弱いことを主張している。しかし、私は彼女が田植え時の農家の主婦のように、やたらと濃い化粧をするのは、自身の容貌に複雑な感情を抱いているからではないかと思っている。

現代では生まれつき明るい色の髪の毛を持つ子供たちが、髪を黒く染めるように強要される、ブラック校則なるものが社会問題としてクローズアップされているが、当然ながら、鰐口も少女時代には甚《はなは》だしい苦労があったはずだ。

「地元のお婆ちゃんに、英語で話しかけられたっす」

鰐口は「ニシシ」と歯を見せて笑うと、冷蔵庫から缶ビールを取り出した。腰に手を当てて立ったままぐびぐびと飲んだ後、盛大なゲップをする。今の鰐口から暗い少女時代を窺い知ることはできないが、この明るくお道化《どけ》た性格の向こう側には、私の知らない鰐口の素顔があるのかもしれない。

「呻木さんも飲むっすか？」

「いや、お風呂入ってからにする」

向かいに腰を下ろした鰐口に、旧雲外寺で私たちが見つけた屍体が、中須磨沙羅だったことを伝えた。

「これで三人目っすか……。なんか年長者から死んでいってる感じっすね」

「その内、本家が全滅しちゃったりして」

私としては不謹慎な冗談のつもりだったのだが、鰐口は「可能性はゼロじゃないっすね」と神妙な顔で頷いた。

私がさっと温泉で汗を流してから、一階の食堂で夕食にした。時刻は午後八時なので、大広間には休憩している客はそれなりにいるが、食事をしている者は少ない。

食堂には金剛満瑠がスタンバイしていた。すっぴんの鰐口を見た満瑠は、「え？　マジで鰐口さんですか？」と驚きと困惑が混じった複雑な表情を浮かべた。鰐口が「あい。鰐口っす」と声を発したので、ようやく厚化粧の彼女と眼前の日本人離れした容姿の彼女が同一人物だと認識できたようだ。

最初に生ビールで乾杯し、私が刺身定食、鰐口がラーメンと餃子を注文した。食事の間には満瑠もテーブルについて、私たちが旧雲外寺で屍体を発見した経緯についてあれこれ質問してきた。私としては結構鬱陶《うっとう》しく感じたのだが、鰐口は余り気にならないようで、ラーメンを啜り、ビールを飲みながら、満瑠の好奇心を満たしていた。

食事がひと段落して、私が三杯目のビール、鰐口が二杯目のハイボールを注文したところで、ずっと訊きたかったことを口にする。

「で、そろそろ教えてよ。どうやって犯人は足跡を残さずに、天狗銀杏《いちょう》に屍体を運ぶことができたのか」

「え！　鰐口さん、あの雪の密室が解けたんですか？」

満瑠が目を丸くして、鰐口を見る。

鰐口はアルコールが入ってだいぶ赤くなった顔で、「あい」と深く頷く。

「聞かせてください！」

満瑠も両手を握り合わせてお祈りのポーズをする。

鰐口はハイボールを一口飲んでから、中須磨権太の屍体遺棄事件の謎解きを始めた。

呻木叫子の原稿

A村に伝承される妖怪種目の中で、蓮太《はすた》は特異な存在である。

蓮太は村を徘徊する、人に似て人ならざる存在である。それが出現すると、村を暴風雨や竜巻が襲うとされ、現在もその実在はリアルなものとして語られている。

住民によっては風の神だという者もいれば、幽霊の一種だと捉えている者もいるが、興味深いのはその服装が時代によって異なっていることだ。かつて蓮太は黄色い布の巻かれた蓑笠《みのがさ》をつけた姿で出現したが、現代では黄色い雨合羽《あまがっぱ》にゴム長靴の姿だと語られている。

　昭和十年生まれのEさんは、二十代の頃、一度だけ蓮太を見たことがあるらしい。その時の蓮太は蓑笠姿だったそうだ。

「蓮太はぐっしょり濡れた草鞋《ぞうり》を履いとると聞いとったが、履いていたのは長靴じゃったわい」

　また、昭和九年生まれのKさんは、三十代の後半に、黄色い雨合羽に笠を被った姿の蓮太を見ている。

「親からは蓮太は蓑笠姿じゃと聞いとったけん、まさかあれが蓮太だとは思わんかったわい」

　Kさんはその夜暴風雨が起こったので、「もしやあれは蓮太じゃったか?」と思ったという。ただ、その思いが確信になったのは、翌日、Kさんの他にも黄色い雨合羽の謎の人物を目撃した住民がいたことを知ってからだ。

　このように蓮太の服装は、どうやら段階を経て変化したようである。現在は黄色い雨合羽にゴム長靴というスタイルに落ち着いているが、今後、巷《ちまた》での雨天のファッションに変化があった場合、再度その服装が変わる可能性はあるだろう。A村の妖怪種目でこのように時代に沿って変化を遂げているものは、蓮太しかいない。

　また、蓮太に対する感情も、他の妖怪種目とは違っているように感じる。蓮太同様に、現在でもリアリティのある存在として語られるものに、無有がある。無有に対してのA村の住民たちの感情は、まさに恐怖心である。無有に出遭うことや取り憑かれることに対して、切実に恐れを抱いている（但《ただ》し、N家の一族は異なるが）。

一方の蓮太に関しては、必ずしも恐怖の対象というわけではない。もちろん、蓮太が出現すると村には悪天候が発生するので、それなりに警戒はされている。しかし、それは蓮太そのものではなく、あくまで暴風雨や竜巻に対しての警戒感なのだ。住民の中には蓮太は暴風雨の到来を教えてくれているだけだと解釈している者も少なからず存在する。

私は蓮太が然程《さほど》恐怖の対象にならない理由として、その出現する間隔が数年に一度ということも関係していると思う。そうそう遭遇する機会はなく、また遭遇したところで直接危害を加えられることがない。ある意味でA村の住民と蓮太は程よい距離感を保っているのかもしれない。

ただ、蓮太について快く思っていない住民たちもいる。その多くがN家の人々である。

蓮太が目撃された後に発生する強い風では、どうしたわけか必ずN家の一族の家屋に被害が出る。このことについて郷土博物館の学芸員で、N家の本家でもあるYさんは、次のような伝承を教えてくれた。

天正十三年（一五八五年）の四国平定が行われた時のことである（四国平定とは、四国征伐、四国攻めともいい、豊臣秀吉《とよとみひでよし》による長宗我部《ちようそかべ》氏攻略のことをいう）。

伊予国で高尾《たかお》城などが攻め落とされる中、A村に一人の落武者が逃げ込んだ。この時、N家の本家の娘が密かにこの武士を匿《かくま》ったという。

「僕が聞いた話では、娘は男に一目惚れしてしまったのだそうです。本家の裏手にある洞窟に男を隠して、食べ物を運んで面倒を見ていたと聞きました」

娘と落武者はすぐに恋仲になった。もちろん許されない恋である。しかし、これまで何不自由なく暮らしてきた娘にとって、その男の存在は新鮮な刺激であり、危険な香りがすればする程、恋情は燃え上がった。

しかし、それは長くは続かなかった。所詮《しょせん》は世間知らずの娘である。あっさりと両親に落武者のことがバレてしまう。

「両親は娘には自分たちが男に気付いたことを黙っていました。そして、娘が差し入れる食事に、こっそりと毒を入れたのです」

何も知らない娘が差し入れたものを食べて、落武者は死んだ。洞窟で悶え苦しみながら死ぬ男は、N家に対して呪いの言葉を吐いたのだという。

「その後、武士を追っていたものたちが、A村にやってきました。追手たちは屍体を確認すると、後の処理はすべてN家に任せたそうです」

娘の父親であるN家の当主は、落武者の屍体を燃やした。その灰は風に乗ってA村の上空を漂ったという。落武者の怨みは甚だしく、やがて化物となってA村に暴風雨を引き起こすことになった。殊更にN家に対する怒りは尋常ではなく、家屋を破壊するのだと伝わっている。この落武者の名こそ、蓮太というのだそうだ。

Yさんから聞いた話は、N家の分家でも伝わっていて、現在七十代以上の人々はこの伝説に親しんでいる。しかもYさんが語った話だけではなく、その後日談も聞くことができた。

落武者が死んでしまってしばらく経つと、本家の娘が身籠《みごも》っていることがわかった。どう考えても父親はあの武士である。厄介な事態を恐れた両親は、生まれた赤ん坊をすぐに殺すことにした。

いよいよ出産という時に不思議な出来事が起こった。娘が赤ん坊を産み落とした刹那、猛烈な風が産屋《うぶや》を襲い、なんと生まれたばかりの赤ん坊を攫《さら》っていってしまったのである。きっと蓮太が我が子を憐れんで連れ去ったのだろうといわれている。

その後の赤ん坊の消息に関しては、何の語りも残っていない。本家の伝承に赤ん坊のくだりが抜けているのは、未遂とはいえ子殺しの罪を子孫に伝えたくないと思ったからかもしれない。

＊

中須磨沙羅の遺体が発見されたのは、一月の最終週の月曜日の午後のことであった。

現場は赤虫村の廃寺である。その場所はかつて雲外寺という名の寺院で、中須磨家の分家が代々住職を務めていたそうだ。廃寺となった現在は、県内でも有名な心霊スポットになっているという。

越智篤孝は然程気にならなかったのだが、西条東署の捜査員たちは明らかに現場である旧雲外寺を忌避していた。聞くところでは、赤虫村の人間でさえ、この場所には滅多に近づかないそうだ。

玻璃の森の祟りに関する禁忌については、村の者くらいしか知らなかったが、この場所は違う。部外者も含め、年間に何人もの人間が、この場所で不可解な体験をし、その内の多くが不幸な目に遭っているそうだ。

「無有って化物が出るんだ」

高橋警部補はそういった。

越智は化物という言葉の古風な響きに違和感を抱きつつも、所轄の大多数の人間がその無有という存在に対して切実な恐怖を共有していることは理解した。

中須磨沙羅の遺体は、本堂の真ん中に横たわっていた。死因は失血死である。頸動脈《けいどうみゃく》を鋭利な刃物で切られ、生々しい傷口には乾いた血がこびりついている。検視を担当した医師の話では、死後硬直の具合や死斑の様子から判断すると、死後十五時間程度が経過しているらしい。状況からでは、それが自殺なのか他殺なのかは判別できなかったが、その顔面は靴墨で真っ黒に塗り潰されていて、異様な雰囲気であった。

「無有に取り憑かれると、自分の顔を真っ黒く塗り潰すそうだ」

高橋警部補がそう教えてくれた。

確かに靴墨は被害者の上着のポケットから見つかっているから、自ら塗った可能性は否定できない。高橋警部補自身、ここととは異なる現場で、何度か顔を黒く塗り潰した変屍体に遭遇したことがあるという。越智にとっては珍しいことでも、赤虫村では頻繁に発生していることらしい。

第一発見者は、東京から来たという怪談作家とその友人の女性二人だった。

渡部警部は怪談作家の呻木叫子という名前を聞いた途端、俄然興味を持ったようだ。越智もその名前には聞き覚えがあった。金剛満瑠が「先生」と呼んでいた人物のことである。満瑠の話を聞いている時、呻木に対して漠然と気難しそうな中年女性を想像していた。しかし、実際の呻木は越智と同年代くらいの若い女性で、容姿も服装も至って地味なものだった。同行者の鰐口の方が遙かにパンチの効いた見た目だったので、余計に呻木は目立たない印象だった。

呻木叫子と鰐口は赤虫村へ到着して早々に、沙羅の屍体を発見したのだそうだ。旧雲外寺には怪談の取材で訪れたという。事前に中須磨夢太に許可を得ていることは、既に所轄で確認してあった。二人はこの場所の前には天狗銀杏にも足を運んでいて、その様子は鰐口が撮影していたビデオ映像に残っている。

沙羅の死亡推定時刻から考えて、二人が犯行に関与した可能性は低い。渡部警部は早々に呻木たちを解放した。

「呻木先生には後で他の事件についても考えを聞きたいもんだ」

旧雲外寺を去る二人の後ろ姿に、渡部警部はそういった。

その後、遺体の確認のため、沙羅の子供たちが現場に到着した。先にやってきたのは、長男の夢太である。月曜日ということで、郷土資料館は休館日だ。夢太は自宅で連絡を受けて、すぐにこちらへやってきたそうだ。次男の太平と長女の累江は、その十分後に姿を見せた。中須磨建設から一緒の車に乗って来たという。

本堂に横たわる母親の遺体を見た三人の反応は、静かなものだった。累江だけが静かに涙を拭っていたが、夢太も太平も無表情に母親の変わり果てた姿を眺めていた。

渡部警部と越智は、朽ちた鐘楼の前で、中須磨兄妹一人ずつに事情聴取を行うことにした。最初に話を聞いたのは、夢太である。休日ということもあって、服装はラフなものだった。チノパンの上にライトダウンのジャケットを羽織っている。

「この場所は中須磨さんの家で管理されているそうですね」

渡部警部の言葉に、夢太は頷いた。

「そうです。こちらの雲外寺の住職は、うちの分家でした。跡継ぎが絶えた時に、当時の住職が遺言状を残しまして、僕の祖父が相続したんです」

「具体的にはこの場所の管理というのは、どうされているんですか?」

「祖父が存命中は、一週間に一度くらいの頻度で、見回りに来ていました。ご存じだとは思いますが、ここは地元では心霊スポットとして知られています。全く不名誉なことですが。ですから、外部の人間が建物などを荒らしていないか、掃除も兼ねて点検に来るのです。祖父があんなことになってからは、僕が役目を引き継ぎました。ただ、仕事との兼ね合いもあるので、見回りの頻度は二週間に一回になってしまっています」

なるほど。だから、建物が余り傷んでいないのか。しかし、外部の人間の侵入を快く思っていないのならば、下の山門の前にでもバリケードのようなものを設ければよいのではないだろうか。越智はそうした疑問を口にした。

「確かに刑事さんのおっしゃる通り、その方がうちとしては楽なのですが、実はまだここに参詣される住民の方々がいらっしゃるんです。皆さん、もう別のお寺の檀家になっているのですが、ここにまだ本尊が残っているので、月に一度はお参りにいらっしゃる。ですから、バリケードを作ってしまうと、そうした方々にご不便をお掛けしてしまうわけです」

夢太は「皆さん、お年寄りですからね」と困ったような笑みを見せた。

渡部警部が昨日の行動について尋ねると、夢太は細い目を更に細める。

「えっと、夕方の六時までは職場にいて、その後は真っ直ぐ帰りましたね。家では、妹が夕食を作っていました」

「ご自宅には妹さんだけがいらした?」

「ええ、そうです。母と弟は不在でした。まあ、土日に弟がいないのはいつものことでしたし、父が亡くなってからは、母は日曜日も出勤して仕事をすることが多くなったので、特に変だとは思いませんでした。その後は風呂に入って、離れで過ごしていました。就寝したのは、十一時くらいだったと思います。朝になって母が帰宅していなかったことを知りました」

「おかしいとは思いませんでしたか?」

渡部警部の問いに、夢太は首を振った。

「いいえ。母が会社に泊まり込んで帰ってこないというのは、ままあることでしたから」

次は太平の番だ。警察に対する太平の態度は、何処《どこ》か敵対的な印象がある。どうも若い頃に警察に厄介になった際に、だいぶ絞られたらしい。そうした苦い記憶が、警察への反発心を生んでいるように思える。とはいえ、これまでも捜査には協力的なので、こちらとしては大きな問題はない。

太平は中須磨建設という社名が刺繍《ししゅう》された作業着の上に、これまた社名の入った厚手の上着を着ていた。越智と比較して頭一つ分は身長が違うので、自然と見上げる格好になる。熊のような屈強な上半身に強面《こわもて》なので、相対する度に委縮してしまう。迫力を減らす意味でも、せめて色眼鏡は外して欲しいと思う。

前日の行動を尋ねると、答えはすぐに返ってきた。

「昨日は新居浜で、晴香《はるか》と一緒だったな」

晴香というのは、下地《しもじ》晴香といって、新居浜市に住む太平の交際相手である。以前、聞き込みで会ったことがあるが、小柄で愛嬌のある顔立ちの女性だった。性格は非常に明朗で、猛獣のような太平を「タイちゃん」と呼んでいた。

「ショッピングモールで買い物して、映画見て、その後、よく行く焼き肉屋で晩飯を食って、晴香の部屋に帰ったのが、八時くらいだったかな。それからはずっとあいつの部屋にいたよ」

太平は今日も下地晴香のマンションから出社したと主張した。

「挨拶すんのに、社長室にいったら、おふくろの姿がなかったんで、累江に『社長は?』って訊いたら、『昨日は家に帰ってないから、今になって着替えに戻ったんじゃないか』って話で。まあ、よくあるんだ。おふくろは社長室のソファーで眠っちまって、朝になってから家に帰って、シャワーと朝飯済ませてから昼前くらいにまた会社に出てくる。休みの日はしっかり休めばいいのに、何か気分が乗ってくると仕事続けるんだ、あの人は。だから俺たち周りが振り回される」

太平は母親が亡くなったばかりだというのに、不愉快そうな表情で文句をいった。そこからは悲しみのようなものは全く感じられない。越智も生前の沙羅と太平の経営を巡るいざこざは聞いていたが、こんな時くらい母親の死を悼《いた》んだらよいのにと思った。

最後に累江に話を聞いた。日曜日の行動を聞くと、午前中は家事をしていたという。

「昨日は上の兄を送り出してから、午前中は家事をしていました。お昼を食べて、ちょっと昼寝して、二時半くらいにスーパーに買い出しに行きました。後はずっと家ですね。六時十五分くらいに上の兄が帰宅して、一緒に夕食を食べました。後片付けをして、お風呂に入ってからは、自分の部屋で過ごしました。寝たのは十時くらいです」

中須磨沙羅が死後十五時間程度だとすると、死亡推定時刻は午前零時前後になる。この間、三人の中でアリバイがあるのは、下地晴香と一緒だったという太平だけである。ただ、厳密にいうならば、交際相手という親しい人物が証人では、太平のアリバイも完全だとはいえない。

現場から西条東署に戻ると、丁度司法解剖の結果が出ていた。やはり中須磨沙羅の死因は、頸動脈切断による失血死であった。死亡推定時刻は午後十一時から午前一時の間である。ここまでは越智たち捜査員の予測の範囲内であった。問題はここからだ。中須磨沙羅の体内からは、睡眠薬が検出された。通常に服用するよりはかなり量が多いという。解剖を担当した医師の所見では、沙羅は眠っている間に頸部を切られた可能性が高いそうだ。つまり、沙羅は自殺ではなく、他殺ということになる。

この結果に、所轄の捜査員の多くが驚いているようだった。彼らは、沙羅の死について赤虫村周辺でしばしば発生する不可解な死の一つだと思い込んでいた節がある。一方の越智たち県警の捜査員にとっては、然程意外な結果ではなかった。

実は既に現場検証の時点で、渡部警部は沙羅の指に全く靴墨が付着していないことを指摘していたし、越智も沙羅の利き手にほとんど血痕が見当たらないことに気付いていた。自分で首を切ったのならば、利き手である右手にはもっと返り血が付いていなくてはおかしい。詳細に観察すれば、自殺としては不自然な箇所は幾つか見受けられたのである。

祟りや怪異を恐れる所轄捜査員の気持ちは理解できる。しかし、その感情が余りにも強過ぎて、捜査に支障を来している。

「警部、これって連続殺人なんでしょうか？」

殺人と殺人のインターバルがやや開いているものの、被害者はどの人物も中須磨家本家の人間である。

「まあ、その可能性は高いだろうな」

「もしもこれが連続殺人なら、犯人は最初の殺人以外は、自殺に見せ掛けようと偽装したってことですよね？」

「それは……どうかな」

渡部警部は「う〜ん」と唸ってから、「偽装なのか」と自問自答する。

「何が引っ掛かるんですか？」

「もしも犯人が被害者の自殺を偽装しようとしているのなら、何だか歪《いびつ》なように見えるんだよ」

「歪……ですか？」

「いいかね、最初の被害者は明らかに遺体に他殺の痕跡が残されていた。しかし、遺棄現場には犯人の足跡はなかった。密室という言葉は余り使いたくないが、まあ、雪の密室状況だったわけだ。次の真守の死だが、犯人は密室を作ってまで自殺を偽装したにも拘《かか》わらず、遺書の類は用意していなかった。そして、今回の沙羅の事件は、見た目は自殺だったが、現場は開け放たれた空間だった。本気で自殺に偽装したかったら、沙羅の遺体も密室から発見されるべきじゃないのかね」

越智にも渡部警部のいいたいことが何となくわかった。明らかに他殺だと判明している権太の遺体は密室状況で発見されているのに、自殺を偽装した沙羅の遺体は密室の中にはなかった。真守の事件も自殺の偽装という観点から見ると、若干中途半端に見える。

「犯人には何か特別な目的があって、現場を密室にしたり、しなかったりしているのかもしれないが、さて、その目的となると……」

渡部警部は腕を組んだまま黙ってしまった。

呻木叫子の原稿

A村に住む三十代会社員Cさんが、小学四年生の頃の話である。

その日、Cさんは小学校からの帰り道で、蓮太に遭遇した。

「その時はそれが蓮太だとは知りませんでした」

雨も降っていないのに、どうして黄色い雨合羽に長靴姿なのだろう？　Cさんはその怪しい人物に大いに疑問を持った。擦れ違う時、かなり臭かったし、長靴の中には水が入っていて、じゃぶじゃぶじゃぶと音がする。こんなに目立つ格好なのに今まで出会ったことがないことから考えると、どうも村の人間だとは思えない。

Cさんは好奇心から、蓮太の後を尾けることにした。

「当時読んでいた『名探偵コナン』の影響もあったと思います。今思えば恥ずかしいですけど、その時は少年探偵気取りだったんです」

蓮太は大きな通りではなく、比較的狭い農道を選んで移動しているように見えた。時には他人の蜜柑《みかん》畑の中を抜けたり、明らかに私道と思われる道にも躊躇なく踏み込んだりする。Cさんは一定の距離を保ちつつ、黄色い雨合羽を追う。その間、擦れ違った年寄りにその人物のことを尋ねると、「あれは蓮太じゃわい」と教えてくれた。

「最初に蓮太って聞いた時は、『ああ、そういう名前の人か』と思っちゃいましたね。お年寄りが知っているくらいだから、『じゃあ村の住民なのだろう』って」

その後もしばらくCさんは蓮太を追い掛けた。その時の蓮太は別に村中を歩き回っていたわけではなく、ある程度の範囲を巡回するように歩いていたそうだ。やがて村の中心のK地区まで来ると、蓮太は玻璃の森の中に入って行ってしまった。

Cさんは慌てたという。

「玻璃の森っていったら、祟りで有名ですからね。私も幼い頃から『絶対に入るな』って脅かされてきましたから」

あんな場所に入って行くのだから、きっと正気ではないのだろう。ならば、これ以上、関わるのは危険かもしれない。そう思ったCさんはそこで追跡をやめにした。

帰宅したCさんは、夕食の支度をする母親を手伝いながら、自分の体験を話した。そして、「蓮太って、何処の家の人?」と呑気な質問をしたという。

話を聞いた母親は血相を変えた。料理の手を止めて、祖父母に声をかける。そして、雨戸を閉めたり、飛ばされやすいものを片付けたりと忙しく動き始めた。

Cさんは不思議に思いながらも、母親を手伝って一緒に戸締りの確認をする。その際に、母親から自分が見たものが人間ではないことを教えられたそうだ。

「蓮太を追っていた時は全然怖くなかったんですけどね、アレが人じゃないって聞いた瞬間、全身に鳥肌が立ちましたよ」

Cさんと同じように、蓮太が玻璃の森の中に入って行くのを見たという住民は、他にも見つけることができた。

五十代主婦のRさんが小学校三年生の頃のことだ。

その日、Rさんは友人の家に遊びに行くのに、玻璃の森に隣接する道を歩いていた。すると、向かいから黄色い雨合羽姿の蓮太がこちらへ向かってくるのが見えた。Rさんは祖父母から蓮太のことを聞いていたので、見た瞬間にそれが何なのか理解したそうだ。

てっきり近くまで来ると思っていたのに、蓮太は方向を変えて、森の中に消えたという。

「私はすぐにその場から立ち去ってしまったので、蓮太がその後森から出てきたのかどうかはわかりません」

怪談というには断片的だが、非常に貴重な証言である。

*

赤虫村滞在二日目の午後七時に、累江が私を尋ねてぎやまん館へやって来た。

昼間、私と鰐口は事前にアポイントを取っていた住民たちを回り、取材を行った。田舎の情報網は恐ろしいもので、既に私たちが旧雲外寺で沙羅の屍体を見つけたことは周知の事実となっていた。行く先々で質問攻めにあい、どちらが取材しているのかわからない状況で、精神的に大変疲弊した。加えて前日の移動での疲れや警察からの事情聴取のストレスもあったから、早めに仕事を切り上げることにした。

午後三時半には宿に引き上げて、混雑する前に入浴を済ませる。夕食も早めに終えて、部屋に戻ったのが六時。私はICレコーダーの音声を文字に起こす作業を行い、鰐口は柑橘類《かんきつ》（蜜柑ではなく、愛媛以外ではなかなか買うことができない珍しい品種だそうだ）を食べながら、スマートフォンでゲームをしていた。私も鰐口も手許には缶ビールがあって、かなりリラックスした状態だった。

だから、金剛満瑠が部屋の扉をノックして、「満瑠だよ」といった時も、随分と茫洋としていて、「ど～ぞ～」と気の抜けた返事をしたのである。しかし、満瑠が見たことのない若い女性を伴っていたので、慌てて居住まいを正した。ちなみに、鰐口は一度顔を上げて挨拶はしたものの、窓際の席に移動してゲームを続けた。

中須磨累江は長い黒髪の可憐な雰囲気の女性だった。実際の年齢よりも幼く見える。これが箱入り娘というものなのだろう。細くて大きな目は、兄の夢太によく似ている。

思い詰めた表情だったから、てっきり事件について何か相談があるのかと思ったのだが、向かいに座った累江はやや興奮気味に「波の音が聞こえるんです」とよくわからない話を唐突に切り出すので、私は面食らってしまった。

「波の音？　えっと、何の話です？」

私が目を瞬《またた》かせると、累江も先走り過ぎたことに気付いたようで、恥ずかしそうに頬を染めながら、詳しい話を始めた。

なんでも累江は中学生になったくらいの頃から、一人でいると波の音が聞こえるという。自宅で聞こえることが多いらしいが、学校や職場でも耳にすることがあるそうだ。赤虫村は内陸だから、当然、海の音が聞こえるわけがない。波音が聞こえた場所の近くに、それらしい音を発するものもなかったという。当初は累江もその現象を気にしていたが、段々慣れてきて、長じてからは一種の持病のようなものだと認識していたらしい。しかし、去年の二月に祖父である中須磨権太が亡くなった時から、状況が変わった。

「家族が死ぬ直前に、とりわけ大きな波の音が聞こえるんです」

権太が殺された夜も、真守が焼死した夜も、岩に打ちつけるような激しい波音が響いたそうだ。そして、一昨日の夜も……。

「丁度日付が変わってすぐくらいの時間でした。また大きな波音が聞こえて、目を覚ましたんです」

累江は途轍《とてつ》もなく厭な予感を覚えたのだそうだ。この音が聞こえた後、祖父も父親も変わり果てた姿で見つかっている。また今回も家族の誰かが死ぬのではないかと思うと、不安で仕方がなかった。

「でも、自分で確認するのは怖くて。結局、朝になって母が帰っていないことを知った時は、もしかしたらとは思いました。でも、こんな話、警察にはできなくて」

そこで前々から満瑠から話を聞いていた怪談作家である私に、相談を持ち掛けたのだそうだ。

「つまり、あなたが聞いた激しい波音が、ご家族の死の予兆になっていると?」

「はい」

「普通の波音がする時には、何か変わった出来事とかは起きないんですか?」

「何もないです。いつもはただ波の音がして、私が音の出所を探し出すと、ぴたっと止んでしまいます」

人魚の子孫と伝えられている女性が、波音によって家族の死を事前に知る。しかもその一族は海と関係する苦取神《くとるまつ》を祀《まつ》っている。怪談としては、なかなか興味深い。だが、当事者である累江は深刻に悩んでいるわけだから、単純に面白がるわけにはいかないだろう。

「累江さんは、どうしたいんすか?」

ずっと黙ってゲームをしていた鰐口が、顔を上げた。

「どうというのは?」

「話を聞いている限り、その波の音をどうにかしたいって相談じゃないんすよね? っていうか、たぶん呻木さんがどうこうできるもんじゃないとは思うんすけど」

「そうですね。別に普通に聞こえる波の音に関しては、私も気にしていません。ただ、あの大きな音については、できればもう聞きたくない」

「確認なんすけど、その大きな波の音って、お祖母さんが亡くなった時には聞こえたんすか?」

「あ、そういえば、お祖母様が亡くなった時は、波の音はしませんでした」

累江の祖母である中須磨トラは、数年前に病死しているという。

「だとすると、お祖母さんの死と他のご家族の死とでは、何かが違うってことなんじゃないんすか？」

私が「冴えてるね」というと、鰐口は「いい感じに酒で頭が回ってるっす」と微笑んだ。ノーメイクの鰐口の微笑は、まさに天使を思わせる。どうせならずっとすっぴんでいればいいのにと思う。

「鰐口さんは、累江さんのお祖母さんが亡くなった時と他のご家族が亡くなった時、何が違うって思います？」

満瑠が尋ねた。

「あたしはね、お祖父さん、お父さん、お母さんは、全員殺されたんだと思うんす」

鰐口の言葉に、累江は唇を嚙んだ。

確かに最初の中須磨権太は明らかに他殺であった。しかし、真守と沙羅の死については、自殺の可能性だってあるのではないか？　私がそういうと、累江がどうやら警察は真守も沙羅も他殺の線で捜査を進めているらしいことを教えてくれた。

「私や兄たちにしつこくアリバイを確認していました。鰐口さんのおっしゃる通り、お祖父様も、両親も、何者かによって殺されたんだと思います」

「ってことは、累江さんが大きな波の音を聞こえなくするためには、他殺による被害者をこれ以上出さないように、中須磨家で起こってる殺人事件を解決すりゃいいってことっすよ」

鰐口は軽い口調でそういった。

「解決って……」

確かに鰐口は中須磨権太の雪の密室の謎は解いたが、だからといって犯人の特定までは行っていない。私も石蔵の密室について方法は思いついたものの、あくまで机上の空論であって証拠があるわけではない。そんな中で簡単に解決を口にするとは、なかなかの度胸である。

私が呆れていると、なんと金剛満瑠と中須磨累江が期待の籠もった視線をこちらに送ってきた。いやいや、解決すればいいといったのは鰐口なのだが。

しかし、いい出しっぺの鰐口までも「呻木さんならできるっす」と親指を立ててきた。私はどうにでもなれと思いつつ、缶ビールを一気に飲み干した。

呻木叫子の原稿

昭和四十九年生まれの団体職員Kさんが小学生の頃の話である。

Kさんが登下校時に使用していた通学路は、玻璃の森の前を通る県道だった。

小学校一年生の時のことだ。ようやく新しい環境にも慣れた五月の終わり、Kさんは近所の友人Hさんと二人で下校していた。

「その時、どちらからいい出したのかは覚えていないのですが、天狗銀杏に寄り道しようって話になったんです」

Kさんも Hさんも、幼い時分より祖父母から石鎚山の天狗の話を聞いていた。天狗銀杏はその天狗が翼を休める場所だということも知っていたのである。もしかしたら天狗がいるかもしれない。そんな好奇心から、Kさんたちは天狗銀杏へ続く小道に入った。

「まだ三時前でしたから、明るいのは明るかったですけど、両側が玻璃の森ですからね」

やはり少し怖かったそうだ。もちろん玻璃の森は、足を踏み入れなければ何も起こらない。そのことは理解しているのだが、暗い森の中から得体の知れない何かが飛び出してくるような妄想に囚われていたのである。まあ、小学一年生ならば仕方ないだろう。

二人が小道の中程まで進んだ時、正面の石の鳥居を潜《くぐ》って、こちらに向かってくる人物がいた。雨も降っていないのに、黄色い雨合羽を着て、すっぽりとフードを被っている。大きめのゴム長靴の中には水が入っているようで、歩く度に不快な音を響かせている。

その時は蓮太のことなど知りもしなかったが、どう見ても関わり合いにならない方が良いのはわかった。だから、Kさんたちはその人物と擦れ違うまでは黙ってやり過ごしたそうだ。

「とにかく臭かったのは覚えています。沼というか、溝《どぶ》というか、そういう場所で嗅ぐような臭いなんですけど、魚とは違うんですよね」

Hさんなどは擦れ違った直後に「くっせぇ！」と声を出したくらいだ。Kさんは友人が余りにも大きな声を出すので、雨合羽の人物が怒り出さないか戦々恐々として振り返った。だが、相手は既にかなり離れた位置を歩いていた。

「擦れ違ったすぐ後だったんですけどね、もう蓮太は小道の出口辺りを歩いていました。今考えるとあり得ない速さなんですけど、その時は別に変だなとは思いませんでした」

Kさんが蓮太の正体を知ったのは、帰宅してからのことだった。その日の夜は急な天気の変化があって、村の一部で竜巻が発生したという。

次にKさんが蓮太に遭遇したのは、小学校六年生の時である。その日は土曜日で、理由は忘れてしまったが、一斉下校だった。

Kさんは登校班の班長で、先頭を歩いていた。後ろからついて来る下級生は六人で、全員が男子だ（当時はまだ子供の数がそれなりにいたので、登校班も男女別だったそうだ）。

途中で一人、また一人と帰宅して、玻璃の森の前を通る時点では、Kさんを含めて三人になっていた。四年生と三年生の下級生たちは、前日に見たテレビ番組の話で盛り上がっていた。確か朝も同じ話をしていた気がする。よく飽きないものだな。そんなことを考えていると、玻璃の森の小道から黄色い雨合羽を纏《まと》った蓮太が出てきた。

「二度目ですからね、さすがにすぐに蓮太だってわかりましたよ」

Kさんたちとの距離は、五メートル程度である。下級生たちも蓮太に気付いたようで、「変な奴がおる」と騒ぎ出した。Kさんは一度立ち止まると、振り返って「黙っとけ！」ときつく注意する。

「時間は正午近くだったと思います。人じゃないものがこんなに白昼堂々歩くものなのかと、何とも不思議な気持ちになりましたね」

Kさんたちはそのまま前に進んで、蓮太と擦れ違った。蓮太はぶつぶつと聞き取れない声で、何か呪文めいた言葉を囁き続けていたという。

昭和二十八年生まれのWさんは、毎年、天狗銀杏の紅葉を楽しみにしている。村役場を定年退職してからは、趣味でカメラを始め、黄金色に輝く銀杏の古木を何年も撮り続けている。

「秋になると、妻と一緒に天狗銀杏に行くんです。私は写真を撮ることが目的ですが、妻はぎんなん拾いをするんです」

玻璃の森や天狗銀杏には忌まわしい伝承がある。そのため、天狗銀杏のぎんなんを拾う人間は稀《まれ》なのだそうだ。

その年もWさんは妻を伴って天狗銀杏を訪れた。Wさんは少し引いた位置からカメラを覗き込んで、写真の構図を確認していた。妻はカメラの前だけは避けるようにしていたが、比較的自由に広場を動き回って、ビニール袋にぎんなんを集めていく。妻が落ちた銀杏の葉を踏む柔らかな足音だけが、広場に聞こえていた。

Wさんが「そろそろ撮るから、少し木から離れてくれ」と妻に頼んだ時、何の前触れもなく玻璃の森から広場に人影が現れた。

「驚いたというか、その……現実感がありませんでしたね。妻もそちらを見たまま固まってしまって」

昼尚暗い森の中から現れたのは、黄色い雨合羽に長靴を履いた蓮太だった。

生まれも育ちもA村のWさんは、もちろん蓮太の存在は知っていた。しかし、実際に目にするのは初めてのことだった。他県から嫁いできた妻は、玻璃の森の禁忌については知っていたものの、蓮太については何も知らなかったはずだという。

だから、Wさん夫妻は体を硬直させたまま、ただ、蓮太が広場に出てくるのを見ていた。静かな広場の中で、水の溜まった長靴がぶじゅぶじゅと音を立てる。

蓮太は天狗銀杏の前で一度歩みを止めると、ふと視線を上に向けた。まるで老木を見上げるような仕草だった。その角度ならばフードの奥の顔が見えるのが自然だが、Wさんがいうには黒い影に覆われて、その容貌はまったくわからなかったそうだ。蓮太はWさん夫妻の存在など全く意に介さぬ様子で、鳥居を潜って県道へ出る小道に向かって行った。

「蓮太はそのまま県道へ出ると、何処かへ行ってしまいました」


小学校教諭で太夫《たゆう》でもあるUさんも、かつて天狗銀杏の近くで蓮太を見たという。

そもそも天狗銀杏周辺の土地の管理は、五軒ある太夫の家々が交代で行っている。平素は住民に開放されているが、玻璃の森と広場の土地は、太夫の家々の共有地として登記されているそうだ。

「まあ、管理といっても、私たちがやるのは精々草刈りですよ。天狗銀杏の剪定なんかはきちんとした業者に依頼していますし、知っての通り玻璃の森は禁足地ですから」

Uさん曰く、最も大変なのは夏場だという。小道も、広場も、油断するとすぐに雑草が伸びてしまう。殊に夕立が続く季節になると、尋常ではない速度で雑草が蔓延《はびこ》る。Uさんは他の太夫たちよりも年齢が若い分、除草作業に駆り出される割合も多い。

その時も夏の真っ盛りで、Uさんは草刈り機で広場の除草を行っていた。もう一人、やはりUさんと同年代の太夫は、小道の除草をしていて、その時、広場にはUさん一人だった。

喉が渇いたので、少し休憩しようとした時のことだ。ずっと同じ姿勢で草刈り機を使っていたから、ぐっと背伸びをした。その時、天狗銀杏を見上げると……。

「木の天辺に、蓮太がいたんです」

木の上に立っているというよりも、浮いているように見えたという。

「蓮太を見たことはありましたが、まさかそんな所にいるとは思いませんでしたからね、かなり驚きましたよ」

いつからそこにいたのかは、わからない。また、Uさんが気付いたにも拘わらず、蓮太が地上に降りてくることもなかった。

「ああいうのは、あんまり相手にしない方がいいですからね」

Uさんは何事もなかったかのように装って、ペットボトルのスポーツドリンクを飲み、再び作業に戻った。

「次に休憩を入れた時も天狗銀杏の上を見ましたが、その時はもういませんでした」

私が蓮太は宙に浮くことはよくあるのかと尋ねると、Uさんは首を傾げた。

「いや、聞いたことありませんね。蓮太は普通、村の中を歩き回るモノですから」

＊

越智篤孝は渡部警部と共に、旧雲外寺を訪れていた。というのも、越智と渡部以外、この場所に足を踏み入れようとする捜査員が誰一人いないからである。

山門の前には立入禁止のテープが張られ、制服の警察官も立っているが、驚く程に野次馬の類が少ない。越智が見かけたのは地元の子供二、三人である。それもほんの僅《わず》かな時間、立ち止まるくらいだった。

「本当に地元の人間からも避けられてる場所なんですね」

越智の言葉に、渡部警部は無言で頷いた。

中須磨沙羅の遺体発見から一日が経過して、事件の様相がだいぶ見えてきた。

被害者が普段から使用していた乗用車は、中須磨建設の駐車場に停められていた。また、中須磨建設の防犯カメラが、金曜日の夜から何者かによって電源を落とされていたことも判明した。このことから、沙羅は会社で睡眠薬を飲まされ、旧雲外寺へと運ばれたと考えられる。

ちなみに使用された睡眠薬は、夫の真守が生前使用していたものと一致した。真守の死後も、彼が服用していた薬はダイニングのカウンターに置かれたままになっていた。中須磨家の人間ならば、誰でも手に入れることが可能であったのだ。

また、沙羅は普段会社にいる間は、ペットボトルなどは置かず、給湯室で湯を沸かして熱い緑茶やコーヒーを飲んでいた。従って、犯人が事前に社長室の冷蔵庫に睡眠薬を混入した飲み物を置いておくという手段は使えない。薬を入れるなら、犯人が自分で沙羅へ飲み物を提供するしかない。

死亡推定時刻などを考えても、犯人が沙羅に睡眠薬を飲ませたのは、深夜のことである。その時間に社長室を訪れて被害者に不審に思われない相手となると、最も怪しいのは家族――それも中須磨建設に勤務する太平か累江だろう。

権太、真守に続き沙羅までもが殺害されたことで、動機についても見当がついてきた。遺産である。確かに権太の死によって家としての中須磨家や会社としての中須磨建設は、ある程度の損失を被った。しかし、もし犯人の目的が個人的な遺産の相続にあるとするならば、話は変わってくる。捜査本部では、中須磨家の三人の兄妹に借金など金銭的なトラブルがないか改めて調べることになった。

太平の交際相手である下地晴香にも事情聴取が行われたが、太平とは夜通しずっと一緒だったと証言した。但し、渡部警部が確認したところ、彼女は夜中に一度も目を覚ましていない。もしもその間に太平がこっそり部屋を抜け出していても、わからないだろう。飲み物にでも睡眠薬を混入して摂取させれば、犯行時間彼女が目を覚ます危険性もない。

アリバイの線から考えると、夢太、太平、累江は三人とも犯行が可能になる。だが、渡部警部は累江の単独の犯行はないという。

「幾ら睡眠薬を飲ませて眠らせているとはいえ、彼女に母親を抱えてあの長い石段を上るのは難しいだろう。累江が犯行に関わっている場合、共犯者がいるだろうな」

同じことは中須磨権太殺害事件にもいえるだろう。小柄な老人の遺体とはいえ、累江一人で天狗銀杏の上に遺棄するのは不可能だ。

ともかく犯人は中須磨建設からこの旧雲外寺に、眠っている沙羅を運んだ。その際は車が使用されたものと考えられる。だが、犯人が通ったと推測されるルートには、防犯カメラが設置されているような施設や民家が皆無である。よって、捜査員たちは周辺住民に、夜中に車を目撃していないか聞き込みを行っている。

「目撃証言、得られますかね」

「時間が時間なだけに、難しいだろう。そもそもこの村にはコンビニもないし、飲み屋だって午後十時過ぎには閉まってしまう。夜中に道をふらふら歩いている住民がいるとは思えないな」

本堂の床には、生々しい血痕が残っていた。遺体がないにも拘わらず、圧倒的な死の凄惨さが残っている。本堂からは幾つか指紋や靴跡が発見されているが、呻木と鰐口のもの以外はどれも新しいものではない。恐らく寺院に参詣した地元住民か、肝試しに訪れた若者たちのものであると考えられる。

「どうして犯人は、わざわざこんな場所で沙羅を殺害したんでしょうか?」

もしも自殺に偽装するならば、中須磨建設の社長室でもよかったはずだ。それを苦労して被害者を旧雲外寺に運んだからには、それなりに意味があるはずだ。

渡部警部は本尊を見つめて、「これは私の思いつきでしかないのだが……」と切り出す。

「犯人はこの村の妖怪伝承になぞらえて、現場を選んでいるんじゃないだろうか」

「それって、見立てってことですか?」

「見立て? まあ、そうなるかな」

確かに、今回どの被害者も、赤虫村に伝わる妖怪に生命を奪われたように見立てられて殺害されている。実際、住民の中には中須磨家を襲った惨劇を人外の仕業と噂する者は少なくないのだ。

「でも、どうしてそんなことするんです？　幾ら妖怪の仕業に見せ掛けたって、警察が捜査すれば偽装されたものだってことはわかりますよ。まあ、たとえ本気でわけのわからない事件が起こったとしても、警察はお化けのせいになんてできませんし。それとも、犯人は我々もごまかせると思ったんでしょうか？」

「いや、そうじゃないよ。いいかい、犯人はね、別に事件を妖怪の仕業に見せ掛けているわけじゃないんだと思う。ただ、まるで妖怪の仕業のような不可解な状況を作ったり、伝承に相応《ふさわ》しい場所に遺体を置くことに意味を見出しているんじゃないかと思うんだ」

「目的がわかりません」

「私だってわからないよ」

「例えばですけど、捜査を混乱させるためとか、そういうことですかね」

越智が思い付きを口にすると、渡部警部は「それはどうかな」とやはり本尊を眺めたまま首を傾げる。

「混乱してるか？　捜査本部」

「う～ん」

混乱していないといえば、嘘になる。しかし、それは犯人が行った見立てとは余り関係がない。捜査本部の混乱は、玻璃の森が原因で発生したとしか思えない祟りや、旧雲外寺を忌避する感情から引き起こされているに過ぎない。

「あの作家先生に、この村の伝承について聞いてみるのもいいかもしれないな」

「呻木叫子ですか？」

「ああ。あの先生はずっとこの村の妖怪について調べているんだろう？　だったら、私たちが知らない情報を持っているかもしれない。或いは……」

そこで渡部警部はこちらを見る。

「私たちでは見当もつかない犯人の目的に気付くかもしれない」

何処まで本気なのかはわからない。

しかし、渡部警部は踵《きびす》を返すと「行くよ」といって、先に本堂から出る。越智もその後に続いて外に出た。

外には既に黄昏《たそがれ》の薄闇が漂っていた。

「あれ？」

境内の真ん中に人影が立っている。越智には女性のように見えた。どう見ても捜査関係者ではない。しかし、ここは現在立入禁止になっている。

「見るな」

強い口調で渡部警部がそういった刹那、女性らしき影から無数の触手のようなものが飛び出して、蠢《うごめ》き始めた。

「な、な、な……」

何だ、これ？

人影は膨張と収縮を繰り返しながら、こちらへ向かってくる。もしかして、これが高橋警部補のいっていた無有なのか？

「見るんじゃない」

もう一度、渡部警部はいう。見れば、上司は既に瞼をしっかり閉じている。

あんな化物を前に、目を瞑《つむ》るなど、正気の沙汰とは思えない。しかし、他でもない渡部警部が実践しているのだ。きっと効果があるはずだ。

越智は祈るような気持ちで目を閉じた。何も見えなくなると、その分だけ不安が増す。もう無有が眼前にまで迫っているようで、気が気ではない。背中に何かが這い回っているような、そんな不快感を覚える。

思わず薄目を開けて様子を見ようとすると、渡部警部が太くよく通る声で念仏のようなものを唱え始めた。朗々と響くその声に励まされて、越智はよりきつく目を閉じる。瞼にも、眉間にも、極限まで力が入る。

どのくらいそうしていたのか、正直、体感ではわからない。渡部警部が念仏をやめたので、越智は恐る恐る目を開けた。既にかなり暗くなった境内には、無有の姿はない。

「どうやらやり過ごしたようだ」

そういった渡部警部の顔面は蒼白だった。もともと王子然とした顔なので、一層壊れそうな危うい雰囲気だった。

　空には欠けた月が出ている。

「取り敢えず、もう二度とここには来たくないです」

　越智が心の底からそういうと、渡部警部も「同感だ」と頷いた。

呻木叫子の原稿

　私は蓮太の目撃談を幾人ものA村住民から聞いたが、基本的に同一の道で蓮太に出遭ったという体験は聞いたことがなかった。つまり、蓮太の出現する場所は、その時々でバラバラなのである。しかし、唯一の例外が玻璃の森なのだ。少ない事例ではあるが、蓮太は玻璃の森に出入りしているらしいことがわかった。

　そこで今度は玻璃の森について調べることにした。

　玻璃の森はA村では非常に恐れられる禁足地である。足を踏み入れた者は祟られるとされ、不用意に侵入する者はいない。しかも禁足地の伝承そのものはA村内くらいしか知られていないので、興味本位でやってくる近隣住民もほとんどいないそうだ。

　では、玻璃の森の祟りとは、一体何の祟りなのだろうか？

　周辺の土地を管理している太夫の一人であるUさんは、自分たちにもわからないと答えた。

「玻璃の森に関しては、全く何も伝わっていません。もともと天狗銀杏の傍《かたわ》らに小社があったそうですから、玻璃の森の祟りもそこに祀られた何かに起因するのかもしれませんが、その神も正確には何だったのか、よくわからないのです」

天狗銀杏の側にあったという小社は、現在、村内の和多津美神社に移されている。境内の片隅の全く目立たない場所にある石造りの小さな社で、両開きの扉は通常は閉められたままだ。側に建てられた札には、久久能智神《くくのちのかみ》とある。久久能智神は樹木を司る神である。

宮司のTさんによれば、天狗銀杏の側にあったので、あくまで便宜上久久能智神として祀っているものの、正確には何の神なのかは不明なのだそうだ。社の中には御神体として、小さな丸い鏡が入っている。しかし、この鏡には文字や装飾が一切なく、神名を知る手掛かりにはならないという。

天狗銀杏の広場にあった小社が和多津美神社に移されたのは、明治時代初期のことである。しかし、その時点で社に祀られた神に関する伝承は絶えていたらしい。

「こちらにお移しになる際に、周辺の住民にも聞いて回ったそうですが、皆、いうことが違っていたそうです」

ある者は、社は御神木である天狗銀杏の御魂を祀ったものだといった。ある者は、天狗銀杏にやって来る天狗様を祀ったものだといった。ある者は、土地神を祀ったものだといった。ある者は、玻璃の森の神を祀ったものだといった。

「そこで当時の宮司が折衷案といいますか、落とし所といいますか、何とか考えて木の神である久久能智神なら大きな問題はないのではないかと考えたようです」

以降、和多津美神社では、表向きその小社に祀られているのは久久能智神になったという。ともあれその小社の由来から玻璃の森の祟りに迫ることは、事実上不可能であることがわかった。

郷土資料館の学芸員であるYさんにも、玻璃の森について質問した。すると、Yさんは江戸時代初期のA村の絵図を見せてくれた。ここには現在の玻璃の森の位置に、「はりの森」と記されている。

「玻璃の森という漢字表記は、江戸時代の終わりくらいに当て字されたもののようです。それ以前の文献資料には『はり』という音だけが同じで、幾つかの文字表記が確認できます」

Yさんの話では、「はり」「針」「張」の三パターンが最も多く、江戸時代の終わりになると唐突に「玻璃」という表記が現れるそうだ。

「どうもこの時期、森に入った住民がいて、水晶のようなものを持ち帰ったそうです。そのもの自体は残っていませんが、N家の本家の当主の日記にそうした記述が残っています」

水晶が発見されたことで、水晶を意味する「玻璃」という言葉が「はり」に当てられ、それが定着した。しかし、同時にこの時期、水晶を求めて森の中に侵入する不心得者が増えたそうだ。

「それまでも玻璃の森は禁足地ではあったのですが、祟りに関しては然程目立った記述はありませんでした。これは祟りそのものがなかったというのではなく、恐らくわざわざ足を踏み入れる住民がいなかったからだと考えられます。しかし、水晶を求めて森に入る住民が増えたことで、一気に多数の祟りが発生したようです」

そして、玻璃の森への侵入は強い禁忌となって伝承されるようになった。

Yさんは個人的な見解として、玻璃の森は古代の墳墓なのではないかと考えているそうだ。

「村の住民が見つけた水晶らしきものも、副葬品として埋められたものが、何らかの原因で地表近くに出たのではないでしょうか」

玻璃の森が古い墓であるのなら、足を踏み入れた者に祟りをもたらすというのは、理解できる。また、神社に移された小社にしても、墓の主を祀ったものだと考えることもできるだろう。

次の問題は、それが蓮太とどう繫がるのかということだ。

私は聞き書き調査を続ける中で、蓮太は玻璃の森を棲み処にしているのではないかという仮説を考えた。森に入るのも、森から出てくるのも、これならば説明がつく。従って、もしも玻璃の森が古代の墳墓であれば、埋葬された人物が蓮太の正体だとは考えられないだろうか。ただ、そうなると、N家に伝わる蓮太の起源譚は事実とは異なることになってしまうし、蓮太が何故暴風雨を予知する（或いは、引き起こす）のかの説明もつかない。

やはり蓮太と玻璃の森との関係を突き止めるには、決定的な情報が不足しているようだ。

＊

中須磨累江から相談を受けた次の日、早速私と鰐口は中須磨家の本家を訪れた。真守が焼死した石蔵を実際に見せて貰うためである。事件から半年以上が経過しているので、中須磨家としては焼けた蔵は解体したいそうだが、警察が現場保存の協力を求めているため着手できずにいるという。

警察が真守の死を他殺だと考えているのであれば、状況からして密室殺人ということになる。密室の謎そのものは、金剛満瑠や私自身も考えて、実行可能なトリックは思いついている。満瑠は糸とソフビ人形を使用して外から閂《かんぬき》を掛けるトリックを推理した。私の推理はその発展形で、モーターを使った装置を使用し遠隔操作で閂を掛けた後、その装置を外から回収するというものだった。しかし、それに駄目出しをしたのは、他でもない鰐口だった。

「お二人の考えたトリックなら、まあ、密室は作れると思いますよ。でもね、それじゃあ犯人がどうして蔵の外側まで灯油を撒いて火をつけたのかが説明できないっす。いいっすか、石造りの蔵を燃やすのはなかなか手間の掛かることっす。灯油だって滅茶苦茶たくさん必要ですからね。きっと何か意味があるはずなんす」

「それはさ、火事だってことを中須磨家の人たちに伝えようとしたんじゃないの？　蔵の中が燃えてるだけじゃ、火事に気付けないでしょ？」

「いや、それなら別に蔵の外壁を燃やす必要はないっす。近くに燃えやすいものを置いて、それに火をつければいいんすから。ただね、そもそも事件のあった日に火事に気付いたのは、太平さんが偶然トイレに立ったからなんすよ。もしもその時、太平さんがトイレに行かなければ、中須磨家の人たちは火事には気付かなかった可能性が高いと思うんす」

つまり、火災が発生したことを知らせるために、蔵の外に火をつけるのは、無意味ということだ。

私の運転する車で中須磨家に行くと、広い庭には葬祭業者のワゴン車が一台停まっていた。中須磨家の所有する車は、庭の西側に位置する倉庫のような建物の中に停められているようだ。ちらりと覗くと、高そうな車と共に、トラックや重機、資材のようなものも置かれていた。

約束の時間の五分前だったが、累江は玄関先で私たちの到着を待っていた。ばっちりメイクした鰐口を見るのは初めてだったので、かなり衝撃を受けているようだ。通常はすっぴんを見た時に衝撃を受けるので、累江は実に稀有な体験をしている。

累江の話では、まだ沙羅の屍体は警察から戻ってきていないそうだ。現在、家には夢太がいて、葬祭業者と沙羅の葬儀の打ち合わせを行っているという。太平は中須磨建設に出社し、沙羅の仕事を引き継ぐ形で、関係各所との調整を行っているらしい。

「大変な時にごめんなさいね」

私が謝ると、累江は「いいえ」と首を振る。

「事件のことを調べていただいているのは、こちらの方ですから。それに、兄たちがしっかりしていますから、私は余りやることがないんです」

とはいえ、実際に通夜や葬儀となれば相当に忙しくなるだろう。石蔵の調査はできるだけ早く終えて、今の内に累江には休みを取って貰った方がよい。

黒く焼けた石蔵は、何処となく実家の大谷石の蔵に似ていた。もちろんこちらの方が大きくて立派であるが、白い凝灰岩を積み上げた工法は恐らく同じだろう。入口の金属製の観音開きの扉は閉められ、外から南京錠が掛けられている。更にその外側には立入禁止のテープが張られていた。

　累江はそのテープを丁寧に剝がし、持っていた鍵で南京錠を外した。入口の扉を開き、更にその奥の引き戸も開けると、暗い内部が姿を現した。

「天井が崩れる可能性があるらしいので、中には入れませんが、せめてここからご覧になってください」

　そういって、累江は私にLEDの懐中電灯を渡した。勧められるまま、入口の前で内部を観察してみたが、高温で変形した金属製の棚や原型を留めない怪獣の人形たちの残骸ばかりで、これといって気になるものは目に入らなかった。

　鰐口はカメラで写真や動画を撮影して、現場を記録していく。一度撮った写真を見せて貰ったが、肉眼で見るよりも明瞭に内部の様子がわかった。一階の奥までアップにすることもできた。

「この溶けてるのが全部怪獣なんすよね。もったいないなぁ。ほら、これなんかガタノゾーアじゃないっすか」

　鰐口は写真のアップを見ながらそういったが、私には黒く溶けた残骸にしか見えなかった。

　鰐口がどの辺りで怪獣を識別しているのか大いに疑問であったし、そもそも彼女がそんなに特撮に詳しいことも初めて知った。

蔵の周囲も歩いてみる。一階部分の壁には、ぐるりと焼けた跡が残っていた。二階部分は白いままなので、より一層黒く見える。

「これ、相当な量の灯油が使われてるっすよ」

鰐口は呆れたようにそういった。

累江の話では、灯油は中須磨家で備蓄していたものが使用されたようだ。足りない分は何処かで調達したのだろうが、今のところそれは判明していない。

犯人はわざわざ手間を掛けて石蔵の周囲を焼いた。実際に見るとわかるが、鰐口が指摘した通り、これはかなりの手間だ。つまり、そんな手間を掛ける必要が、犯人にはあったことになる。

ひと通り石蔵を見終わったところで、私は累江に苦取神の祀られている洞窟が見たいと申し出た。

「中須磨家の人じゃないと中には入れないのは知ってます。ですから、外から洞窟を見るだけでいいので」

「そういうことでしたら、どうぞ」

三人で竹藪を抜けると、思ったよりもずっと高い岸壁が聳えていた。その真ん中辺りに、歪な形の洞窟が穿《うが》たれている。

「上の兄の話では、これは自然にできたものではなくて、うちの先祖がわざわざ掘ったもののようです」

鰐口は累江に断ってから写真を撮り始めた。ただ、祟りが怖いらしく、余り洞窟の近くには寄って行かない。私としては入口ギリギリから撮影してくれれば、内部の様子が少しでも写るのではないかと期待していたので、鰐口のヘタレ具合には落胆した。

「今も年に一度お祭りをするんですよね？」

「はい」

「巫女《みこ》舞は、今は累江さんが？」

「そうです。小学校の五年生からずっとですね」

「それ以前はどなたが舞っていたのですか？」

「叔母です。父の妹ですね。今は今治に嫁いでいます」

「庵下譲治の本で読んだのですけど、苦取祭りの巫女舞って未婚の女性じゃないとできないんですよね？　累江さんの次って誰が舞うか決まってるんですか？」

「一応、一番近い分家の子に決まっています。兄たちに娘が生まれれば、その子が舞うんですけど、今のところ予定がないですからね。祖父からは嫁に行く当てがあるなら、無理して続けなくてもよいといわれていました」

時代と共に根黒《ねくろ》の巫女の選定も少しずつ緩くなったのかもしれない。確かに祭りを維持するためには、多少の変革は必要だろう。ただでさえ苦取神は強い祟りを示す神である。小さなこだわりよりも、祭り自体を維持する方が重要なのだろう。

「予定、あるんすか？」

鰐口が尋ねる。

「え？」

「ご結婚の予定っす」

その言葉に、累江は少し頰を赤らめて照れた表情を浮かべる。どうやらいい人がいるようだ。

裏庭から戻ると、既に葬祭業者の車はなくなっていた。累江が家の中に声をかけると、夢太が顔を見せた。黒いハイネックのセーターにやはり黒っぽいジーンズ姿である。私と鰐口は慣れない口調でお悔やみの言葉を述べる。

夢太はかなり憔悴していた。母親の死がショックだったのか、それとも心身の疲労が蓄積しているのか、顔色も悪かった。

「せっかく遠いところをいらしてくださったのに、お相手できずに申し訳ありません」

実は沙羅の事件さえなければ、滞在二日目は郷土資料館で夢太に取材をする約束があったのだ。大変な時なのに律儀に謝られたので、こちらの方が恐縮してしまう。

「あれでしたら、今から少しお話ししましょうか？」

夢太はそういってくれたが、私は「大丈夫ですから、少し休んでください」と遠慮することにした。

中須磨家を辞した後、私たちは中華料理屋で昼食を済ませ、村内で怪談の調査を行った。私が重点的に聞いて回ったのは、位高坊主と九頭火の話である。案の定、こちらが話を向けると、どちらの話も中須磨家で起こった事件と関連付けられた。権太は位高坊主に殺された。真守は九頭火の起こした火事で焼け死んだ。比較的高齢の住民たちは、鹿爪らしい顔でそう語ってくれた。

ただ、何人もの住民たちに取材をしてわかったのだが、彼らの語りは、「〇〇から聞いたんだが……」や「噂では……」と必ず前置きがあることに特徴があった。つまり、自分自身の考えではなく、外部からもたらされた情報を元にして話しているのである。

ぎやまん館に戻った私が、露天風呂に入りながらそのことを指摘すると、鰐口は「でも、今更噂の発信元なんて特定すんのは無理っすよ」といった。

「最初の事件から一年、次の事件から半年も経ってるんすよ」

「でもさ、これがネットとかマスコミとかが関与した噂だったら、無理かもしれないけど、あくまで口コミじゃん。丁寧に聞き書きを続けてったら、案外、わかるかもしれないよ」

「そういう地道な調査したことないんでわかんないっす」

鰐口はひらひらと手を振りながらそういった。

風呂から上がった私たちが部屋で寛いでいると、唐突に制服姿の金剛満瑠が飛び込んできた。ノックもなかったから、私も鰐口も驚いて、思わず無言で飛び上がってしまった。普通なら注意するところだが、満瑠の興奮した様子から、何かがあったことは容易に察せられた。

「せ、先生！　今、あたし……」

呻木叫子の原稿

　女子高生のMさんは、隣の市の高校へバス通学をしている。Mさんの自宅はA村の山沿いにあるため、一度最寄りのバス停から巡回バスに乗って村の中心部に移動し、そこで隣の市へ向かうバスに乗り換える。帰りはその逆である。

　その日も下校したMさんは、村役場の前のバス停から自宅方面のバスへ乗った。他にも同じように帰宅途中の高校生が乗り込んだが、生憎《あいにく》、親しい顔は見当たらなかった。スマートフォンを取り出して、SNSの類をチェックしている内に、目的の停留所に到着する。いつの間にか乗客は自分ひとりだった。

　最寄りのバス停から自宅までは、徒歩で十分程度の距離である。片側一車線の歩道のない坂道を上るのだが、Mさんの家が客商売をしているため、交通量は存外に多い。歩きスマホなどしていたら、かなり危険な道である。

「でも、その時は全然車が通ってなくって、とっても静かでした」

　若干の違和感はあったものの、Mさんはそのまま帰路を急いだ。

　顔を上げると、向かいから奇妙な人物が坂を下りてくる。雨も降っていないのに、黄色いビニール製のレインコートを着ている。足下も黄色いゴム長靴なのだが、中に水でも入っているのか、歩く度に妙な音が聞こえた。

「一目見て、蓮太だってわかりました」

Mさんは若年者ではあったが、A村の妖怪伝承に多少の興味があって、調べたことがあるそうだ。それで相手が蓮太ではないかと思ったという。

距離にして三メートル程度。Mさんはスマホで蓮太の写真を撮影しようとした。

すると、急に着信が入ったそうだ。

「全然知らない番号っていうか、でたらめな番号でした」

その時に表示された番号が記録されていたので私も確認したが、数字と記号が混在したおよそ電話番号とは思えないものであった。

Mさんは怖くなって、写真を撮るのを断念した。スマホをポケットに仕舞うと、着信は鳴り止んだ。そして、間もなく蓮太と擦れ違ったという。

「濁った水槽みたいな臭いでした。あと、何かお経っていうか、呪文っていうか、そういうのを唱えていて。日本語じゃないんでほとんど聞き取れなかったんですけど、『いあ。いあ』っていってたのだけ、耳に残ってます」

蓮太の声は男性とも女性ともつかない、湿った声だったそうだ。

Mさんはそのまま逃げるように、家までの坂道を全速力で駆け上がったという。

その夜、A村では竜巻が発生して、N家の本家が被害を受けた。

冷たい朝だった。

＊

越智篤孝は完全に屋根の吹っ飛んだ中須磨家の離れを見て、改めて自然の猛威に恐れをなした。日の光に照らされた離れは、南の縁側《えんがわ》の窓ガラスがすべて割れている。サッシはそのまま立っているので、天井がない建築模型のような外観だ。もっとも内部の被害は酷いものである。和室には崩れた梁《はり》や外から吹き込んだ木の枝が散乱している。昨日の雨で湿っているのか、細かい木の葉は畳にこびり付いていた。

局所的に起こった突風による被害である。昨夜、赤虫村では積乱雲が急速に発達し、激しい雷雨となった。殊に中須磨家の周辺は、状況から見て竜巻が発生した可能性が高いらしい。半壊した離れの屋根は、渡り廊下の上に斜めに乗っている。母屋《おもや》も東側の一部の屋根が破損し、一階、二階ともにかなりの数の窓ガラスが割れていた。

中須磨太平から通報があったのは、昨夜午後十一時のことだ。強い風が起こって、離れが大きな被害を受けた。母屋の一部も壊れている。離れで寝起きする兄の夢太に呼び掛けたが返事がないというような内容だった。

その後、雨で濡れた離れからは、瓦礫に埋もれた形で、中須磨夢太の遺体が発見された。しかし、検視の結果、夢太は建物の被害に巻き込まれて死んだのではなく、頸部《けいぶ》圧迫による窒息死であることが判明する。首にロープが巻き付いていることや索条痕の様子から、どうやら首吊りを図ったらしい。遺体の状況から発見時の一時間前――離れが突風の被害に遭う前には、既に亡くなっていたと考えられる。

また、現場で発見されたノートパソコンから、遺書らしき文章も見つかっている。そこには、中須磨権太、真守、沙羅の三人を殺害したのは自分だということや、弟妹に対する謝罪が書かれていた。

夢太の自殺を裏付けるものとして、離れの状況も挙げられる。警察などが駆け付けた際、離れの出入口や窓にはすべて内側から鍵が掛かっていた。もっとも屋根はないし、窓ガラスも割れているから、捜索隊はすぐに現場に入ることはできた。しかし、仮に突風が中須磨家を襲うような事態が起こらなかった場合、離れは完全な密室ということになる。

「今度こそ本当に自殺みたいですね」

越智がそういっても、渡部警部は頷かなかった。

「司法解剖の結果が出てからでないと、何ともいえんさ」

中須磨太平が兄を最後に見たのは、夕食の時だったという。六時半くらいから七時半まで兄妹の三人で食卓を囲み、その後、太平は自室に引き上げた。

一方の累江が最後に夢太を見たのは、八時のことだった。ダイニングキッチンで夕食の後片付けをしていると、夢太が顔を出し「先に風呂に入る」と告げた。

「その後は、私も部屋に戻ってしまったので、兄が何時に離れに戻ったのかはわかりません」

雷を伴った激しい雨が降り出したのは、午後十時を過ぎた頃だった。太平も累江も、家が突風の被害に遭うまでは、各々自室にいた。太平はテレビを見ていたといい、累江は既に布団に入っていたそうだ。

しかし、物凄い風の音がしたかと思うと、すぐに停電になった。その後、建物に強い衝撃があり、二人は慌てて部屋を飛び出す。この時、二階の廊下で二人は顔を合わせている。それからは安全面を考慮して、二人一緒に行動したと証言している。

「最初は裏の岩山が崩れたのかと思いました」

青ざめた顔で累江はそういった。

太平も累江も傘を差して外に出たが、全く役に立たない状況だった。仕方なく二人は全身を豪雨に打たれながら、懐中電灯で辺りを照らした。渡り廊下に何か大きなものが乗っている。そして、離れは無残な状態に変わり果てていた。二人は夢太のことを呼んだのだが、全く反応がない。スマートフォンを呼び出して見たが、こちらも全く反応がなかった。累江は「心配だから様子を見に行こう」と提案したそうだが、太平がそれを止めたという。

「暗くて視界が悪い中、俺らが行っても危険なだけですから」

太平はそう証言している。そして、すぐに警察に通報したのだそうだ。

突風による被害は、中須磨家の本家だけではない。すぐ近所の中須磨家の分家でも、屋根の一部に被害が出ているし、電線が切れてしまった影響で、村内の三分の一の世帯が停電している。ただ、妙なことに、どの家も予《あらかじ》め雨戸を閉めたり、飛びやすいものを屋内に仕舞ったりと、あたかも突発的な天候の変化を予知していたような節があった。

「まるで竜巻が起こるって、事前に知ってたみたいですよね」

「知っていたようだよ」

「え？　昨日の天気予報でそんなことといってませんでしたよ」

「高橋警部補に聞いたのだが、この村では急な暴風雨や竜巻が起こる前に、蓮太という妖怪が目撃されるらしい」

「出たんですか、それ？」

渡部警部は渋い表情で頷いた。

これまでの越智ならば、そんな話を聞いたら懐疑的に受け止めただろう。否、そんなレベルではないか。胡散臭い与太話として一蹴したに違いない。しかし、旧雲外寺で無有を見てしまってからは、赤虫村で何が起こっても不思議ではないような気になってきた。

祟りも妖怪も厳然として存在していると考えなくては、この村で発生する不可解な事態には対応できない。むしろそうした超自然的な事象をある程度受け止めた上で、現実的な犯罪捜査を進めた方が建設的である。人知を超えたことは起こる。しかし、人間が起こしたこととは峻《しゅん》別《べつ》しなければならない。

越智はもう一度現場となった離れを観察しながら、災害に見舞われる前の建物の様子を思い出す。

この離れは母屋の東側に位置し、渡り廊下で繋がっている。渡り廊下は学校の校舎で見られるような屋根しかないタイプのため、一度靴を履かなくてはならない。母屋側には出入口の脇に靴箱が置かれているだけだが、離れの出入口は立派な玄関になっている。生前の夢太の話では、権太に用件のある客が母屋を通らず直接訪問できるように、玄関を作ったのだそうだ。ここには二枚の引き戸があり、中心の鍵を下にスライドすることで内側から施錠することができる。

離れには六畳の和室が二つ、トイレと洗面所、それに縁側の隅には流し台とコンロを備えたミニキッチンが設置されている。窓は南に面した縁側と茶の間として使っていた和室、それにトイレにある。どの窓にもクレセント錠が付いており、夢太の遺体が見つかった時はすべて施錠された状態だった。また、玄関の鍵は夢太の鞄の中から発見されている。ちなみにスペアキーも離れの棚の中から見つかっていた。

「仮に夢太も何者かに殺害されたとすると、犯人はどうやって離れから抜け出したのでしょうか?」

「これだけガラスが割れてるんだから、何処からでも出られるだろう」

「じゃあ、犯人は離れが滅茶滅茶になった時も、ここにいたっていうんですか?」

「それなら何の不思議もない」

確かにその通りなのだが、そんな状況ならば犯人だって怪我をしている可能性が高い。それに……。

「竜巻が起こったのって偶然ですよね?」

幾ら蓮太とかいう妖怪が出現したからといって、どの場所で突風が発生するのかはわからないのである。従って中須磨家の離れが被害に遭ったのは、やはり偶然だろう。

「単に偶然を利用したとも考えられる」

渡部警部のいっていることはわかる。ただ、もしも離れが壊れなかった場合、犯人はどのような手段で外に出ようと思ったのだろうか？　その場合は、現場を密室にしなかったのだろうか？　否、それはあり得ないだろう。あの石蔵まで密室にした犯人である。夢太の自殺を偽装したいならば、密室状況を作るそれなりの方法は考えていたはずだ。それに夢太が死んでから離れが被害に遭うまで、一時間程度の時間がある。もしも犯人が離れにいたとしたら、その一時間もの時間、一体何をしていたのだろうか？

やはり他殺だと考えるのは、無理があるように思う。


しかし、その後の司法解剖の結果を聞いた越智は、再度他殺への疑いを持つことになる。夢太の遺体から睡眠薬が検出されたのである。ただ、沙羅のように大量ではない。ごく常識的な用量である。

累江の話では、ここ数日、夢太は寝つきが悪いことから、真守に処方された睡眠薬を飲んでいたそうだ。分量から考えて、事件の起こった夜も夢太は自ら睡眠薬を服用したと考えられる。しかし、これから首吊り自殺する人間が安眠するために睡眠薬は飲まないだろう。

「また密室殺人か」

越智は大きな溜息を吐いた。

呻木叫子の原稿

蓮太と玻璃の森との関係を考えるに当たって、私はもう少し視野を広げてみることにした。そして、蓮太の正体について、一つの仮説を思いつくことができた。

順を追って話そう。

まず私が着目したのは、N家と和多津美神社の存在である。A村は内陸の村であって、海はない。それにも拘わらず、N家では海神《わたつみ》である苦取神を祭祀している。また和多津美神社の祭神は大綿津見神《おおわたつみのかみ》で、やはり海の神である。しかも和多津美神社の宮司は代々N家の分家が務めている。和多津美神社は、現在村の鎮守《ちんじゅ》として親しまれているが、そもそも内陸の山に面した村落で海の神を鎮守とするのは、余りにも不自然である。

もう一つ、蓮太が出現した際の暴風雨や竜巻の被害が、殊更にN家に集中している点は考慮すべきだ。私は蓮太が暴風を予兆しているのではなく、蓮太自身がそれを引き起こしていると考えている。そして、その理由は祟りなのではないかと推測している。

具体的な資料は皆無なので、あくまで憶測でしかないが、かつてこの地には和多津美神社ではなく、別の鎮守の社が存在していたのではないだろうか。その場所が天狗銀杏のある広場であり、玻璃の森は鎮守の森だった。そう考えると、玻璃の森が禁足地として伝わっていることにも説明がつく。あの森は神域だからこそ、安易に足を踏み入れることが禁じられたのではないか。

さて、どの時代かは不明であるが、海辺の地域からN家の一族が移住してきた。N家は元々裕福だったのか、それとも何かで成功したのか、とにかく、A村での地位を向上させ、その支配を拡大させた。そして、それまで祀られていた村の神を排斥し、自らが信奉していた海の神を祀った神社を建立したのではないだろうか。もう少し想像を逞《たくま》しくするのであるなら、N家一族はそれまでのA村の中心になっていた一族を滅ぼしてしまい、それに伴って彼らの信奉していた神への信仰を捨てさせたのではないだろうか。

私はその時排斥された神こそが、蓮太の正体だと思う。だからこそ、蓮太はN家に対して祟りを引き起こしているのである。また、N家に害をなすという伝承を持つ位高坊主も、蓮太と同様に、かつてA村で祭祀されていた存在の可能性がある。

かつて柳田國男の影響が強かった頃の日本民俗学では、妖怪はその多くが零落した神であると考えられていた。所謂《いわゆる》信仰零落説である。実際に柳田が監修したという民俗学研究所編『民俗学辞典』の「妖怪」の項目にも「多くは信仰が失われ、零落した神々のすがたである」と記されている。但し、現在の民俗学及び妖怪研究では、この学説に立って研究を行うものはまずいないだろう。既にすべての妖怪種目が信仰零落説に当て嵌まらないことはわかっているし、神が零落して妖怪になるという一元的な変化だけではなく、妖怪が祭祀されて神となるという変化も指摘されている。

ただ、A村の蓮太に関しては、この信仰零落説に該当する事例なのではないかと思うのだ。茨城県A町の苦取神が喰取《くうとる》へと変貌したのも、同様である。通常ならば祟りを示した時点で、蓮太は再び祀り上げられ、神へと戻ることができただろう。しかし、N家は絶対にそれを許さなかった。何故なら蓮太を祀ってしまえば、自らが――自らの神である苦取神が、その神の力に屈したことになるからだ。

だからこそ、蓮太はA村に留まり続け、その様子を見守ると共に、N家へ祟りを及ぼしているのではないだろうか。

しかしながら、この仮説には大きな問題がある。もしも前述のようにN家がA村へ移住し、大きな変化が起こったとしたら、何某《なにがし》かの記録が残っているはずだ。だが、現状ではA村の郷土資料館やN家の本家分家にそのような資料は残っていない。従って、私の仮説はあくまで妄想の域を出ないのである。

第六章　赤虫村《あかむしむら》の怪談

瀬島囁准教授は、自身の勤める私立大学の研究室で、怪談作家の呻木叫子からのメールを読んでいた。瀬島は自分の研究室の中でもジャケットを羽織ったままだし、決してネクタイを緩めることはない。だからディスプレイに向かう様は、研究者というよりサラリーマンに近いビジュアルである。

瀬島の几帳面な性格を反映するように、研究室内は整然としている。パソコンが置かれたデスクの上には、ほとんど物がない。事務書類や学生から提出されたレポートの類は、デスク脇のキャビネットにきちんと整理されている。

書棚には溢れんばかりの蔵書があるものの、それらはサイズごと、出版社ごとにきちんと並べられている。まるで書店だ。本来ならば文献は分野ごとやテーマごとに並べた方が機能的であるが、瀬島はすべての本の位置を正確に記憶しているため、見た目の美しさを優先している。

室内は暖房が効いているが、設定温度は低めに調整されていた。デスクの上では淹れたばかりのインスタントコーヒーが湯気を立てている。

メールを読む瀬島の表情は険しい。眉間にはずっと皺《しわ》が寄っている。コーヒーを啜ると、思った以上の熱さに顔を顰《しか》めた。

現在、呻木は瀬島の忠告を無視して、怪談の取材のために再び赤虫村を訪れているという。しかも到着早々に変屍体を発見し、中須磨家の事件に否応なしに巻き込まれているようだ。よくない兆候だと思う。

呻木によれば、去年から中須磨家本家を襲っている事件は、すべて殺人事件なのだという。中須磨権太は天狗銀杏《いちょう》の枝の上に遺棄され、真守は自宅の石蔵で焼死、そして、真守の妻の沙羅は旧雲外寺で顔を黒く塗り潰されていた。つい先程、呻木から追加のメールが届き、中須磨夢太も死んだという。

瀬島は死んでしまったどの人物とも面識があった。

師匠である庵下譲治が赤虫村を調査する際には、何度も同行していた。記憶の中の中須磨家の人々は、実際の年齢よりもずっと若い。あの頃、夢太はまだ小学生だったと記憶している。将来は家の建設会社を継いで、通天閣や京都タワーのようなシンボルタワーを建てるのが夢だといっていた少年の姿を、昨日のことのように思い出す。あの眩しく笑っていた少年が、いつの間にか当初の夢を大きく変えて民俗学を学び、郷土資料館の学芸員になって……既にこの世にはもういないのだ。

赤虫村に関する記憶は、懐かしいと思うと同時に、忌まわしいとも思う。あんな村に関わらなければ、師匠はまだ健在だったのではないかという思いが過《よ》ぎる。

呻木に対しては、くれぐれも深入りしないようにという内容のメールを返信しておく。無駄かもしれないが、何もいわずに相手が不幸になるのも寝覚めが悪い。こうしてメールを送ったという事実があれば、少なくとも自分自身を納得させることはできる。

それから、本当に久し振りに、研究室の隅に保管している段ボール箱を開けた。そこには遺族から譲り受けた庵下譲治の現地調査カードや現地調査ノートが収められている。瀬島はその中から赤虫村の現地調査ノートを取り出し、デスクに戻った。

全部で五冊のキャンパスノートには、やや丸みを帯びた文字で『赤虫村調査ノート』と書かれ、番号が付されている。瀬島は「4」の番号がついたノートを選んだ。ここには庵下が懇意にしていた代田《だいた》黒雄《くろお》という太夫《たゆう》への聞き書き調査の内容が記されている。

一九九九年七月二十日の日付が記された箇所を開く。世間ではノストラダムスの大予言が騒がれていた時期に、庵下は一人、赤虫村で調査を行っていたのである。その時の調査に瀬島は同行していない。戻ってきた庵下は、酒に酔った代田から、極めて貴重な話が聞けたと大層喜んでいた。

恐らく庵下はこのノートの内容を論文として発表しようとしたために、生命を落としたのだと思う。同じ時期に代田も突然死していることから考えて、ここに記されている内容は外に漏らしてはならないものなのだ。

瀬島は大きな溜息を吐きながら、改めてノートのページを捲《めく》った。

庵下譲治の現地調査ノート

代田黒雄氏より赤虫村の太夫の祭祀する神々について話を聞く。

太夫は全員が同じ信仰体系に属し、共通の神々を祀《まつ》っている。最高神は痣父《あざとと》といい、万物の主で盲目の神だというが、実際はかなり抽象的な存在である。神道における天御中主神《あめのみなかぬしのかみ》に類似した観念的な創造神のようだ。他に酒舞尼蔵《しゅぶにぐら》という地母神や威喰《いぐ》という蛇神なども祀っているが、最も重要視されるのは、次の五柱の神だ。即ち、蓮太《はすた》、九頭火《くとうか》、無有《ないある》、欲外《よくそと》、苦取《くとる》である。

この内、蓮太、九頭火、無有については、村人には妖怪として認識されている。しかし、村人の前に顕現している姿は、あくまで神々の片鱗に過ぎない。本来は遙か彼方の宇宙より飛来する究極的な存在だとされている。これら五柱の神々は、陰陽五行思想の影響を受け、それぞれ蓮太が木気、九頭火が火気、無有が土気、欲外が金気、苦取が水気とされる。

しかし、代田氏はこの考えは後年になって無理矢理作られた体系なのではないかという。代田氏は個人的な見解として、元々は地水火風の四大素に、無有、苦取、九頭火、蓮太があてられていたのではないかといっている。このことは五柱の中で欲外が別格の意味を持っていることや、木の気である蓮太が木気を意味する青ではなく黄の衣を纏《まと》っていることなどから推察できる。

また、別の角度から見ても、陰陽五行説ではうまく説明できない特徴がある。五柱の神々の間には対立関係が見られる。苦取と蓮太、九頭火と無有の間の関係がそれである。しかし、対立している神同士は陰陽五行説では水気と木気、火気と土気となり、それぞれ相生の関係、即ち相性が良い関係となってしまう。このことからも、神々の体系が改変されたことが窺える。

さて、太夫たちは五柱の神々の中から必要に応じて一柱を選び、その力を借りることで能力を行使する。

例えば、雨乞いには水を司る苦取の儀礼を行った。長雨や虫害の際には九頭火に祈りが捧げられる。台風の季節にはその被害を最小限にとどめるために、雷や風を司るとされる蓮太の助力を乞う。そして、村の住民が無有に憑かれた時は、当然無有に対する儀礼を行い、住民への祟《たた》りを鎮める。太夫は無有を払い落としているわけではなく、あくまで丁重に慰撫して許しを請う儀礼を行っているのである。

＊

太夫が祀る苦取と中須磨家が祀る苦取神は同じものなのかという問いには、代田氏は基本的には同じであると答えた。それというのも、中須磨家の先祖もかつては太夫だったのだそうだ。代田氏の話が真実ならば、中須磨家の苦取神は他の地域で見られるクトル信仰とは別系統と考えた方がよいのかもしれない。中須磨家の苦取神は他の神々との関係性の中で捉えるべき信仰なのだろう。

中須磨累江から自宅が大変なことになっているという連絡を受けたのは、日付が変わってからのことだった。

その夜は、十時前から断続的に雷鳴が聞こえ、すぐに激しい雨が降り出した。鰐口は窓から外を眺めて「凄まじい天気っすね」といっていたが、私の地元では毎年夏になるとこの程度のゲリラ豪雨は日常茶飯事になるので、余り驚きはなかった。実家のすぐ目の前の田圃に落雷する光景も何度も見ている。

それでも雷が近付いてきたので、携帯電話の充電器を電源プラグから抜いておいた。強風で窓もガタガタ鳴っているし、断続的に雷鳴が聞こえるしで、とても眠る気にはなれなかったから、累江の電話にはすぐに出ることができた。

累江の話では、突風により中須磨家の離れが大きな被害を受けたという。屋根は吹き飛び、窓ガラスは割れ、酷い有様だそうだ。更に瓦礫の中から夢太の屍体も発見されたらしい。余りにも被害の規模が大きいので、現実感が湧いてこない。幸い累江には怪我がないと聞いたので、その知らせだけは安堵した。

私は前日の夕方に金剛満瑠が蓮太を目撃したことを思い出した。天気予報では急な天候の変化などについて何もいっていなかったから、今回、本家を襲った突風は、蓮太によるものであると考えられる。

てっきり夢太の死も被災によるものだと思っていたのだが、累江によれば違うらしい。

「上の兄は離れが壊れる前に、既に亡くなっていたそうです。警察の方の話では、遺体に首吊りの痕跡があったことや、離れの玄関や窓に鍵が掛かっていたことから、自殺の可能性が高いとのことでした。兄のパソコンから遺書らしきものも見つかったそうです」

それだけでも私にとっては驚きだったが、続く累江の言葉に更に愕然とした。

「波の音が聞こえたんです。あの激しい音が。ですから、きっと上の兄は殺されたんだと思います」

累江が波音を聞いたのは、午後十時少し前だったという。波の音が聞こえた後に雨が降り出したそうだ。その時は怖くて、どちらの兄が死んだのか確認することはできなかった。それから一時間近くが経過して、轟音と衝撃に慌てて起き上がると、家が停電していた。慌てて部屋の外に飛び出して、廊下で太平と合流した時、死んだのは夢太なのだと悟ったという。

私としてはまだ話し足りなかったのだが、累江は警察に呼ばれたといって電話を切ってしまった。

「また事件っすか」

布団の上でゴロゴロしていた鰐口が、こちらに顔を向ける。

累江から聞いた話を伝えると、「え？　それってまた密室殺人ってことっすか？」と碧い目を丸くした。密室殺人と聞いても、私にはいまいちピンとこなかった。しかし、累江から聞いた話をゆっくり反芻してみると、確かに密室殺人と呼べる状況だと気が付いた。

夢太が死んだのは離れが突風の被害に遭う前であり、その時点では離れの玄関や窓にはすべて鍵が掛かっていたことになる。だからこそ、警察は自殺だと考えたのだ。しかし、累江が激しい波音を聞いた以上、これは自殺ではなく殺人だということになる。

話を聞く限り、離れの被害は相当甚大だ。もしも犯人が夢太を殺害後に現場に残っていたのなら、怪我は免れないだろう。だとすると、突風が起こる前に、犯人は内側から鍵の掛かった離れを抜け出していたことになる。詳しい情報がないと、鍵の所在などの現場の状況はわからない。ただ、今回も密室が作られたことだけは確かなようだ。

その後に累江から連絡が入ることはなかった。色々と気になることはあったが、自宅が被災して累江も何かと大変だろうと思い、こちらからも連絡することは控えた。


一夜明けた午前九時。愛媛県警の渡部警部と越智刑事がぎやまん館へやって来た。私と鰐口から話を聞くのが目的だという。

刑事たちが到着した時、私は着替えこそ終えていたが、ほぼノーメイクでパソコンに向かっていた。ディスプレイにはここ数日住民たちから聞いた怪談が、文字に起こされている。私はその中から、中須磨家で起きた事件が位高坊主《いだかぼうず》や九頭火の仕業だとする話をピックアップして、改めて検証する作業を行っていた。話者がその話を誰から聞いたのか一つ一つチェックし、少しでも噂の出所を明らかにできないか調査していたのである。

鰐口は化粧こそ終えていたものの、呆けた顔をして窓の外を眺めていた。まあ、彼女は骨休めのためにきているのだから、本来の目的を果たしていることになる。

だからフロントからの内線で刑事たちの訪問を告げられた時は、結構慌てた。部屋の中は汚くはないが、私物があちこちに置かれていて、雑然としている。とても男性を招き入れられるような状態ではない。そこで一階の大広間で、二人の刑事に対面することにした。急いで身支度を整えて階段を下りたが、十分程度待たせてしまった。

既に二人の刑事は大広間の片隅に座っていた。まだ日帰り温泉は営業時間前なので、大広間に客の姿はない。刑事たちは私と鰐口の姿を見ると、立ち上がって挨拶してきた。

「朝からお時間を頂戴して申し訳ありませんね」

どう見ても俳優――しかも舞台俳優にしか見えない渡部警部が、よく響く低音でそういった。それから今日の予定を尋ねてきたので、午前中は特に予定がないことを伝える。

私たちが向かいの席の座布団に座ると、早速渡部警部が話し出した。

「実は本日、伺ったのは、主に呻木先生にこの村の妖怪伝承についてお話をお聞きしたいと考えたからなんです」

てっきり中須磨沙羅の屍体発見時に関する事情聴取を再び行うと思っていたので、かなり拍子抜けした。

「既にご存じの通り、去年から中須磨さんのお宅で起こっている一連の事件現場は、まるで赤虫村の妖怪伝承をなぞらえるような状況を呈しており、村の方々は妖怪の仕業だと噂するくらいです。我々県警の人間はこの村の伝承については疎いですし、所轄の刑事たちにもこの村の出身者がおりませんので、実際どのような伝承が残っているのかよくわからんのです」

「それでしたら、庵下譲治の『赤虫村民俗誌』をご覧になったらよいと思いますよ。あの本には赤虫村の妖怪種目についても詳しく書かれていますから」

私がそういうと、渡部警部は鞄から本を取り出す。見れば『赤虫村民俗誌』である。

「村の図書館から借りて、ひと通りは目を通しました。ですから、今回の事件に関連する位高坊主、九頭火、無有、それに昨夜の事件の蓮太については、大枠は摑んでいます」

渡部警部は昨夜の中須磨家の突風被害を「事件」と表現した。確か累江からの連絡によれば警察は夢太の自殺だと考えているのではなかったか。累江から連絡があったことを伝えた上でそのことを問うと、渡部警部は声を潜める。

「実はここだけの話ですが、司法解剖の結果、中須磨夢太さんから睡眠薬が検出されました。それもきちんと用量通りの。妹さんのお話では、ここ数日夢太さんは毎晩寝る前に睡眠薬を服用していたそうなんですね」

「首吊りする人間が飲む薬じゃないっすね」

鰐口の言葉に、二人の刑事は首肯した。

「そうなんです。我々としましては、昨夜の事件も他殺と考えて捜査を進めています。もっといえば、一連の中須磨家で起こった四件の事件は、連続殺人事件である可能性が高いと考えているのです。それに伴いまして、何故《なぜ》犯人は現場を村の妖怪伝承になぞらえたのかが問題になるわけです」

渡部警部のその言葉に、越智刑事は「伊達や酔狂であんなことしてるとは思えないんですよ」と続けた。

「専門家の立場から何かお気付きになることはありませんか？」

渡部警部の質問に対して、私は質問で返した。

「その前に、昨夜の事件について詳しく教えていただけませんか？」

渡部警部は無表情のままだったが、越智刑事は明らかに拒否を示す表情を浮かべながら上司の顔色を窺う。そして、渡部警部が「構いませんよ」と発言すると、越智刑事は「いいんですか？」と目を見開いた。

「いいんだよ。どうせ我々じゃ手一杯なんだし。それに何が重要で、何が重要じゃないかは、専門家の目を借りなきゃわからんじゃないか」

渡部警部は昨夜発生した中須磨家の災害と事件について、丁寧に報告してくれた。大枠は累江から聞いていた通りだったが、警察が到着した時の離れの状態については、新しい情報だった。それによれば、離れの玄関及びすべての窓には内側から鍵が掛かっていたそうだ。玄関の鍵はスペアキーも含めて、離れの内側にあったという。

当初、捜査員の中には犯人が離れの中に潜んでいて、離れの窓ガラスが割れてから外に出たのではないかと考える者がいた。そこで改めて鑑識に徹底的に離れの内部を調べて貰い、第三者の血痕や足跡がないかを確認したそうだ。しかし、現時点では不審な痕跡は発見されていない。

「つまり、犯人が密室となった離れの内部に留まっていたとは考え難《にく》いのですよ」

そもそも警察は一連の事件の犯人として、中須磨家の家族を疑っているのではないかと思う。

残る家族は、太平と累江の二人。しかし、累江の話では、離れが壊れる音を聞いて部屋から出たら、すぐに太平がいたという。従って、太平と累江は密室の内部に留まっていることはできない。もちろん二人が口裏を合わせていれば話は別なのだろうが、私には累江が嘘を吐いているとは到底思えなかった。

「玄関の戸や窓のサッシに、隙間とかはなかったんすか？」

鰐口が訊くと、越智刑事は「ないですね」と即答した。

「ガラスはほとんど割れてしまいましたが、幸い玄関の引き戸も窓枠もすべて残っていましたから、細かく調べることができました。鑑識によれば、不自然な隙間のようなものはありませんし、玄関のスライド式の鍵や窓のクレセント錠にも何か細工をしたような痕跡はありませんでした」

「じゃあ、糸を使った古典的な方法じゃ外から鍵は掛けられないってことっすね」

「そうなります」

越智が頷いた刹那、がたがたがたと建物が揺れた。

「地震っすね」

大きな揺れではない。震度一か二くらいだろうか。

刹那、揺れと同時に、私にあるビジョンが浮かんだ。

思わず「ああ、そういうことか……」と声が漏れる。そこからは一気に中須磨家で起きた一連の事件の真相が目まぐるしい速度で構築されていった。

横揺れが治まると同時に、私は刑事たちに犯人がわかったことを告げた。

「本当ですか？」

普段は感情を顔に出さない渡部警部もさすがに驚いているようだった。越智は「一体誰なんです？」とやや前のめりになる。

「ご説明する前に、どうしても確かめたいことがあるんです。ですから、夕方までお時間いただけませんか？」

「それは構いませんが……。何か重要なことなのですか？」

「はい。私の推理を補強する上で、必要なことなんです。それから、渡部さんたちにも調べて欲しいことがあります」

そして、私は刑事たちに具体的な指示を出した。越智はわけがわからず不思議そうな表情だったが、渡部警部はこちらの意図をある程度察したようで、神妙に頷くと「早急に調べます」といった。その顔の角度が妙に芝居がかっていて、私は必死に笑いを堪えた。

庵下譲治の現地調査ノート

欲外は時空を司る神である。そのため、旧暦の新年明けである立春が祭日となる。太夫たちは三日前から精進潔斎《しょうじんけっさい》を行い、節分の夜から立春の朝にかけて行われる儀礼に備える。

当日は水垢離《みずごり》の後、欲外を祀った祭壇の前に座り、祭文を唱えながら長時間祈り続ける。

代田氏の体験では、徐々に意識が遠退いていき、シャボン玉のような球体が幾つも重なり合ったものが見えるという。球体は虹色に輝いていて、一つ一つが生きているように蠕動《ぜんどう》している。やがて自身も球体の集合体の中に取り込まれると、急速に視界が開ける。今度は眼前に無数の星々が瞬《またた》く空間に投げ出される。上も下も前も後ろも右も左もない中に、自分一人だけが存在する。これを代田氏は宇宙空間と表現していた。やがて何処《どこ》からともなく太鼓と笛の音が聞こえて、意識が戻る。

かつては儀礼の前に一週間の精進潔斎を必要とした。特に最後の三日間は断食を行い、極限まで体を追い込んだが、時代と共に簡素化が行われたそうだ。太夫は日頃から修行と称した鍛錬を行い、こうした儀礼に備えていた。しかし、中須磨家における欲外への儀礼は状況が違う。

中須磨家では苦取に対する儀礼は必ず本家の当主が担い、分家はそこに参加するだけである。しかし、欲外に対しては本家分家の区別はなく順番に頭屋《とうや》を務める。

頭屋となった家の当主は、一週間本家の一室に隔離され、衣食住すべてを厳しく管理される。この間、他の村人たちにはその居場所は秘密にされるので、神隠しに遭ったと誤解された。三日間の断食を行い、本家裏手の洞窟内で水垢離を行うと、水に浸かったまま、欲外への祭文を唱える。

体力のない者は、儀礼の最中に生命を落とすこともあった。死因の多くは凍死や衰弱死である。とはいえそうした死亡者の遺体を放置するわけにはいかない。日が上らない内に洞窟から運び出し、儀礼で使っていた衣装を脱がせ、できるだけ自分たちとは関わりのない場所に遺棄したのである。

このことを隠蔽するために、中須磨家の先祖は、地元で伝えられていた位高坊主の伝承を利用したのだそうだ。位高坊主が中須磨家の人間を襲うという伝承は、このようにして生まれたという。

*

午後五時半になって、私たちの宿泊している部屋に、六人の人間が集まった。渡部警部、越智刑事、金剛満瑠、中須磨累江、そして、私と鍔口というメンバーである。

部屋の中にあった私物は、取り敢えず隣の部屋に移動させ、軽く掃除も行った。人数分の座布団は押し入れの中から満瑠が出してくれた。

中央に置かれた長方形の座卓の短い辺に、窓を背にして私が座り、向かって右手が二人の刑事、左手が満瑠と累江の席だ。鍔口は私のすぐ後ろ、窓辺に置かれた座椅子から、部屋の様子を眺めていた。

「さて、これから中須磨家で起こった連続殺人事件の真相について、お話ししたいと思います」

私がそう口火を切ると、渡部警部が軽く手を挙げる。

「いきなり話の腰を折って恐縮ですが、一連の事件は連続殺人事件と考えてよろしいのですね?」

「そうです。去年から続く事件は、すべてが同一の犯人によってなされた連続殺人でした。そして、中須磨権太さん、真守さん、夢太さんの三人の屍体発見現場は、すべて不可解な密室状況でした。まずはこれらの謎を解くことから始めたいと思います。権太さんの屍体遺棄に伴う雪の密室の謎については、ここにいる鰐口さんが真相を明らかにしています」

私が鰐口を示すと、二人の刑事たちは意外そうな表情でそちらを見る。

「どうする？　鰐口さんから話す？」

振り返って問うと、鰐口は「いえ、真相解明は呻木さんにお任せするっす」とあっさり私に丸投げしてきた。まあ、私の説明に不足があったら、きっと補足してくれるだろう。私は座卓の周りに座った四人に向き直ると、説明を始めた。

「権太さんの事件では、屍体の遺棄された現場に雪が降り積もっているにも拘《かか》わらず、足跡らしきものが一切ないという、いわゆる雪の密室と呼べるような状況でした。犯人はどうやって足跡を残さずに天狗銀杏まで移動し、権太さんの屍体を遺棄したのか。その答えは、非常に単純なものでした」

既に犯人が用いたトリックを聞いている金剛満瑠は、うんうんと頷く。彼女としては投石機を使用する方法やドローンによる屍体の運搬など色々と推理を巡らしていただけに、この真相を鰐口から聞いた時は随分とぽかんとした表情だったのを思い出す。

私は主に刑事たちに向けて説明を続ける。

「犯人は屍体を担いで玻璃《はり》の森の中を通り、広場の近くまで行ったのです。これなら小道に足跡は残りませんし、森の中には雪も積もっていませんから移動も容易です。赤虫村では玻璃の森への侵入は厳しい禁忌となっています。ですから、普通そんな場所を通ったとは誰も思いません。一種の心理的な盲点になっているわけです。とはいえ、玻璃の森の中も警察の皆さんが捜査しています。その際に不審な足跡があれば、すぐにわかったと思います」

「玻璃の森からは、足跡らしきものは発見されていません」

越智刑事が腑に落ちないといった顔でそういった。

「鰐口さんの推理では、犯人は足跡が土に残らないように、有孔ボードのようなものを敷いて移動した可能性があるそうです。広い面で支えることで、犯人と被害者の体重がかかっても、それら足跡が残らないようにしたわけです。改めて現場検証の結果を見直していただければ、それらしい痕跡が報告されているのではないでしょうか。犯人は屍体を担いでいるわけですから、有孔ボードは事前に敷き詰められていたと考えられます」

「でも、もしも犯人が玻璃の森を通ったのなら、その後に祟りに見舞われているのではないですか?」

そう指摘したのは渡部警部である。しかし、私は「いいえ」とそれを否定した。

「犯人は古くからこの村にいて、尚且《なおか》つ玻璃の森の祟りやその回避方法についてある程度知識のあった人間なのだと思います。ですから、森に立ち入る前に何らかの対処を行っていたはずです。警察関係者の方も、お守りなどを身につけていた方たちは祟りの影響を受けていないんですよね?」

「ええ」

　このことは事前に渡部警部に確認していた。

「犯人も同じような対応を取ったと考えても、不思議ではありません。次に玻璃の森から広場の天狗銀杏に屍体を遺棄する方法です。これも然程《さほど》難しくはありません。森の中から天狗銀杏に向けて、長い梯子を掛けたのです。こうすれば広場に足をつけずに、天狗銀杏の上まで屍体を運ぶことができます。天狗銀杏に傷などの痕跡がなかったことから、犯人は梯子の木に接する部分にタオルを巻くなどして、細心の注意を払っていたのだと考えられます」

　すると越智刑事が「ちょっと待ってください」と発言する。

「森と広場の境界から梯子を伸ばしたとしても、十メートル程度は必要ですよ。遺体とそんな長い梯子の両方を運びながら、樹木の密生した森の中を歩くのは無理じゃありませんか？」

　最初に鰐口から推理を聞かされた時、私も同じ疑問を抱いた。だから、その答えも教えて貰っている。

「はい。ですから、梯子は事前に玻璃の森の中に用意してあったのだと思います。もちろん、屍体を遺棄する何日も前です。この時点で雪はありませんから小道を通って、広場に近い場所にこっそり梯子を隠したのでしょう。先程有孔ボードも事前に敷いておいたとお話ししましたが、これも同じタイミングで準備されていたと考えられます」

「そんなに前から遺体を天狗銀杏に遺棄することを？」

「そうです。犯人は事前に準備を整えて、雪が積もる日を待っていたのだと考えられます。逆にいうならば、あの日権太さんが殺害されたのは、雪が十分に積もることがわかったからなんです」

私の言葉に、中須磨累江は一瞬悲壮な表情を浮かべて俯いた。亡き祖父のことを思い出しているのか、それとも殺人者の冷酷さに慄いているのか、僅《わず》かに震えている。

「どうして犯人は雪の降る日を待つ必要があったのですか？」

「もちろん、雪の密室を作って、犯行を位高坊主の怪談になぞらえるためです」

私の答えを聞いても、まだ越智刑事は釈然としない表情だった。私は「このことは後々説明します」といって、犯行時の犯人の行動の説明を再開した。

「屍体を天狗銀杏に遺棄した後、犯人は梯子を縮めて持ち運びやすい大きさにし、再び森の中を移動して、有孔ボードを回収しながら県道に出たのでしょう。屍体や道具の運搬には車を使ったと考えられます。こうして犯人は天狗銀杏の広場にあの不可解な状況を生み出し、あたかも位高坊主が事件に関係しているような演出を施しました」

そこで一旦言葉を切って一同の様子を見てみた。渡部警部も越智刑事も無言で手帳にメモを取っている。満瑠と累江は黙ってこちらに視線を向けていた。

これといって質問がないようなので、私は話を先に進めることにする。

「次に、中須磨真守さんが、石蔵の中で焼死した事件について説明します。満瑠ちゃんは糸とコレクションのソフビ人形を使用すれば、石蔵を密室にすることは可能だと証明しました」

「うん。でも、実験したら色々と問題が出ちゃったけどね」

満瑠は口惜しそうにそういう。

渡部警部は「いやいや、あれはあれで参考になりましたよ」と微笑みを浮かべながらフォローした。

「そう。私も満瑠ちゃんの推理はとても面白いと思った。だから、そのアイディアを修正して、密室を作る方法を考えたんだよ」

「え！　それは初耳！　どんな？　どんな？」

「それは後で説明するね。というのも、その推理は鰐口さんに否定されちゃったの」

そこで一同の視線が鰐口に向かう。厚化粧の相棒は「あい」と人形のように頷いただけだった。その点について鰐口から説明する気はないようなので、私は解説を再開した。

「鰐口さんは、満瑠ちゃんや私が考えたトリックでは密室を作ることはできても、犯人が石蔵の外側まで火をつけた謎が解けないと指摘してくれました。実際に石蔵を拝見して確認しましたが、一階部分の外壁は周りがぐるりと黒く焼け焦げていました。あれだけの作業を行うのは相当な労力です。つまり、犯人はそこまでして、外壁を燃やす理由があったということになります。満瑠ちゃんや私が考えたトリックは、この点を説明できていない以上、実際には使われなかったのです。では、どのような方法で犯人は石蔵を密室にしたのか。その答えに気付いたきっかけは、今朝の地震でした」

「地震？」

満瑠が怪訝そうに首を傾げる。確かに急に地震といわれても意味がわからないだろう。何故ならそれは私の個人的な体験と結びついているからだ。

「実は私の実家にも、中須磨家と似た石蔵があるんです。中須磨家の蔵よりは小さいですけどね。普段は精米前の米の保管やもう使わなくなったものが押し込められています。子供の頃に飾った雛人形とか、鯉幟《こいのぼり》とか」

「先生の実家も大きいんだ」

「う〜ん、地元の兼業農家だと普通のサイズだね。実家の近所だと、農機具だとか米だとか収納しなくちゃいけないから、納屋と蔵はどの家でも大抵はあるよ。まあ、それはさておき……」

私は改めて姿勢を正す。

「二〇一一年の東日本大震災の時、私の実家で最も大きな被害を受けたのは、この石蔵でした。蔵は大谷石を積み重ねたものなのですが、震災の時に積んだ石の一部が抜け落ちて、壁に穴が開いてしまったのです。このことを思い出して、私は今回の石蔵の密室の謎を解くことができました」

渡部警部が「ああ、なるほど」と呟いた。

「犯人も同じような手を使って、石蔵から出たのですね」

「そうです。犯人は事前に石蔵の壁になっている石材の一つに細工をして、簡単に抜き出せるようにしておきました。犯行後はそこを通路にして、外へ脱出したと考えられます。そして、改めて石材を専用の接着剤で固定すると、一階部分の外壁すべてに火をつけました。こうすることで新しく接着剤を使用した場所と他の場所との区別がつかないようにしたのです」

「そっか、それなら犯人は自分で内側から閂《かんぬき》を掛ければいいんだもんね」

満瑠が感心したようにいった。

「犯人が石蔵の内側に火をつけた理由も、外側に火をつけた理由と同じです。内側の壁も焼いておかなくては、新しく接着剤を使用した場所に気付かれてしまいますからね」

犯人はあらかじめ抜け穴を用意していたのだが、使用した直後に自らの手で修復してしまったのである。だから、警察が現場検証をした時点にはもう抜け穴は存在していなかった。現場が石造りの建物であったからこそ可能になった方法といえる。

「本当にそんな単純な方法だったんですか?」

越智が釈然としない表情を浮かべる。

「単純過ぎたからこそ、ある意味で盲点だったのだと思います。もしかしたら犯人も、捜査がこんなに混乱するとは思っていなかったのかもしれません。とにかく、犯人にとって重要だったのは、密室を作る難易度よりも、不可解な火災現場を創出し、九頭火の噂が発生するように仕向けることにあったのです」

庵下譲治の現地調査ノート

正確な時代は不明(平安時代末期か?)。赤虫村に七人の陰陽師《おんみょうじ》がやってきた。彼らは蕃神《ばんしん》を祀っていたとして都を追われ、ようやく村に辿り着いたのだ。これが現在の太夫たちの先祖である。

七人の内、播磨国の出身であった中須磨と播《はり》という二人は、呪術師としての能力が特に秀でていた。中須磨は苦取、播は蓮太を最も重要な神として祀り上げ、それぞれが村での勢力を拡大した。一説には、それぞれ特別な儀礼を行い、神と人との間に子を儲けたが故に、強大な力を得たともいわれている。

やがて代が変わるにつれ、両家は村の利権を巡って反目し合うことになる。最初は単なる小競り合いだったものが、怨みつらみを増大させ、いつしか激しい憎悪を生んだ。そして、中須磨家の先祖は、播家を滅ぼさんと画策した。

まず中須磨家は播家を省く五家の太夫たちを懐柔した。加えて、苦取だけでは蓮太の力に拮抗するだけなので、他の神格である欲外と無有に対しても、特別な儀礼を行って祀り直し、その加護を得ることにした。中須磨家はその呪術的な力を存分に発揮し、播家の一族を悉《ことごと》く根絶やしにした。

やがて村の実力者となった中須磨家は、太夫の地位を退き、実質的な村の支配に集中した。ただ、一度祀り始めた神々の祭祀を中断することはできずに、今日に至っている。

現在の玻璃の森は、元々は播家の屋敷があった場所である。また明治期まで天狗銀杏の傍《かたわ》らにあった社は、播家の先祖である陰陽師を祀ったものだ。

これらの伝承を知るのは、太夫の中でも代田氏と上似鳥氏の二名のみだという。中須磨家はこれらに関する古文書の類をすべて処分したらしい。

中須磨家の当主は代々郷土史に関心を持っている。その理由について代田氏は、自分の家に不都合な資料が新しく発見された時に、即刻握り潰すことができるためだといっている。

*

「中須磨沙羅さんの殺害には、不可解な要素はありませんでした。ただ、私はこの犯行は当初の計画にはなかったのではないかと考えています。その大きな理由は、この事件だけ赤虫村の伝承にそぐわない要素があるからです」

「それは何ですか?」

渡部警部の質問だ。

「位高坊主、九頭火、蓮太、この三種目の妖怪は、そもそも中須磨家に害をなす存在として伝承されています。一方で無有は中須磨家の一族に対して、決して悪さをしないと伝えられているのです。しかし、沙羅さんは無有の犠牲になったように偽装されていました」

「お話はわかりますが、被害者は睡眠薬を飲まされた上で殺害されています。犯行には計画性があったように見受けられますが……」

「渡部さんのおっしゃる通り、そういう意味では計画性はあったのでしょう。しかし、そもそもこの連続殺人事件は、一年以上前から計画され、実行されているんです。その最初の計画には、沙羅さんの殺害は含まれていなかったものと思われます。これは後でお話しする犯人の動機からもいえることです。ただ、咄嗟《とっさ》の殺人とはいえ、犯人は事件を怪異になぞらえる必要がありました。ですから、村の中でも非常に身近な存在である無有を選択したのではないでしょうか」

「そこまでして、どうして犯人は事件を妖怪伝承に見立てたかったんですか？」

越智刑事のその質問に、金剛満瑠も「あたしもそれ、気になってたんだ」といった。

「犯人がこの連続殺人事件をあたかも妖怪の仕業のような不可解な状況に仕立てたのには、大きく見て二つ理由があります。一つは、警察関係者に赤虫村の妖怪伝承を周知させ、現在も怪異が頻発することを知らしめること、もう一つは、自らが流した噂の広がりを確認することです」

「それに何の意味が？」

「警察が赤虫村の怪異の存在を認めること、犯人の思惑通りに噂が広がること、この二点こそが最後に起きた夢太さん殺害事件で重要な役割を担うことになります。今回、離れは本当に突風の被害に遭いました。しかし、当初の計画では犯人自ら離れが竜巻に襲われたように偽装するつもりだったのです」

「竜巻の被害を偽装ですか……」

刑事たちはまだ実感が持てない様子である。まあ、当然だろう。竜巻の被害を偽装するなど、赤虫村以外の場所ではまず思いつかない計画だ。

「犯人は昼の間の家に誰もいない時間帯を利用して、あらかじめ屋根の一部を破損させたり、庭木を折ったりして、事前の準備をしておきます。中須磨家には油圧ショベルがありますから、これらの準備は容易に行えるはずです。もちろん犯人はかなり前から何処をどう壊せばよいのか、綿密なシミュレーションをしていたと思います」

犯人は過去の竜巻被害の様子を参考にした可能性が高い。またパソコンを使って風向きや風の強さから導き出される被害の大きさを算出したのかもしれない。ともあれ、どちらにしても建築に関してそれなりの知識がなければ、この偽装を行うことはできないだろう。

「夜になって、犯人は夢太さんを自殺に見せ掛けて殺害します。本人が睡眠薬を服用していることから、寝込みを襲った可能性が高いでしょう。恐らく夢太さんの首にロープをかけて、背中で背負うような形で絞め殺したのだと思います。この方法ならば、首吊り自殺に近い索条痕ができるはずです」

渡部警部は「まあ、そうですね」と同意した。私は辛そうな顔をしている累江から目を逸らして、事件当夜の犯人の行動についてできるだけ冷静な口調で話すようにした。

「犯人は屍体を梁に吊るし、部屋の中をまるで竜巻に襲われたかのように荒らします。それから、離れの縁側の窓ガラスをすべて割りました。この時、音が出ないように窓ガラスにシートかテープのようなものを貼ったのではないかと思います。そのガラスはシートごと回収し、あとは事前に用意していた同じタイプの窓ガラスを割った破片を窓の周辺に撒いておきます。犯人は縁側から外に出ると、既にガラスのない窓から手を入れて、鍵を掛けました」

「もしも呻木先生のお話が本当ならば、密室の謎は解けますが……」

「犯人が考えた計画では、準備が整った段階で、風の音やガラスの割れる音をオーディオで大音量にして流そうとしたのだと思います。しかし、実際は本当に竜巻と思われる突風が発生し、離れは甚大な被害を受けました。結果、犯人が事前に行った偽装の痕跡も本当の被害に紛れてしまったわけです」

そこで越智がまた「ちょっと待ってください」と手を挙げた。

「はい？」

「お話はわかりました。でも、竜巻の被害を偽装したとしても、我々警察はそんなこと信じないと思いますよ。犯人はそこまでは考えていなかったのでしょうか？」

「いいえ。そのために、犯人は昼間の内に、蓮太が出現したという噂を広く流したのです。確かに、唐突に離れが竜巻の被害に遭ったと主張しても、信憑性は低いでしょう。しかし、村の住民たちの多くがその夜、異常な風が吹くことをあらかじめ知っていたらどうでしょうか。事情聴取に訪れた先々で、警察の皆さんも蓮太の話を聞かされるはずです。そうしたら、偶然のことくらいには思うのではないですか？」

「それは、まあ……」

「渡部さんたちは犯人が一連の事件を妖怪伝承になぞらえたと表現しましたが、私は犯人は伝承というような古臭いものではなく、現在進行形で起こっている赤虫村の怪談に自らの犯行をなぞらえたのだと思っています」

「どう違うのです?」

「リアリティの問題です。犯人の中では妖怪伝承というインデックス化された過去のものではなく、今も村で起こり続けている怪異として今回の事件を演出したかった。そして、犯人が事件を赤虫村の怪談になぞらえていたのは、この最後の密室殺人を実行するためだったのです。犯人は目的を遂行するのに、どの程度妖怪の噂が広まるのかも実験していたようです」

今日の午前中に刑事たちと別れてから、私は急いで位高坊主と九頭火の話の出所を特定する作業を再開した。そして、そこから特定できた人々を鰐口と手分けして訪問し、更に何処から噂を耳にしたのかを調査した。

村内を東奔西走した挙句、辿り着いたのは、どの噂も最終的に中須磨建設の社員に収斂するということだった。それだけではない。調査中に明らかになったのだが、昨日の蓮太が出現したという情報も、その中心には中須磨建設の社員たちが関わっていた。

そのことを説明すると、累江はかなり驚いた様子だった。

「中須磨建設の社員の皆さんが、家族に噂を話します。そのご家族が近所や学校で更に噂を流します。恐らく犯人は口コミだけではなく、SNSなども活用してネット上にも事件が妖怪の仕業だという話を流したのだと思います」

犯人が意図的に妖怪の噂を流したからこそ、満瑠が通っていた高校にまで、位高坊主や九頭火の話が急速に伝播したのだ。そうでなければ、九頭火はともかく、時代錯誤な位高坊主がリアリティを得ることなどなかっただろう。

「さて、今までの推理を総合すれば、犯人が誰なのかは明らかです。権太さんを背負って天狗銀杏に遺棄したり、石蔵の一部を抜き出したり、沙羅さんを旧雲外寺に運んだりしたことから、犯人にはかなり体力があったことがわかります。更に有孔ボードを何枚も入手したり、石蔵に細工したり、油圧ショベルで離れの一部を破損させたり、建設技術も持ち合わせている。そして、妖怪の噂を中須磨建設の多くの社員に広めることができる人物……」

「太平兄さんが犯人?」

累江はか細い声でそういった。

「そうです。中須磨太平さんこそ、この連続殺人事件の犯人です。今日、昼間の内に渡部さんたちに中須磨建設を調べて貰いました。どうでしたか?」

私の言葉に渡部警部は手帳を捲って報告する。

「呻木先生のおっしゃった通り、確かに石材用の接着剤と離れと同じ型のサッシが納入された形跡がありました。しかし、会社の帳簿にはそれらの資材に関する記録はありませんでした」

「太平さんが個人的に建材業者に発注し、自身で支払い等も処理したのでしょうね。会社の廃品置き場はどうでしたか?」

「はい。割れたガラス片が大量に見つかりました。現在、鑑識が指紋などを調べているところです」

そこで一旦言葉を切った渡部警部は、今度はこちらに質問を投げかける。

「動機はやはり遺産ですか? ただ、こちらでも調べましたが、太平が金に困っている様子はありませんでしたが……」

「太平さんの目的はお金ではないと思います。彼が欲しかったのは、本家の当主という地位と名誉だったのではないでしょうか」

「何ですか、それは？」

渡部警部も、越智刑事も、状況が飲み込めていないようだった。無理もないと思う。私だって正直太平の気持ちはよくわからない。わからないなりに、理解しようとしているのである。

「中須磨家の一族は、苦取神という特殊な神を祭祀しています。この祭祀権は本家の当主に限られるのです。毎年行われる苦取神の祭りにも、本家分家の当主は参加できますが、本家であっても次男である太平さんは、参加することができませんでした。幾ら本家の人間であっても、分家の当主よりも格は下になる。そのことが太平さんには納得いかなかった」

「それなら現在の当主の真守さんと次期当主の夢太さんだけ殺害すればよいのではないですか？」

渡部警部がそういった。

「それについては、私からお話しします」

累江は凜とした眼差しを刑事たちに向ける。

「苦取様をお祀りするための決まりは、とても厳密に決められています。もしも当主が何らかの事情で亡くなり、前当主が存命の場合、一旦苦取神の祭祀の権限は前当主に移ります。その後、改めて次の当主に役目を移すことになるのです。ですから、兄は祖父を殺害することにしたのでしょう」

　私は累江の後を引き継いで、更に説明を行う。

「ただ、このような動機ですと、やはり沙羅さんの殺害は必要がありませんでした。恐らく沙羅さんが殺されたのは、太平さんが犯行に使用するために用意した建材の不自然な発注や納品に気付いたからではないでしょうか。それで口封じのために殺害されたと考えるのが妥当だと思います」

　すると、累江が「いえ、きっとそれだけではありません」と異議を唱えた。

「兄は中須磨建設までも自分のものにしたかったんです。母が上の兄や私を後継者候補にしたことが、余程腹に据えかねたのでしょう。母さえいなくなれば、自分が会社を継げるのだと考えたのだと思います」

　渡部警部は溜息を吐いた。

「捜査本部では、途中で動機から事件を追う方針から密室の構成方法を解き明かす方向に切り替えたのですが、それが事件解決を遠ざけたのかもしれません。まあ、どちらにしても、動機に関しては直接太平さんから伺えばはっきりするでしょう」

　その時、累江のスマートフォンが鳴った。

「ちょっと失礼します」

　累江は部屋の隅に移動して、電話に出る。僅かな時間差で、今度は渡部警部のスマホにも着信があった。

「高橋警部補からです」

そう断ってから電話に出る。

累江の顔はみるみる青ざめていき、渡部警部は険しい表情になる。ほぼ同時に電話を終えた二人は、私の方を見た。

「兄が……会社の駐車場で事故に……」

声が震えている。累江はその場にぺたんと座り込んでしまった。

渡部警部も同様の連絡を高橋警部補から受けたという。

「外出から戻った太平さんが車から降りた直後に、来客の車が突っ込んできたそうです。どうやらブレーキとアクセルを踏み間違えたらしい」

中須磨太平は衝突してきた車と自分の車に挟まれ、病院へ搬送されたが、死亡が確認された。

「偶然……ですよね」

越智刑事が不安そうに上司と私を交互に見た。

確かに偶然にしては、このタイミングはあまりにもでき過ぎている。

私が何もいわないでいると、背後の鰐口が素っ気なくこういった。

「祟りじゃないんすか、多分」

それが殺害された家族たちの怨念によるものなのか、中須磨家を守護する苦取神によるものなのかは判然としない。だが、鰐口の言葉は妙な説得力があって、一同の胸に不気味な影を落とした。

瀬島囁は庵下譲治の調査ノートを閉じると、冷めたインスタントコーヒーを啜った。思ったよりも苦かったので、眉間に一層深い皺が寄る。

「君は人相が悪いから、もっと穏やかな表情をしなさい」

瀬島が若い頃に冗談交じりで庵下にいわれた言葉だ。今でも顔を顰めたり、眉間に皺が寄ったりすると、その時の庵下を思い出す。

代田黒雄への聞き書き調査で得られた情報が、どの程度歴史的な事実を反映しているのかはわからない。彼の話を客観的に裏付ける文献資料などは一切発見されていないからだ。それが代田のいうように中須磨家の先祖による隠蔽の結果なのか、はたまた代田の伝える話そのものが元から口承でのみ伝わるものなのか、瀬島には判断ができない。でっち上げという可能性だってある。

他の太夫への聞き書き調査ができなかったのだから、恐らく庵下にだって、代田の話の客観性については判断ができなかったのだと思う。もっとも、民俗学では必ずしも話者から得られた話が真実であることに拘泥するわけではない。そこが文献史学とは異なるところだろう。たとえ語られた内容が客観的事実と異なっていたとしても、話者にとっての歴史認識を掬い上げる作業も重要なことである。

ただ、庵下も代田も死んでしまった。その点を考慮すると、代田の話がある程度の真実性を物語っているのではないかと思ってしまう。瀬島は、庵下と代田の死は、神々による祟りではなく、太夫の誰かによる呪殺ではないかと疑っている。

代田がもたらした情報は、赤虫村の太夫たちにとってかなり都合が悪いものだ。太夫たちが自分たちの祭祀する神々を秘密にするのは、それが村人たちには妖怪として認識され、人々に災いを引き起こしているからだと考えられる。妖怪による障《さわ》りを祓うはずの当事者が、その障りの根源を祀っているとなれば、住民たちも太夫に対してよい感情は抱かないだろう。加えて、神々が怪異をなすのは、その力を太夫たちがしっかり制御できていないことも示している。

瀬島はそのことを考えると、いつも背筋が寒くなる。

最初瀬島は太夫こそが神々を背後から操って、赤虫村の陰で暗躍しているのかと思っていた。しかし、実際は太夫たちの村での地位は然程高くない。かつて中須磨家の先祖が行ったように、苦取神を始めとする神々の力に頼れば、現世利益は望めるはずなのに、太夫たちはそれを実行しようとしない。そのことが引っ掛かっていたのだが、発想を逆転させると、何となく現実が見えた気がした。

赤虫村は太夫たちではなく、彼らの先祖が持ち込んだ邪神たちに支配されているのだ。太夫たちはあくまでそれを背後から見ているだけで、トラブルが起こった時に最低限の対処を行う調整役に過ぎないのだろう。

それから、過去に起こったという太夫同士の争いについても、気になることがある。中須磨家と争い、滅ぼされたという播家に関する記録は、現在、全く残っていない。代田の話では、その理由は中須磨家の一族が残っていた資料をすべて処分してしまったからだという。しかし、どうしてそこまで歴史を隠蔽する必要があるのだろうか？

中須磨家と播家に留まらず、一族同士や同族同士が争い、殺し合うことは、日本の歴史では珍しくはない。それにも拘わらず、徹底して播家に関する資料を消し去り、播家そのものの存在を抹消したことには、大きな理由があるはずだ。

瀬島は、播家の滅亡の際に想像を超える大惨事があったのではないかと思っている。例えば、一族全員が虐殺されたり、呪殺による大量死があったりなど、それが明らかになってしまうと、加害者である中須磨家の存続が危うくなるような事実があったのではないだろうか。これは欲外神の祭祀で、しばしば中須磨家の人間が死亡したことを位高坊主の神隠しと位置付け隠蔽した心性と同じものだと思う。

そして、この過去の隠蔽作業の徹底振りから更に想像を膨らませると、そもそも太夫たちの先祖の陰陽師が都を追われたという伝承についても、再考する必要があるのではないだろうか。代田は蕃神を祀っていたから都を追われたといっていたようだが、彼らが単に異国の神々を祀っていただけで都を追放されたとは思えない。恐らく、都でも何か大きな厄災を引き起こしたのだろう。だからこそ、その場所にいられなくなったのだ。

もちろんこれは机上の空論に過ぎない。あくまで瀬島の妄想のようなものだ。しかし、瀬島は一抹の不安を拭い去ることができない。それは実際に赤虫村が日本の民間信仰を考える上で特異な場所であるという事実に由来する不安である。

日本各地で見られるクトル信仰が南蛮貿易によってもたらされたものだとしたら、赤虫村のクトル信仰は全く別の系統で伝えられたものといえるだろう。平安時代末期という年代が正しいかは別にして、かなり古い時代から太夫たちによって実践されてきた独自の信仰ということになる。中須磨家のクトル信仰が明るみに出たのは、彼らが太夫を辞めて以降のことだ。

もしも古代から脈々と続く邪神崇拝のようなものがあって、それがあの愛媛の小さな村落で保存されているとしたら、やはり迂闊《うかつ》に手を出すべきではない。千年近くに渡って守られた秘密なのだ。その深淵なる闇に捕らわれてしまったら、きっともうこちらの世界には戻ってこられない。庵下譲治がそうだったように。

だからこそ、瀬島囁は呻木叫子が心配だった。自分の教え子たちと同年代の怪談作家が、あんな禍々《まがまが》しい神々が蠢《うごめ》く場所で調査を続けているなど、瀬島から見れば正気の沙汰ではない。

だが、彼女を止めるために、このノートの内容を伝えるわけにもいかないことはわかっている。何故なら、呻木叫子は自ら恐怖へ突き進む人間だからだ。庵下の調査した内容を知ったとしたら、呻木は真実を求めて赤虫村のもっと内奥へ嵌まってしまうだろう。

瀬島は呻木のことを思い出す。怪談について話をする彼女の瞳には、漆黒の炎が燃え上がっているように見えた。それは鬼気迫るような迫力があって、瀬島は空恐ろしい心地がしたのだ。

「これから何も起こらなければいいが……」

本心からそう思う。

しかし、瀬島囁の危惧は、やがて最悪の形で呻木叫子の身に降りかかることになる。

だが、それは少しだけ先の話である。

エピローグ

　赤虫村で起こった連続殺人事件が一応の終結を迎えてから、およそ四か月後の六月、私は一人で再び現地を訪れることにした。

　今回の訪問の目的は、件《くだん》の連続殺人事件の捜査の際に、警察関係者に起こった怪異について取材するためである。既に渡部警部から取材の許可は得ていた。

「今回の事件に対する呻木先生の貢献に報いるためにも、できるだけご協力させていただきます」

　電話口の渡部警部は相変わらず渋い低音ボイスだった。直接顔を見ていないと、声とルックスがまるで結びつかない。私はぼんやりと想像した警部の顔を思い浮かべながら、「ありがとうございます。よろしくお願いいたします」と丁重に礼をいったのを覚えている。

　滞在期間は三泊四日と短めなので、できるだけ要領よく取材を行う必要がある。事前に警察関係者にアポイントメントを取り付け、手帳に訪問の予定を書き込んである。こういう時も私はアナログで、毎年同じメーカーの手帳を買い替えている。

　今回も宿泊場所はぎやまん館である。金剛満瑠は四月から入学した大学の近くで一人暮らしを始めたのだが、私の滞在期間中は実家に戻ってくるそうだ。二日目の夜には、私、満瑠、そして中須磨累江の三人で集まる約束をしている。満瑠は「女子会だね」とだいぶはしゃいでいた。

中須磨太平が唐突な事故死を遂げてから、捜査本部は私と鰐口の推理に基づいて次々に証拠を見つけた。太平が天狗銀杏《いちょう》で使用した有孔ボードと梯子は、自宅の車庫から発見された。密室トリックで使う建材を発注したことも業者に確認できたし、中須磨建設の廃品置き場から回収された窓ガラスの破片からは、中須磨夢太の指紋が多数検出され、それが本家の離れにあったものだと証明された。そして、事件は被疑者死亡の形で送検されたらしい。

太平が逮捕される直前に事故に遭ったことに、私は妙な引っ掛かりを覚えている。鰐口は祟《たた》りではないかといったが、案外、誰かに呪い殺されたのではと勘繰ってしまう。その誰かは太平に余計なことを喋らせないために、彼の口を封じた。あり得ない話ではない。だとすると、もしやあの事件には裏で糸を引いていた真犯人がいるのではないか？　そんな妄想めいた憶測が頭をよぎった。

あれからふと思ったことがある。もしかして今回の連続殺人事件の引き金になったのは、私の来訪なのではないだろうか。私が赤虫村で怪談を採集し、住民たちの意識の表層に怪異を立ち上がらせたからこそ、中須磨太平は怪談を利用した犯罪計画を実行したのではないだろうか。今となっては確かめる術はないが、そんな可能性を考えて、少し憂鬱になった。まあ、だからといって今後も怪談を集めることに躊躇はしないのだけれど。

中須磨家の本家でも大きな変化があった。

事件は解決したものの、本家は当主が不在の状況になってしまった。女性が苦取神《くとる》の主宰者になることは前例がなく、このままでは二か月足らず後に迫った祭日に儀礼が行えなくなってしまう。そのような事態が発生したら、中須磨家の一族にどんな災いが降りかかるかわからない。苦取神の恐ろしさは、祀《まつ》っている本人たちが一番よく知っているのだ。そこで急遽累江が婿を取ることになった。かねてより交際していた相手が中須磨家に婿入りし、新しい当主となったのだ。

累江本人から相手の名を聞いて、私は少なからず驚いた。

なんと累江の夫となったのは、太夫《たゆう》の上似鳥団市だった。上似鳥は元々夢太と親しく交流していたが、その縁で累江とも懇意にしており、いつしか交際するまでに発展していたらしい。調査中に何度か上似鳥とは会っていたが、まさか累江と付き合っているとは気付かなかった。ともかく、上似鳥団市——中須磨団市ならば、苦取神の儀礼もしっかりこなすことができただろう。

現在、中須磨建設は累江が社長を務め、それを分家の人間たちが支えているのだそうだ。本家からは五人もの死者を出すことになったが、何とか家も会社も守られたことになる。それが累江にとってよかったのか否かはわからないが、少なくとも被害は最小限に留められたということだ。

事件が終わった直後に、瀬島囁准教授に事件は無事に解決したという報告のメールを送った。その際、庵下譲治が赤虫村を調査した際の資料を見せて欲しいと再度頼んでみたものの、あっさりと断られてしまった。時期を置いてまた頼んでみようとは思うが、これまでの瀬島の態度から考えると望みは薄いだろう。

結局、赤虫村の怪談については、幾つかの謎が残ることになった。殊に、旧雲外寺の顔のない神像と無有《ないある》の関係や玻璃《はり》の森と蓮太《はすた》の関係は、推測だけなら幾らでもできるものの、核心を突くような資料を発見することはできなかった。位高坊主《いだかぼうず》によるものとされた過去の中須磨家の人々の死の真相も、結局、藪の中だ。だが、真実が忘却されても、怪異は起こり続ける。そうやって赤虫村の怪談は、今後も語り継がれていくのだろう。

初日は移動日として設定していたので、私は伊予西条駅に到着すると、レンタカーで真っ直ぐ赤虫村へ向かった。梅雨《つゆ》の真っ只中だったから朝からずっと天気は悪かったが、雨脚は比較的穏やかだった。

ぎやまん館へチェックインする前に、天狗銀杏に立ち寄ることにする。鰐口が一緒だったら、きっと顔を顰《しか》めてこういうに違いない。「呻木さん、前回もそうやって寄り道して酷い目にあったじゃないっすか」と。わかってはいる。わかってはいるが、折角ここまで来たのだから、怪談作家としては怪異の現場を訪れないわけにはいかないのだ。恐怖、呪い、祟り、そうした負の感情が渦巻く現場こそ、私の血潮を熱く滾《たぎ》らせるのである。

いつものように玻璃の森の前の道に路上駐車すると、鞄から折り畳み傘を取り出して、外に出た。軽い傘を静かに雨粒が叩く中、誰もいない小道を進み天狗銀杏の立つ広場に至った。思えば私はいつも銀杏が裸の季節にしか、この場所を訪れていなかった。しっとりと濡れた緑の葉に覆われた巨木は、生命力に満ち溢れ、天狗伝承や屍体遺棄の現場という禍々《まがまが》しい過去とは疎遠なように思えた。

一人で天狗銀杏を見上げていると、玻璃の森の中からふと誰かの視線を感じる。そちらに目を転じてみたが、人影はない。

ただ、もう一度天狗銀杏を見上げると、枝に小学生くらいの少女がまたがっていた。ついさっきまでは、そんな場所に少女はいなかったはずだ。

少女は下にいる私に気付くと、大きな声で泣き出す。声を掛けても、少女は答えない。だいぶ高い位置にいるから、自分では下りられないのかもしれない。慌てた私は、以前控えておいた村の駐在所の番号に電話する羽目になった。

後で知ったことだが、少女は五年前から行方不明になっていたそうだ。そういえば、以前中須磨夢太がそんな話をしていたことを思い出す。

「黒い大きな鳥に連れて行かれた」

そう話す少女の姿は、五年前に忽然と姿を消した時のまま、全く成長していなかったという。

*

波の音が聞こえる。

ざざぁん、ざざぁん。

ざざぁん、ざざぁんと、寄せては返す波音が、家の外から聞こえてくる。

ダイニングキッチンにはホワイトソースの匂いが漂っていた。鍋の中には、鶏肉、玉ねぎ、マカロニなど、グラタンの具材が入っている。ソースは自作ではなく、水と牛乳を加えるだけで簡単にできるものだ。

ざざぁん、ざざぁん。

とろみがつくまで木べらで混ぜていると、波の音と換気扇の音が混然一体となり、がらんとした空間が騒がしくなる。家の中の圧倒的な空虚感が、僅《わず》かながらに音で満たされていく気がして、少しだけ心が落ち着いた。今夜の献立はサラダにグラタン、それに飛び魚のカルパッチョだ。

思えば、祖父と上の兄は、グラタンが大好物だった。真夏でも夕食にグラタンをリクエストされることもしばしばだったが、母親は「暑いから厭よ」と拒否するので、いつも代わりに作った。汗だくになりながら鍋に向き合っていたあの頃、こんなに寂しい思いをするなんて、ちっとも想像していなかった。失うには、早い。余りにも早過ぎる。

扉の開く音と同時に、波の音が消えた。

「ただいま」

買い物から夫が帰宅したのだ。牛乳と乳酸飲料と胡瓜だけを頼んだのに、スーパーのビニール袋からは、ワインのボトルがはみ出している。きっと酒の肴のチーズも買ってきたのだろう。

「呻木さんが来るのって、今日だよな」

夫は冷蔵庫に買ってきたものを仕舞いながら尋ねる。

「ええ。さっき駅に着いたって連絡があったよ」

明日の夜は、ぎやまん館で女子会をすることになっている。呻木だけではなく、金剛満瑠と会うのもかなり久々だ。

以前、呻木叫子に波の音が聞こえる原因について尋ねたことがある。呻木は苦取神の祭りで根黒《ねくろ》の巫女《みこ》を務めているからではないかと指摘した。ただ、巫女をはじめたのは小学校五年生の時で、波の音が聞こえるようになったのは中学校に入ってからだ。

この不一致について質問すると、呻木は「何年か無事に巫女を務めたからこそ、波音が聞こえるようになったんじゃないですか」といった。つまり、何度か場数を踏んだからこそ、苦取神に真に根黒の巫女として認められたのではないかというのだ。

そこで先代の巫女である叔母に、思い切って波の音について尋ねてみた。すると、なんと叔母も全く同じ体験をしていたことがわかった。

「結婚してからもちょくちょく聞こえたけど、子供を産んでからはいつの間にか聞こえなくなったわね」

叔母は自分だけが幻聴を聞いているのだと判断し、誰にも波の音について話したことはないという。どうやら呻木叫子の推測は当たっていたようだ。

あの人はいつも疑問を解いてくれる。この家で起こった事件だって、呻木がいなかったら今頃どうなっていたかわからない。ただ、呻木の推理には幾つか釈然としない点がある。

呻木と鰐口の説明通り、下の兄が犯人である証拠は次々に発見された。大筋では呻木たちの推理が正しいのだと思う。だが、果たして下の兄に、あのような不可解な密室殺人を計画することができたのだろうか？　こういってはなんだが、優秀な上の兄と違って、下の兄は学生時代から成績が芳しくなかった。素行も悪いし、思慮も浅い。そんな下の兄が、あんな複雑な殺人計画を考案したことに違和感があった。

祖父の遺体を遺棄するために、玻璃の森に立ち入っていたというのも、下の兄の性格を考えると引っ掛かりを覚える。確かに下の兄は剛胆な性格だったが、祟りを無視する程無神経ではなかったし、祟りを回避するような特殊な知識があったとも思えない。それに準備のために、あらかじめ有孔ボードを設置し、梯子を隠すには、玻璃の森についてある程度の知識を持った人物からのアドバイスがなければ難しいのではないだろうか。

誰か下の兄に入れ知恵をした人物がいたのではないか？　そんなことを考えてしまう。

しかし、それが一体誰なのかはわからない。下の兄は存外に交友関係が広いから、もしかしたらその中に兄のブレインのような人物がいたのかもしれない。

「何か手伝おうか？」

夫の声に、鍋から顔を上げる。
優しく微笑む夫の瞳が、刹那、虹色に輝いた。
もちろん、気のせいだろう。

〈主な参考文献〉

袁珂・鈴木博訳『中国神話・伝説大事典』大修館書店
笠原敏雄『超心理学ハンドブック』ブレーン出版
京極夏彦文・多田克己編解説『妖怪図巻』国書刊行会
小松和彦『神隠しと日本人』角川ソフィア文庫
小松和彦監修『日本怪異妖怪大事典』東京堂出版
小松和彦『妖怪学新考　妖怪からみる日本人の心』講談社学術文庫
小松和彦・常光徹監修　香川雅信・飯倉義之編『47都道府県・妖怪伝承百科』丸善出版
佐々木宏幹・宮田登・山折哲雄監修『日本民俗宗教辞典』東京堂出版
柴田宵曲『奇談異聞辞典』ちくま学芸文庫
多田克己『百鬼解読』講談社ノベルス
千葉幹夫編『全国妖怪事典』講談社学術文庫
並木伸一郎『増補版　未確認動物UMA大全』学研パブリッシング
J・アレン・ハイネック・南山宏訳『UFOとの遭遇』大陸書房
羽仁礼『永久保存版　超常現象大事典』成甲書房
東雅夫『クトゥルー神話大事典』新紀元社
リン・ピクネット・関口篤訳『超常現象の事典』青土社
福田アジオ・神田より子・新谷尚紀・中込睦子・湯川洋司・渡邊欣雄編『精選　日本民俗辞典』吉川弘

文館
水木しげる画・村上健司編著『改訂・携帯版　日本妖怪大事典』角川文庫
宮田登『ミロク信仰の研究　新訂版』未來社
民俗学研究所編『民俗学辞典』東京堂出版
村上健司編著『妖怪事典』毎日新聞社
森瀬繚編著『図解　クトゥルフ神話』新紀元社
柳田國男『柳田國男全集6』ちくま文庫

解説

妖怪研究家・多田克己

（本稿には作品の結末に触れる箇所がありますので、本編読了後にお読み下さい　編集部）

本書は不可能連続殺人事件を扱う本格ミステリかつ、妖怪や祟《たた》り神が絡んでくる、実録怪談風のホラー小説である。実録怪談では、怪異、祟り、呪い、憑依、病気、事故、死などの原因は、主に死霊との接触、人間の呪詛、神仏の聖域や禁忌の場所への侵犯であるが、『赤虫村の怪談』では幽霊らしきモノは出現せず、民間信仰上の名のある妖怪や、祟り神が登場する。

迷信だと思っても日本人の多くは死を連想する幽霊を現代でも恐がる。いっぽうで妖怪はサブカルチャーの影響もあって、それほど恐さを感じさせない。あえて妖怪を選び一級の怪物に仕立てた作者の演出力は、大学・大学院で妖怪や幽霊を研究対象にした論文を書き、後にそれを出版物として刊行した本人の実績が裏づけとなっているのだろう。

『赤虫村の怪談』の妖怪は水木しげるの『ゲゲゲの鬼太郎』や、緑川ゆきの『夏目友人帳』のようなファンタジーではない。その反対に民俗学者や人類学者が「妖怪は実在しない想像上のモノである」ことを前提に、論理的に妖怪の概念化を強化し、妖怪を信じている人の気持ちには距離を置く、冷めた「妖怪学」でもない。本書は、主人公の怪談作家呻木《うめき》叫子《きょうこ》が、赤虫村での調査報告書として妖怪体験をした人々の証言をまとめたレポートを、不可能状況下での連続殺人の物語の合間に読者が読むという形式をとり、それにより小説上の架空の存在は、妖怪としての肉づけがなされてゆき、リアルな妖怪像が浮び上がってくる。小説内の体験談に読者が共感することで、ファンタジーでも学問的概念でもない、怪異の主体である恐ろしい妖怪像が完成される。丹念に人々の恐怖体験を収集し、ありのままに報告者の感情も示すという見せ方が、創作であってもリアルな怪談となっている。

ところで幽霊には生前からの名があっても、死後に新しく固有名詞がつけられることはひじょうに少い。いっぽうで妖怪変化には固有名詞がつけられやすい。幽霊であっても妖怪のように怪異を示す「船幽霊」には名前がある。「名状しがたい」、「忌避したい」モノに名づける行為は、如何ともし難い相手を遠ざける、最も短い呪詛となる。本書の六十一ページに見える伏《ふく》羲《ぎ》という人面蛇身の神は、龍馬と神亀の背の模様から天地自然の理を読み解く八卦《はっけ》を発案した。黄帝に仕える四つ目の顔をもつ蒼頡《そうけつ》は八卦を一歩進めて、鳥や獣の足跡を観察し様々な事物を区別する符号、甲骨文字を作ったという。前漢代の『淮《え》南子《なんじ》』には、蒼頡が文字を発明すると天から穀物が降り、夜中になると鬼たちが大きな声で泣き叫ぶ天変地異が起こったと記す。鬼神が鬼哭した理由は、彼らの真名や素性が記録され、正体が暴かれてしまうからだろう。蒼頡が仕えた黄帝が東海地方に巡行したおり、海岸で白澤《はくたく》という神獣に遭遇した。その白澤は一万千五百二十種におよぶ天下の妖異鬼神の名称と性質についての知識を黄帝に語り、それらが人におよぼす災厄や病気を除く方法も教えたので、黄帝は部下に書きとらせ、妖怪対策の手引書として『白澤図』を完成させたという。

第一章で、民俗学者庵下《あんげ》譲治《じょうじ》の著書『赤虫村民俗誌』に記述される妖怪として、愛媛県下で知られる赤シャグマ、牛鬼《ウシオニ》、食取《ジキト》リ、天狗のほか、他所では聞かれない位高《イダカ》坊主、九頭火《クトウカ》、無《ナイ》有《アル》、蓮太《ハスタ》の名が挙げられている。連続殺人事件の犠牲者となる中須磨《なかすま》家では代々、日本の神統譜にはない蕃神《ばんしん》（外来神）の苦取神《クトル》と欲外神《ヨクソト》を守護神として祭祀してきたという。そして庵下は懇意にしていた赤虫村の太夫《たゆう》・代田《だいた》黒雄《くろお》から村の妖怪と蕃神の秘密を聞き取り、その内容を論文にして発表しようとしていた。その矢先、庵下と代田は抹殺されるのだ。「名は体を表す」というが、本書に登場する妖怪や蕃神の名前はみな、クトゥルー（クトゥルフ）神話に名をつらねる邪神や怪物の名称を捩《もじ》ったものばかりである。

クトゥルー神話体系は、米国の作家Ｈ・Ｐ・ラヴクラフトやオーガスト・ダーレスらが創始し、後に多くの作家が参加して作り上げられてきた怪奇、幻想、ＳＦの作品群である。『赤虫村の怪談』もまた、日本を舞台としたクトゥルー神話物語の一つに数えられるであろう。愛媛県西条市南部山間部にある架空の「赤虫村」と、茨城県東茨城郡大洗町の近くにあると設定された架空の「阿上《あかみ》町」の名は、いずれもラヴクラフトの小説『インスマウスの影』のアーカムの町（マサチューセッツ州のセーラム魔女博物館より北西方向にあると思われる架空の町）を捩っている。また呻木叫子が毎回宿泊することになる「ぎやまん館」は、その音からインスマウスの町にある宿「ギルマンハウス」を想起させる。英語でGill（ギル）とは魚の鰓《えら》の意だ。ユニバーサル・モンスター映画『大アマゾンの半魚人』（一九五四年公開）や、『半魚人の逆襲』（一九五五年公開）に登場する半魚人の名は、ギルマン（鰓のある人）だった。

一族の守護神として村で唯一、苦取神と欲外神を神事祭祀する中須磨の本家の先祖は、星読みにすぐれた陰陽師と、人魚との混血だという。赤虫村に住む中須磨や上須磨の苗字は須磨（神戸市須磨区）の地名と関連があるのだろうか。あまり関係はないが『源氏物語』の須磨の巻で、陰陽師を招いて海辺で上巳《じようし》の祓《はらえ》を行う場面がある。蕃神を祀る太夫たちの先祖は、播磨《はりま》国（兵庫県南部）に住む陰陽師だったが、赤虫村に移住したという。播磨国は安倍晴明ら官人陰陽師とは対照的な立場にある、蘆屋道満《あしやどうまん》をはじめとする法師陰陽師の拠点であった。備前国、播磨国はスペインとポルトガルの間で結ばれたサラゴサ条約上の知られざる係争地で、そのどさくさにラテン語訳の『根黒乃御魂《ネクロノミコン》』が持ち込まれたのだろうか。安倍晴明が泰山府君祭《たいざんふくんさい》や焔魔天供など、道教や密教を取り入れて陰陽道を一新しようとしたように、西洋天文学を学ぶためキリシタン陰陽師となった賀茂在昌《かものあきまさ》のような人物もいた。

クトゥルー神話と同じならば、苦取神は旧支配者の大祭司にして、太平洋に沈んだムー大陸の都市ルルイエに死の眠りにつく邪神クトゥルーであり、欲外神は一神教のヤハウェに擬せられる究極の邪神ヨグ・ソートトスに相当する。蛇魂神《ダゴン》と火虎神《ヒトラ》はそれぞれ苦取神の眷属神であるダゴンとヒュドラである。そしてその配下、人間と交配しクトゥルーの地上侵略をひそかに準備暗躍する、水棲生物「深きものども」は、中須磨家で語られる人魚に比定される。さらに中須磨の家族名も暗示的で、権太《ごんた》（ダゴン）、真守《まもる》（マーシュ家）、夢太《ゆめた》（ムー大陸）、太平《たへい》（太平洋）、累江《るいえ》（ルルイエ）と読めないか？　真守の妻・沙羅《さら》の名は、沙羅双樹、サンスクリット語で堅固樹、城壁、覚醒などの意があり、ヘブライ語では王妃の意になる。どこまで謎解きか、ただの妄想なのかわからない（笑）。

末っ子の累江は苦取神の巫女として、ルルイエから送信された念話を大きな海鳴りの音として受け、夢太の死因を他殺だと察するが、真犯人と思われた太平も直後に死んでしまい、真相は不明となってしまった。しかし原案となったクトゥルー神話を知らない読者でも、だしぬけに累江と結婚し、本家を相続し当主となった上似《うえに》鳥団市《とりだんいち》が一番怪しいと思ったであろう。彼の名のモデルになったのは、ラヴクラフトの代表作『ダニッチの怪』に登場する（ウィルバー・）ウェイトリーとダニッチである。同作を読めば、竜巻に擬装して家を破壊させる方法、団市が中須磨家の当主になりたかった理由、赤ワインに見えて中身は違う液体かもしれない可能性など、なにげなく潜んでいるいくつもの伏線やサインに気づけるだろう。とはいえクトゥルー神話の作品群を読みすぎた読者は、本書の作者が仕掛けたトリック、連続殺人の犯人は妖怪・位高坊主、九頭火、無有、蓮太の仕業だとする先入観に囚われやすくなるよう化かされてしまう。神話を知らない読者のほうが推理に参加しないぶん、恐さをたっぷり満喫できるだろう。

本書では北米のインスマスや、南太平洋のポーンペイ島にも赤虫村の伝承に似たものがあるが、信仰としては別物に変化している可能性が高いと保留にされる。この会話からどうやら『赤虫村の怪談』の物語世界は、我々読者が生きている世界とは異なり、作家ラヴクラフトも、クトゥルー神話の小説も存在しないらしいことがわかる。その反対にこの世界ではクトゥルーに似た化物が存在し、架空のはずの地名も類似した名称で実在するのだ。これは、例えば特撮怪獣映画の〈平成ガメラ〉の世界では、現生の亀という生物が存在しない世界設定で、そのため怪獣ガメラが人間から巨大な亀としては認知されず、未知の生物とする世界観と似ている。本書の作者は、妖怪が実在していることが前提となっている世界で妖怪が出没したら、「読者はどのように反応するのだろうか？」と楽しみにしているようにも思える。「苦取神」が祭祀者を失って、妖怪「喰取《クウトル》」に零落して人々に祟るような話は、「神が人々の信仰を失って零落したものが妖怪になった」、という民俗学者柳田國男の説を借用したと考えられる。こうしてみると本書は、物語の外なる神である作者により、様々な妖怪説の実験場と化しているようだ。しかしクトゥルー神話の存在しない世界であるという説は恐るべきトリックスターである呻木の友人鰐口の次なる発言で粉砕される。

「この溶けてるのが全部怪獣なんすよね。もったいないなぁ。ほら、これなんかガタノゾーアじゃないっすか」

ガタノゾーアはウルトラマンティガが最終の敵として戦った巨大で超強力な邪神である。太平洋のルルイエの浮上に伴って現れたラスボス怪獣だ。クトゥルー神話をオマージュした怪物で、クトゥルーの長男にあたるガタノソア（Ghatanothoa）がモデルである。小説となったクトゥルー神話がなければ、サブカルチャーの産物であるガタノゾーアの人形が作られるはずがない。『赤虫村の怪談』の世界は、ラヴクラフトが創作したクトゥルーも、本物の邪神も同時に実在する、混沌の宇宙の中にあるのだ。

本書は二〇二二年、小社より刊行された作品の文庫化です。

検印
廃止

著者紹介　1982年栃木県生まれ。筑波大学大学院修士課程修了。2020年、「影踏亭の怪談」で第17回ミステリーズ！新人賞を受賞。主な著作に『現代幽霊論』『Jホラーの幽霊研究』『影踏亭の怪談』『地羊鬼の孤独』『最恐の幽霊屋敷』がある。

赤虫村《あかむしむら》の怪談

2024年5月31日　初版

著者　大《おお》島《しま》清《きよ》昭《あき》

発行所　(株)東京創元社
代表者　渋谷健太郎

162-0814/東京都新宿区新小川町1-5
電話　03・3268・8231-営業部
03・3268・8204-編集部
URL　http://www.tsogen.co.jp
DTP　キャップス
晩印刷・本間製本

ISBN978-4-488-45122-6　C0193